Einbeck im Sommer 1500: Die niedersächsische Hansestadt ist im gesamten Raum der Hanse bekannt für ihre Biere. Doch die Rezeptur der begehrten Handelsware ist ein streng gehütetes Geheimnis der Brauerzunft.

Die Saufgelage des Osloer Kaufmanns Sigmund Beiersen sind Legende, das Bier fließt in Strömen; doch Beiersen ärgert sich: über den Erfolg der Einbecker und ihre, wie er findet, unverschämten Preise. Es müsste doch mit dem Teufel zugehen, wenn es keinen Weg gäbe, die geheime Bier-Rezeptur an sich zu bringen.

Der Teufel heißt Heribert von Habelstein, Stadthauptmann von Oslo und Saufkumpan Beiersens. Er ist nur allzu gern bereit, den Plan, den sich Beiersen und sein Ältester ausgedacht haben, in die Tat umzusetzen. Torsten Beiersen soll, als Waisenknabe getarnt, in das Haus des Einbecker Brau- und Gildenmeisters Kerner eingeschleust werden und das Braurezept stehlen – koste es, was es wolle. Zunächst scheint das Komplott zu gelingen, doch Sigmund Beiersen hat die Rechnung ohne die Liebe gemacht und die geheimen Pläne seines angeblichen Freundes Habelstein …

Jürgen Ebertowski, 1949 in Berlin geboren, ist einer Vielzahl von Lesern durch seine zahlreichen Bücher bekannt, beispielsweise »Das Kreuz des Samurai« und »Aikido Speed« (beide im Jahr 2000 erschienen). Ebertowski studierte Japanologie und lebte viele Jahre in Japan, wo er als Sprachlehrer für das Goethe-Institut in Tokio tätig war.

JÜRGEN EBERTOWSKI

Das Vermächtnis des Braumeisters

Ein Hansekrimi

Dic Hanse

Bibliografische Information der Deutschen Bibliothek

Die Deutsche Bibliothek verzeichnet diese Publikation in der Deutschen Nationalbibliografie; detaillierte bibliografische Daten sind im Internet über <http://dnb.ddb.de> abrufbar.

Umschlaggestaltung: Susanne Reizlin, Hamburg
Motiv: Detail aus Petrus Christus, »Bildnis einer jungen Frau«, um 1446 – akg images
Herstellung: Das Herstellungsbüro, Hamburg
Satz: Greiner & Reichel, Köln
Druck und Bindung: Clausen & Bosse, Leck
Printed in Germany

ISBN 3-434-52804-0

Informationen zu unserem Verlagsprogramm finden Sie im Internet unter www.die-hanse.de

So aber stellt man Bier gewöhnlich her: Zunächst wird Korn, nachdem man es eingeweicht, wieder getrocknet, gedarrt, in der Mühle geschrotet bzw. zu gröberem Mehl verarbeitet hat, für einige Zeit ohne Zusätze gekocht oder aber mit siedendem Wasser übergossen. Nach der sich anschließenden Läuterung wird die Flüssigkeit unter Zugabe von Hopfenblüten so lange gekocht, bis sich etwas von deren bitterem Geschmack darin abgesetzt hat. Nachdem man diese Flüssigkeit erneut geläutert und abgekocht bzw. erwärmt hat, werden Bierhefen zugesetzt, auf daß sie in Wallung gerät. Anschließend erfolgt das Abfüllen in Fässer.

Johannes Placotomus, *De natura et viribus cerevisiarum et mulsarum opusculum*, Wittenberg 1551. (Übersetzung aus: »*… und wird gar weit geführet* – Die Geschichte des Einbecker Biers«, Stefan Aumann, Oldenburg: Isensee, 1998)

PERSONEN

Heribert von Habelstein, Stadthauptmann von Oslo
Fra Adalbert von Habelstein, Rechtsritter des Johanniterordens, befugt, den Ehrenmantel mit dem achtspitzigen Kreuz zu tragen, sammelt die »Türkengelder« der mitteldeutschen Kommenden ein und lässt seinem Neffen Heribert in Oslo einen Brief zukommen
Fra Götz von Galz, Adjutant von Fra Adalbert
Sigmund Beiersen, deutschstämmiger, trinkfreudiger Fernhandelsherr aus Oslo
Torsten Beiersen, sein Sohn
Bartholomäus Freyberg, »Brauer und Bürger«, Ratsherr der Schmiedegilde in Einbeck, derzeit Kommandeur der Landwehr
Maria Freyberg, seine Frau
Rolf Rotschuh, Landwehrknecht
Krögerhannes und *Kuventhal-Peter*, Marktbüttel
Bürgermeister Lothar Riecke, Kaufgildenratsherr
Wolfram Warberg, einer der Stadtbraumeister, nicht nur der Trunksucht verfallen
Ottokar Kerner, Gildenmeister der in Einbeck nicht ratsfähigen Schneidergilde
Johanna Kerner, seine Tochter, verschmäht wie der Vater Gold und Silber nicht
Heinrich und *Hubert*, Zwillinge, Lehrbuben von Ottokar Kerner
Vettel Margarete, kräuterkundig, betreibt mit
Achim Plattnase, ihrem Neffen, dem »Frauenwirt«, in Einbeck ein Bordell, das von Hoch und Niedrig frequentiert wird
Britta und *Hanne* sind Heribert von Habelsteins dortige (dralle) Favoritinnen
Der Fromme Klaus, Henker von Einbeck, ebenfalls ein Neffe von Vettel Margarete

1. KAPITEL

Der Brief des Oheims

Als es tagte, warf Heribert von Habelstein, Stadthauptmann von Oslo, einen kurzen Blick aus dem Turmfenster. Die Wellen gingen unvermindert hoch im Fjord. Es war eine bösartige, schaumgekrönte Dünung, die der Sturm aufpeitschte. Wehe dem Steuermann, der sich in diesen Gewässern nicht auskannte! Er würde mit dem Schiff unweigerlich an einer der zahllosen Untiefen scheitern, die die Hafenrinne säumten. Wenigstens regnete es nicht mehr in sintflutartigen Strömen. Røde, der wachhabende Feldwebel, hockte mit zwei Soldaten am Feuer in der Nische der Festungsmauer. Sie vertrieben sich die Zeit mit einem Knobelspiel.

Heribert von Habelstein gähnte herzhaft und legte sich wieder hin. Das Gelage bei Sigmund Beiersen hatte bis weit nach Mitternacht angedauert. Der reichste Fernhandelsherr von Oslo war bester Laune gewesen. Seine Aufkäufer hatten in den Nordlanden Berge von kostbaren Pelzen zu günstigen Preisen erstanden, und Beiersen hatte die Freunde sogar mit Rheinwein erfreut, den sie aus zierlichen Glasbechern getrunken hatten.

Der Stadthauptmann wälzte seinen massigen Körper auf die Seite. Die Bettstatt ächzte bedenklich unter der schweren Last. Dann zog er sich die Decke über den Kopf und schlief augenblicklich ein.

Heribert von Habelstein glitt hinüber in ein Traumland, in dem edle Speisen auf goldenen und silbernen Platten serviert wurden. Bier floss in Strömen, nicht das dünne Øl der Norweger, nein, gutes, starkes Rotbier, wie es die Hansestädte brauten. Und die Frauen, die es kredenzten, waren nackte, üppige Schönheiten so ganz nach seinem Geschmack.

Ein nachhaltiges Geräusch riss ihn aus den angenehmen Träumen. Jemand trommelte hektisch mit der Faust gegen die Kammertür.

Schlaftrunken knurrte er: »Was gibt es, verdammt noch mal?«

»Hauptmann, wacht auf! Die ›Seeschwalbe‹ ist soeben eingelaufen.« Es war die Stimme des Feldwebels.

Heribert rieb sich die Augen. »Du redest wirr. Bei diesem Unwetter?«

»Doch, Hauptmann, und dass sie es geschafft hat, ist ein Wunder.«

Das Schiff mit den zerfetzten Segeln erinnerte mehr an ein Wrack als an einen stolzen Kauffahrer der Hansestadt Wismar. Vordermast und Bugsteven waren geborsten, die Heckaufbauten verwüstet. In der Reling steuerbords klaffte eine breite Lücke. Offenbar hatte sich ein Teil der Deckfracht losgerissen und die Planken zertrümmert.

Der Stadthauptmann drängte sich mit dem Feldwebel durch die Schaulustigen am Kai. Den Schwenkarm des Ladekrans auf der Hafenmauer hatte der Sturm beschädigt, deshalb wurde die Ladung der ›Seeschwalbe‹, zumeist Biertonnen, aber auch Getreidesäcke und Tuchballen, von Schauerleuten der Osloer Hansefaktorei über einen gefährlich schwankenden Bohlensteg an Land geschleppt.

Heribert von Habelstein schaute sich um. Der Mann, den er suchte, stand neben einem Fass mit einbeckscher Brandmarke. Fra Götz von Galz, Rechtsritter des Johanniterordens und Adjutant von Heriberts Oheim Adalbert, schaute mürrisch auf den triefenden Kleidersack zu seinen Füßen und nieste mehrmals lautstark. Auch das lange Leinengewand mit dem achtspitzigen Kreuz, das er über dem Brustharnisch trug, war durchnässt.

Der Stadthauptmann trat mit einer Verbeugung auf ihn zu. »Nun, Fra Götz, wie ich Eurer Gesichtsfarbe ablesen kann, war die Passage bestimmt eine Lustfahrt.«

»Es war die Hölle!«, schnaubte der Johanniterritter und nieste erneut kräftig.

»In der Festungsküche wird sich eine heiße Suppe auftreiben lassen. Ich denke, Ihr könnt sie jetzt gut gebrauchen.« Heribert von Habelstein bedeutete dem Feldwebel, den Reisesack des Ritters zu schultern.

Als Fra Götz im Turmzimmer des Stadthauptmanns mit Suppe und warmem Bier versorgt war, kehrten langsam seine Lebensgeister zurück. Er leerte den Kleidersack, hängte die feuchten Gewänder über eine Stange vor das Kaminfeuer und öffnete einen gewachsten Leinenbeutel. »Diese Nachricht lässt Euch Euer Oheim zukommen, Hauptmann.«

Heribert von Habelstein dankte und steckte das mit dem Wappen derer von Habelstein versiegelte Schreiben in sein Wams.

»Ihr werdet müde sein, Fra Götz. Ruht Euch ein wenig aus! Ich wecke Euch dann später. Herr Beiersen will sich bestimmt heute Abend noch mit Euch treffen.«

»Hat er genügend Pelze für den Großmeister beschaffen können?«

»Ja. Euer Ordensoberer wird beglückt sein. Bär, Blaufuchs und Hermelin, so viel sein Herz begehrt. Und wohlfeil. – Aber sagt, alles, was ich von der Johannesritterfestung auf Rhodos gehört habe, ist, dass es dort sehr heiß sein soll. Weshalb also benötigt man an einem solchen Ort ausgerechnet dicke Pelze?«

»Wart Ihr jemals im Winter im Mittelmeer, Hauptmann?«

»Nein.«

»Ich schon. Wenn dann die kalten Winde aus den türkischen Bergen herüberwehen, kann selbst in diesen Südbreiten viel Schnee fallen.«

Der Stadthauptmann wünschte Fra Götz einen erholsamen Schlaf und verließ das Turmzimmer. Kaum hatte er die Kammertür hinter sich zugezogen, erbrach er das Siegel seines Oheims.

Meinen Gruß vorab!

Lieber Neffe,

ich hoffe, mein Brief erreicht Dich ohne Verzögerung. Alles läuft so, wie wir es besprochen haben. Richte es unbedingt ein, dass Du zur Zeit des Braubeginns, also um den 8. September herum, in Einbeck bist. Deine Mühe wird überreichlich belohnt werden, das verspreche ich Dir!

Adalbert von Habelstein
im April des Jahres 1500 zu Heitersheim

2. KAPITEL

Abendlicher Umtrunk mit dem Sendboten des Königs

Fra Götz hatte bereits vor Tagen die Heimfahrt mit einer Ladung Pelzwerk auf einem Hanseschiff angetreten, als Heribert von Habelstein überraschend eine erneute Einladung in Sigmund Beiersens Haus erhielt. Torsten, dessen ältester Sohn, ein schlanker, wohlansehnlicher, blonder Jüngling, mit schulterlangem, seidig glänzendem Haar, dem gerade der Bart zu sprießen begann, überbrachte sie dem Stadthauptmann persönlich. »Wir erwarten nach Einbruch der Dunkelheit einen Boten des Königs. Mein Vater bittet Euch, unbedingt Stillschweigen darüber zu bewahren. Auf keinen Fall darf die hansische Faktorei etwas von diesem Treffen erfahren.«

»Also stimmt es, was man sich in der Stadt erzählt?«

»Ja, Herr Hauptmann. Das Bier aus Wismar und Rostock hat sich wieder verteuert. Und für Einbecker verlangen sie jetzt fast genauso viel wie für Südwein.«

»Sag deinem Vater, dass ich kommen werde.«

Heribert von Habelstein dachte nach.

Sigmund Beiersen, gebürtiger Kölner, war – wie er selbst – bereits seit Jahren ein treuer Untertan König Johanns. Das erregte häufig den Unmut der wismarischen und Rostocker Kaufleute, die zwar Bleibe- und Handelsrecht in der Stadt besaßen, aber nicht wie Beiersen frei mit den mittel- und obernorwegischen Landen Geschäfte tätigen durften. Dennoch war das Verhältnis zwischen den Angehörigen der Hansefaktorei und den einheimischen Kaufherren weniger mit Spannungen beladen als in Bergen, denn die Geschäfte liefen trotz der Einschränkungen für die Deutschen am Oslofjord zufriedenstellend. Südnorwegen war fruchtbar, und die Höfe warfen genug Getreide für den Eigenbedarf ab, um zusätzlich auf Fischfang zu gehen. Mit dem Erlös kauften die Bauern Luxusgüter wie Importbier oder Tuch von der Faktorei.

In Bergen hatten Lübecker und wismarische Händler das Sagen, aber ihr Kontor, die Deutsche Brücke, bildete sehr zum Verdruss der Norweger – und anders als in Oslo – einen Staat im Staat. Schon wiederholt hatte der König versucht, die Macht der deutschen Kaufleute einzuschränken. Er war jedesmal kläglich gescheitert: Die Einfuhr von Bier und Getreide war für das raue Klima Mittel- und Nordnorwegens einfach überlebensnotwendig. Immerhin blieb es der Deutschen Brücke weiterhin verwehrt, Handel mit den Fischern auf den Lofoten zu treiben, deren begehrten Klippfisch man gegen die hansischen Waren eintauschte. Auch Pelze und Waldhonig, Güter, die Sigmund Beiersen zu Wohlstand und Ansehen verholfen hatten, durften die Bergener nicht unmittelbar von den Jägern und Sammlern im Landesinnern erwerben.

Heribert von Habelstein runzelte die Stirn. Wenn sich der Bote des Königs heimlich mit den Honoratioren der Stadt treffen wollte, konnte das nur bedeuten, dass König Johann vermutlich wieder einmal versuchen würde, die Privilegien der hansischen Kaufleute zu beschneiden.

Der Stadthauptmann schürzte missmutig die Lippen und dachte: ›Falls er das ernsthaft beabsichtigt, wird es ausgehen wie immer. Die deutschen Hansen sind stärker, und am Ende muss er doch wieder klein beigeben.‹

Aber Tron Furu, der Abgesandte König Johanns, war nicht nach Oslo gekommen, um Sanktionen gegen die Deutschen zu verkünden. Im Gegenteil. Schon jetzt zeichnete sich überall im Land ab, dass die Ernte spärlich ausfallen würde. Des Königs Befehl lautete, die Hansen wegen ihrer gestiegenen Bier- und Warenpreise nicht unnötig zu reizen. Ohne das Getreide aus Deutschland drohe im Winter eine bittere Hungersnot.

Der Königsbote nahm den Ehrenplatz neben Sigmund Beiersen ein, während er die Order seines Herrn bekannt gab. Ihm gegenüber saß der Stadthauptmann in einem samtverbrämten Prunkwams. Zugegen waren ferner Sigmunds Sohn Torsten und zahlreiche Vertreter der einheimischen Kaufmannschaft. Sie nahmen die königlichen Weisungen murrend zur Kenntnis und verabschiedeten sich bald darauf recht frostig. Auch Tron Furu blieb nicht mehr lange in Beiersens Haus. Er brach noch in der gleichen Nacht nach Tönsberg auf, um König Johanns Botschaft auch dorthin zu übermitteln.

Auch der Stadthauptmann schickte sich zum Gehen an. Sigmund Beiersen bat ihn jedoch, noch eine Weile zu bleiben, und befahl seinem Sohn, gutes Einbecker Bier aus dem Keller zu holen. Dann nötigte er Heribert auf den Ehrenplatz.

»Hauptmann, ich hätte da noch etwas zu bereden. Darf ich offen zu Euch sein?«

Heribert von Habelstein lächelte. Als sein alter Zechkumpan Beiersen das letzte Mal eine Rede derart eingeleitet hatte, war ein paar Tage später der Osloer Zollvogt bei einem Sturz von der Festungsmauer ums Leben gekommen. Er selbst, Heribert, hatte gegen einen prall mit Bruchsilber gefüllten Beutel dafür gesorgt, dass es wie ein tragischer Unfall ausgesehen hatte. Sigmund Beiersen war daraufhin in der Lage gewesen, zwei Schiffsladungen mit Tuchballen in die Stadt zu bringen, ohne dafür königlicherseits zur Kasse gebeten zu werden.

»Guter Freund, sprecht! Was bedrückt Euch?« Der Stadthauptmann grinste. »Des Königs Befehl bereitet Euch doch nicht etwa Verdruss?«

Sigmund Beiersen machte eine abfällige Handbewegung und lachte. »Ihr solltet mich doch eigentlich kennen, Hauptmann. König Johann ist weit weg, und wir in Oslo sind es eh gewohnt, die Dinge auf unsere Art und Weise zu regeln.«

Torsten brachte drei wohlgefüllte tönerne Bierkrüge und stellte sie auf der Tafel ab. Heribert zog verwundert die Augenbrauen hoch, als der Jüngling sich zu ihnen setzte.

»Torsten ist in alles eingeweiht«, sagte Beiersen verschwörerisch. »Er wird eine entscheidende Rolle in der Angelegenheit spielen, die ich Euch zugedacht habe, falls Ihr einverstanden sein solltet.«

»Dann sprecht endlich ohne Umschweife, verehrter Freund!«

Der Handelsherr hob seinen Krug. »Hauptmann, wenn ich Euch für meinen Plan gewinnen kann, müssen wir nie mehr Einbecker Bier für teures Geld erwerben. Sechs große Goldstücke bin ich bereit, vorab in das Unternehmen zu investieren, und noch einmal sechs für Euch, wenn Ihr Erfolg habt.«

Heribert von Habelstein trank und wischte sich mit dem Handrücken den Schaum von den Lippen. »So?«

»Ich beabsichtige nämlich, das Bier der Einbecker hier in Oslo zu brauen«, sagte der Fernhandelsherr triumphierend.

Heribert schmunzelte. »Fürwahr eine löbliche Absicht. Aber wie wollt Ihr das denn bewerkstelligen? Ich war ja nun schon mehrmals für Euch Fernkaufleute in Einbeck und kann nur wiederholen, dass die Einbecker ihr Braugeheimnis äußerst streng hüten.«

»Ich erinnere mich genau an Eure Worte, Hauptmann, und auch, dass alle Versuche, einbecksches Bier anderorts herzustellen, bislang jämmerlich gescheitert sind.«

»Ihr sagt es selbst. Woher nehmt Ihr also die Zuversicht, dass es Euch dennoch gelingen könnte?«

Sigmund Beiersen verschränkte die Arme. »Weil ich Eurer Klugheit vertraue, Hauptmann. Noch bevor der Königsbote eintraf, haben sich die Ältesten der Fernkaufleute dafür ausgesprochen, Euch diesen Sommer erneut nach Einbeck zu schicken. Ihr sollt in unserem Auftrag dort wieder günstigere Bedingungen herausschlagen, als sie die hiesige Faktorei zu gewähren gewillt ist. Diese Halsabschneider!« Sigmund Beiersen schlug mit beiden Fäusten auf den Tisch. »Sie verlangen für drei Fässer jetzt genauso viel wie im Vorjahr für fünf!«

Heribert von Habelstein zwirbelte die Spitze seines eindrucksvollen Vollbarts. »Nun ja, eine Reise nach Einbeck käme mir durchaus zupass. Wenn Lothar Riecke noch für die Kaufgilde im Rat sitzt, gibt es da auch keine größeren Schwierigkeiten. Er wird unseren Wünschen zugänglich sein wie eh und je. Aber, mein teurer Freund, das allein löst Euer Problem nicht! Riecke ist zwar bestechlich, das Braugeheimnis wird auch er dennoch nicht verraten. Schließlich lebt er überwiegend vom Bierverkauf.«

»Richtig! Deshalb soll Torsten mit Euch reisen. Mein Sohn! Erzähl du dem Herrn Hauptmann, auf welche Art und Weise wir, gesetzt den Fall, er willigt ein, uns zu helfen, in den Besitz der Braurezeptur zu gelangen gedenken!«

Torsten Beiersen räusperte sich. Dann sprach er mit wohlgewählten Worten, ohne ein einziges Mal zu stocken. Hin und wieder strich er sich dabei bedächtig über seinen Jünglingsbart, wie es die gesetzten Osloer Fernkaufleute auf ihren Versammlungen zu tun pflegten.

Heribert von Habelstein lauschte aufmerksam. Was der Junge zu erzählen hatte, machte Sinn.

Sigmunds Ältester beendete seine Ausführungen mit schmeichlerischen und gleichsam diplomatischen Worten. »... dennoch bleiben einzig und allein Eure Kenntnis der einbeckschen Sitten und Gepflogenheiten und Eure guten Kontakte zu den dortigen Ratsherren sowie den Stadtbraumeistern der Schlüssel zum Gelingen des Plans.«

»Gut gesprochen, mein Sohn!« Sigmund Beiersen schickte Torsten, neues Bier zu holen. »Nun, Hauptmann, was haltet Ihr von dem Vorhaben?«

Heribert von Habelstein nickte anerkennend. »Ihr müsst Euch im Alter wenig den Kopf darüber zerbrechen, wer dereinst Eures Erbes würdig ist.«

»Es war *seine* Idee!«, sagte Beiersen voller Stolz.

»Beachtlich, wirklich. Oder aber auch wieder nicht. Schließlich ist er Euer Fleisch und Blut.«

»Ihr willigt also ein, ihn unter Eure Fittiche zu nehmen?«

Heribert lachte. »Bei so viel Gerissenheit erscheint mir fraglich, wer wen unter die Fittiche nehmen wird.«

Der Fernhandelsherr vernahm das Kompliment mit sichtlicher Freude und händigte Heribert sogleich sechs blitzende Goldmünzen aus. »Für Eure Spesen und Reisekosten.«

Torsten kam mit dem Bier zurück.

»Der Herr Hauptmann hat zugesagt«, rief Beiersen. »Lasst uns darauf anstoßen!«

Es blieb in dieser Nacht nicht bei sechs großen einbeckschen Bieren. Erst in den frühen Morgenstunden wankte Heribert in seine Turmkammer. Bevor er sich schlafen legte, betrachtete er noch einmal zufrieden die Goldstücke und auch den prächtigen, kinderfaustgroßen Bernsteinklumpen, mit dem die Osloer Kaufmannschaft Lothar Riecke gewogen stimmen wollte. So wie Heribert den korrupten Ratsherrn in Erinnerung hatte, würde das Prachtstück seine Wirkung kaum verfehlen. Und sollte Riecke aus irgendeinem Grund nicht mehr im Einbecker Rat sitzen, dann würde sich bestimmt ein anderer geneigter Abnehmer finden. Der Stadthauptmann vertraute da vollends seinen lang erprobten ›Überzeugungskünsten‹. Er kannte ferner einen Stadtbraumeister, der dem Würfelspiel verfallen war. Womöglich konnte man auch mit dem ins Geschäft kommen.

Einbeck! Das versprach mannigfaltige Kurzweil, Kurzweil mit Achim Plattnases Dirnen und bei manch fröhlichem Umtrunk oder Spiel in den Trinkstuben.

Heribert von Habelstein grunzte genüsslich, während ihm langsam die Augen zufielen. Einen ganzen Silbertaler hatte er einmal dem Schmiedemeister Bartholomäus Freyberg beim Würfeln in der ›Sonne‹ abgenommen. Freyberg war gerade als Oberer seiner Zunft in den Rat gewählt worden, und man hatte das im großen Kreis ausgiebig begossen. Gotteslästerlich geflucht hatte Freyberg, als er verlor.

3. KAPITEL

Im Einbecker Haus zu Hamburg erzählt Torsten seine Geschichte

Mit reichlich Barschaft versehen, dem überwiegend ungemünzten Silber der Osloer Kaufleute und den sechs Goldstücken von Sigmund Beiersen, gingen Heribert von Habelstein und Torsten in einer Juninacht des Jahres 1500 an Bord eines Hamburger Heringsschiffs. In der Wamsinnentasche des Stadthauptmanns befand sich ferner ein versiegeltes Schreiben an die einbeckschen Ratsherren, das ihn bevollmächtigte, verbindliche Abmachungen im Namen der Osloer Kaufmannschaft zu treffen.

Mit Bedacht hatte man für die Überfahrt keinen Segler der Wismarer oder Lübecker gewählt, denn deren Kapitäne kannten den Hauptmann und Beiersens Sohn. In der Stadt ließen Sigmund Beiersen und die anderen einheimischen Fernhändler derweil verbreiten, Heribert von Habelstein und Torsten wären nach Nordnorwegen unterwegs, um eine wertvolle Warenladung an Pelzen zu eskortieren.

Die Passage nach Hamburg dauerte eine knappe Woche und verlief ereignislos. Nur vor der jütländischen Küste ging die See zwei Tage lang rau. Danach herrschte prächtiges Sommerwetter bei günstiger, beständiger Nordostbrise. Das hatte durchaus auch seine Nachteile. Obwohl die Reisenden sich eine luftige Schlafgelegenheit an Deck verschafft hatten, war der Fischgestank selbst dort kaum auszuhalten.

Bei strahlendem Sonnenschein segelten sie in die Elbmündung und erreichten eines späten Nachmittags Hamburg. Gleich im Hafen trafen sie auf Lüneburger Fuhrleute, die Tuchballen aus Flandern für ihre Heimatstadt verluden. Die hochbordigen Transportwagen der Lüneburger waren jeweils mit vier kräftigen Kutschpferden bespannt.

»Wir sind Reisende auf dem Weg nach Einbeck. Dürfen wir uns Euch anschließen, falls Ihr uns mit zwei Reitpferden versorgen könnt?«, fragte Heribert ihren Wortführer und stützte sich auf sein Schwert.

Der Lüneburger musterte den Stadthauptmann eingehend, bevor er antwortete. »Die Pferde sind das Problem nicht. Ihr seht mir ganz nach einem waffenfähigen Mann aus. Wir führen wertvolle Ware mit uns. Wenn Ihr mich überzeugt, dass Ihr in friedlicher Absicht mit uns zu ziehen gedenkt, seid Ihr ein gern gesehener Begleiter. Obgleich wir, glaube ich, durchaus in der Lage sind, mit Wegelagerern kurzen Prozess zu machen«, er deutete auf seine wohl bewaffneten Männer, »wäre natürlich jedwede Verstärkung unseres Zuges von Vorteil.«

Heribert gab Torsten das Schwert, zog den Geldbeutel aus der Innentasche seines Wamses und warf ihn in die Luft. Als er das klirrende Säckchen beidhändig auffing, sagte er: »Wer eine wohl gefüllte Börse besitzt, muss auch darauf achten, mit wem er reist. Nur höchst ungerne würde ich mich einer Schar von Hausierern oder Spielleuten anschließen.« Heribert öffnete den Geldbeutel. »Um zu zeigen, dass wir redliche Leute sind, bin ich bereit, den Mietpreis für die Pferde sogar im Voraus zu zahlen. Was verlangt Ihr?«

Nach kurzem Feilschen einigte man sich. Der Lüneburger steckte die Münzen ein.

»Nun gut, Ihr scheint mir ein Ehrenmann zu sein. So sei es denn, zieht mit uns! Wir werden unsere Wagen über Nacht in Schuppen nahe dem Einbecker Haus unterstellen und beim ersten Tageslicht aufbrechen. Findet Euch mit Eurem Begleiter bei Dunkelheit in der Schankwirtschaft ein, wo wir dann alles Weitere besprechen werden.«

»Das trifft sich«, sagte Heribert. »Wir hatten eh vor, heute dort einzukehren.«

Als Nächstes suchten Heribert und Torsten eine Badestube hinter den hoch aufragenden Speicherhäusern der Kaimauer auf. Sie teilten sich einen der geräumigen Eichenzuber und räkelten sich wohlig in dem warmen Wasser. Der Badewirt brachte ihnen Brot, geräucherte fette Schweinswurst und Hamburger Rotbier. Es erinnerte im Geschmack an das wismarische, war aber dünner.

In einer Ecke der Badestube ging es hoch her. Zwei Männer mit nach gotländischer Art geflochtenen Bärten scherzten mit einer rothaarigen Dirne im Nachbarzuber. Ihre Brüste schwammen wie reife Kürbisse auf dem Wasser. »Schau dir das an«, flüsterte Heribert lüstern. »Was für ein prächtiges Weib! Ich wette, sie hat es in der Nacht gleich mit beiden getrieben.«

Aber Torsten hörte ihm nicht zu. Er beobachtete ein Mädchen, das kniend einer Alten die Haare in einem Bottich wusch. Beide Frauen hatten Badetücher umgeschlungen. Das des Mädchens war verrutscht und entblößte eine, wie Heribert fand, reichlich magere Hälfte ihres Gesäßes.

»An der ist doch nichts dran!«, brummelte er und ließ seine Blicke wieder gierig zu der üppigen Rothaarigen schweifen.

Das Mädchen sah plötzlich zu ihnen hinüber. Torstens und ihr Blick trafen sich. Für einen Moment schaute der Jüngling in zwei grüne, geheimnisvolle Augen, dann widmete sich das Mädchen hastig wieder der alten Frau.

Als Heribert den Badewirt bezahlte, erkundigte er sich nach der rothaarigen Dirne.

»Wenn Ihr morgen Mittag Punkt Glockenschlag zwölf Zeit habt, könnt Ihr Euch mit ihr vergnügen.«

»Geht das denn heute nicht mehr? Wir reisen nämlich schon in aller Früh ab.«

Der Badewirt bedauerte. Die Gotländer hätten sich leider bis in die Nacht hinein ihrer Liebesdienste versichert.

Missgestimmt verließ der Osloer Stadthauptmann die Badestube und machte sich mit Torsten auf den Weg zum Einbecker Schankhaus. Sein Groll verflog hingegen schnell, als er eine Weile einer Gauklertruppe zugeschaut hatte, die an einem Brunnen eine derbe Posse aufführte.

Ein betrunkener Seemann versuchte die Tochter einer zahnlosen Vettel zu verführen. Die nutzte die Gelegenheit und schlüpfte an Stelle der jungen Frau unter die Bettdecke …

Torsten, der noch in keiner Stadt von der Größe Hamburgs gewesen war, kam aus dem Staunen nicht mehr heraus. Oslo erschien ihm plötzlich wie ein Dorf. Ein Steinhaus besaß auch der Vater, aber in Hamburg gab es ganze Straßenzüge davon. Viele waren aus roten Brandsteinen gemauert und hatten prunkvolle Fenster aus bleigefasstem buntem Glas. Breite Gräben durchzogen überall die Stadt, die die Unlust der Bewohner und die Abfälle der Handwerker wegspülten. Zu Hause entleerte man die Abortkübel einfach in Gruben an den Straßenkreuzungen, und um den Unrat, der bei den Bäckern oder Fleischern anfiel, kümmerten sich die Schweine und die herumstreunenden Hunde. Torsten sah zwar viele Pferde, aber hielten sich die Hamburger denn keine Schweine oder anderes Hausgetier?

»Doch«, erklärte Heribert. »Sie dürfen es bloß nicht frei herumlaufen lassen.«

»Was ist denn das?« Torsten deutete auf eine Hütte aus lehmbestrichenem Flechtwerk.

»Ist deine Nase verstopft? Das ist ein Pisshaus. Schau dich bloß erst um, wenn du auf die Straße pinkelst, dass kein Stadtbüttel in der Nähe ist, sonst ist Bußgeld fällig.«

Torsten schüttelte fassungslos den Kopf. »Und wenn ich mal scheißen muss?«

»Dann rate ich dir, ein öffentliches ›Sprachhaus‹ aufzusuchen. Mit den Bütteln ist dann erst recht nicht zu spaßen.«

Aber die städtischen Ordnungshüter schienen nicht allgegenwärtig zu sein. Als es zu dunkeln begann und sie in die Straße einbogen, die zum Einbecker Haus führte, ärgerte sich Heribert, dass er keine Tritten dabei hatte, die er sich unter die Stiefel schnallen konnte. Auch Torsten hatte seine vergessen. So waren sie also vor den Stallungen der Lüneburger Fuhrleute genötigt, durch knöcheltiefen Pferdemist zu stapfen.

Das Einbecker Haus war ein eindrucksvolles, mehrstöckiges Gebäude mit drei hohen spitzen Giebeln und etlichen Eingängen. Heribert und Torsten reinigten ihr Schuhwerk mit einem Reisigbesen, der neben der Schankraumtür dafür bereitstand, und traten ein.

Lautes Stimmengewirr schlug ihnen entgegen. Torsten schätzte die Anzahl der Zecher – Frauen sah er nicht – auf über fünfzig. Sie saßen auf Bänken an langen, blank gescheuerten Eichenholztischen. Mehrere Schankknechte waren beständig damit beschäftigt, die geleerten Krüge nachzufüllen. Dutzende von dicken Wachskerzen, keine Unschlittfunzeln oder Harzfackeln wie daheim in den Osloer Schankwirtschaften, erhellten die hohe Halle, an deren Stirnwand die Bierfässer standen. Die einbeckschen Tonnen, aus denen gezapft wurde, waren kleiner als die der Hamburger oder wismarischen Brauer.

Heriberts massige Gestalt im Eingang war schwerlich zu übersehen. Die Lüneburger hatten einen Tisch in der Saalmitte und bedeuteten ihm und Torsten, sich zu ihnen zu gesellen. Nachdem die beiden Reisenden mit Bier versorgt waren und man sich gegenseitig vorgestellt hatte, fragte der Wortführer der Fuhrmänner Heribert nach dem Zweck seiner Reise.

»Ich soll in Einbeck Bier einkaufen und dafür sorgen, dass es ohne Umwege und Zwischenhändler nach Oslo gelangt.«

»Wie wollt Ihr denn das anstellen, Hauptmann?« Der Wortführer lachte.

Ein anderer bemerkte: »Da werden die Wismarer und Rostocker schon darauf achten, dass sie es Euch nicht allzu billig in den Norden verschiffen.«

»Bei Kauffahrern der lübischen und hamburgischen Hansen werdet Ihr mit Sicherheit auch wenig Glück haben«, mischte sich ein Dritter ein.

»Man wird sehen«, sagte Heribert.

Was ging es die Fuhrleute an, dass die Frachtrate weitaus günstiger war, wenn man das Bier über Leine und Weser verschiffte und dann mit einem holländischen oder englischen Kapitän in Bremen verhandelte?

»Billiges Einbecker gibt es nicht, Hauptmann!«, rief ein Weiterer und grinste breit. »Schon bei uns in Lüneburg kostet einbecksches Bier die Hälfte mehr als in der Stadt selbst. Wir von der Fuhrmannszunft schuften nämlich auch nicht nur für Gotteslohn.«

Heribert nickte grimmig. »Das habe ich zu spüren bekommen, als ich vorhin den Preis für unsere Reitpferde ausgehandelt habe.«

»Wer schafft denn das Bier aus Einbeck fort?«, wollte der Wortführer wissen. »Wenn die Ladung über Lüneburg geht, dann biete ich Euch ab dort gute Konditionen bis nach Hamburg.«

»Man wird sehen«, wiederholte Heribert und wechselte das Thema. »Ihr kommt doch viel herum. Gibt es in Einbeck eigentlich noch das Hurenhaus in der Nähe vom Pulverturm?«

Heriberts Frage wurde vielstimmig bejaht. In Hildesheim hatte der Bischof zwar leider alle Bordelle schließen lassen, weil sich zu viele Pfaffen darin vergnügt hätten, aber Achim Plattnase, der einbecksche Frauenwirt, würde in der Petersiliengasse noch immer Hoch und Niedrig mit den geilsten Dirnen beglücken.

Heribert vernahm es gerne. »Und wer sitzt jetzt in Einbeck für die Kaufgilde im Rat?«

Als ihm neben Bartholomäus Freyberg auch der Name des bestechlichen Lothar Riecke genannt wurde, grunzte der Hauptmann zufrieden – zumal Riecke seit drei Monaten auch das Amt des Bürgermeisters versah.

Torsten schaute derweil intensiv zu Boden. Eine fingerlange Küchenschabe krabbelte zwischen seinen Füßen. Sie kletterte auf seinen Schuh, und er zerquetschte sie schnell mit dem anderen.

Einer der Fuhrmänner griente und stieß den Hauptmann an. »Euer junger Diener scheint mir verschüchtert zu sein, wenn wir über Weiber reden.«

»Torsten?« Heribert lachte. »Der wird nicht einmal rot, wenn er nackte Frauenzimmer sieht. Er ist im Übrigen nicht mein Diener, aber seine Geschichte soll er Euch selbst erzählen.«

Torsten hatte der Unterhaltung nicht zugehört. Als sein Name fiel, schaute er auf. »Ja?«

»Berichte den Herren, was für ein Unheil dir im Frühjahr widerfahren ist«, sagte er streng.

Alle Blicke richteten sich bei diesen Worten neugierig auf den Jüngling.

Der räusperte sich. Mit trauriger Stimme hub er an: »Gar Furchtbares habe ich erlebt und vermag eigentlich kaum darüber zu reden.«

»Sprich dennoch«, befahl Heribert, »denn was du zu erzählen hast, soll jedem hier eine Lehre sein, auch engsten Verwandten nicht blind Glauben zu schenken.« Der Stadthauptmann schaute den Wortführer der Fuhrleute ernst an. »Ja, bisweilen ist der Fremde, dem man zufällig begegnet, vertrauenswürdiger als der eigene Bruder.«

Der Wortführer der Lüneburger hatte die Andeutung verstanden. Seine Augen verengten sich zu Schlitzen. »So mag es sein. Trotz allem gilt, ob ein Fremder sich als wahrer Freund erweist, erkennt man erst in der Not.«

Heribert verbeugte sich und hob den Bierkrug. »Ich gebe Euch Recht und weiß es wohl zu schätzen, mit Leuten zu reisen, deren Anführer ein Mann von Eurer Umsicht und Wachsamkeit ist.«

Der Lüneburger war besänftigt und stieß mit Heribert an. »Aber nun wollen wir die lehrreiche Geschichte hören.«

Der Jüngling druckste herum.

»Ja, erzähl endlich!«, forderten ihn die anderen Fuhrmänner ungeduldig auf.

»Nun, gut.« Torsten stieß einen Seufzer aus. »Ich bin der einzige, unglückliche Überlebende meiner Familie. Meine Eltern waren als Siedler aus Deutschland nach Norwegen gekommen und lebten als Bauern und Fischer an einer Bucht im Oslofjord, bis uns alle der Schicksalsschlag ereilte, denn Ottmar, mein älterer Bruder, war ein Taugenichts. Mal fehlte ein Geldstück, mal Schmuck aus der Truhe der Mutter. Als er einen silbernen Kerzenhalter entwendete und mit seinen Kumpanen versoff – wir besaßen eine kleine geweihte Kapelle auf unserem Gehöft –, war Vaters Geduld am Ende. Er verstieß Ottmar.«

»Unmäßige Trunkenheit ist schon ein arger Fluch«, murmelte einer der Fuhrleute, leerte seinen Krug und bestellte mit einem Handzeichen bei den Zapfern nach. »So mancher verspielt da im Suff Haus und Hof. Mein Neffe zum Beispiel ...«

»Schweig, du Schwätzer!«, herrschten ihn die anderen an.

Torsten seufzte erneut. »Ach, wenn es doch bloß bei dem Verlust von Hab und Gut geblieben wäre!«

»An den Bettelstab hat mein Neffe sich und die Seinen gebracht«, unterbrach der soeben gescholtene Lüneburger den Jüngling wieder.

»Halt, verdammt noch mal, das Maul und lass Torsten gefälligst ausreden!«, herrschte der Wortführer ihn gebieterisch an.

»Jawohl, du Plaudertasche«, riefen die Fuhrmänner, »wir wollen endlich seine Geschichte hören.«

Grummelnd verstummte der Gemaßregelte.

Torsten trank einen kleinen Schluck von seinem Einbecker, bevor er weitersprach. »Mein Bruder kam im Frühjahr mit einer Rotte betrunkener Kumpane zurück und forderte sein Erbe. Vater, Mutter, ich und zwei Knechte verbarrikadierten uns im Haupthaus.« Er senkte traurig die Augen. »Wir mussten zusehen, wie sie erst das Vieh aus den Ställen holten und dann das Haus umstellten. Sie versuchten anschließend die Tür einzuschlagen, aber die war aus wuchtigen Eichenbalken gezimmert und hielt den Axthieben stand.

›Gib das Geld und den Schmuck raus, Alter‹, grölte mein Bruder, denn er war wie die anderen betrunken und konnte sich kaum noch auf den Beinen halten.

›Nie im Leben, du Satan!‹, schrie mein Vater und schoss einen Pfeil in Richtung auf die Viehdiebe. Er traf keinen, aber die Halunken zogen unter Verwünschungen und wüsten Drohungen ab. Sie trieben all unsere Kühe und Pferde davon, ohne dass wir sie daran hindern konnten, es waren ihrer zu viele.«

»Ihr habt daraufhin doch sicher gleich Eure Nachbarn zu Hilfe geholt«, meinte der Sprecher der Lüneburger.

Torsten trank einen weiteren Schluck Bier und schüttelte betrübt den Kopf. »Nein, Herr. Zum nächsten Gehöft sind es zwei Tagesritte. Und ohne Pferde ...« Torsten verstummte.

Der Schwätzer ergriff die Gelegenheit und sagte: »Auch mein Neffe ...«

»Schnauze!«, brüllten die Zuhörer.

Heribert schloss die Augen, als würde er angespannt lauschen. ›Köstlich!‹, dachte er. ›Sigmunds Ältester hat eindeutig das Zeug, jede Geschichte für bare Münze zu verkaufen.‹

Torsten umkrallte mit beiden Händen seinen Bierkrug und starrte wie von der Erinnerung überwältigt auf die Tischplatte. Mit tonloser Stimme fuhr er fort: »Gegen Morgengrauen kamen sie wieder. Sie waren wohl bewaffnet und nicht mehr berauscht. Ihr Anführer forderte, dass wir Ottmars Erbe herausgeben sollten.

›Wo ist er?‹, rief ich.

Die Viehdiebe lachten. ›Er ist noch zu besoffen, um selbst sein Recht einzufordern. Wir besorgen das derweil für ihn. Also her mit dem Silber und dem Schmuck von deinen Alten!‹

Unterdessen hatten sich zwei der Schurken zur rückwärtigen Hauswand geschlichen und eine Leiter angelegt. Sie gelangten durch ein Fenster in die oberen Räume. Das war das Verderbnis.« Torsten verstummte erneut.

»Red weiter!«, forderten die Fuhrleute ungeduldig.

Der Jüngling schaute unverwandt betrübt auf die Tischplatte und erzählte den Rest seiner Geschichte mit kaum vernehmlicher Stimme. »Es kam zu einem erbitterten Kampf, denn während Vater und ich uns oben mit den Einsteigern schlugen, brachen ihre Spießgesellen die Haustür auf. Wir hörten die verzweifelten Hilferufe der Mutter und der Knechte, konnten aber nicht nach unten. Mein Vater kämpfte wie ein Berserker. Als er schließlich auch den zweiten Einsteiger getötet hatte, drängten die Schurken schon die Treppe hinauf. Vater fiel, von einem

Speer durchbohrt. Mit letzter Kraft rief er mir zu zu fliehen. Ich entkam über die Leiter und versteckte mich im Wald.« Torsten bedeckte das Gesicht mit den Handflächen. »Wenig später sah ich schwarze Rauchwolken über unserem Hof aufsteigen. Von einem Hügel aus musste ich ohnmächtig zusehen, wie das Haupthaus zusammenstürzte und meine Eltern unter sich begrub. Auch die Ställe und Scheunen brannten lichterloh. Da schwor ich Rache.«

»Diese verfluchten Mordbrenner!«, raunten die Fuhrleute gebannt.

Heribert räusperte sich. Der Junge verstand trefflich zu fabulieren, aber er fürchtete, dass er nun übertrieb. »Ich werde weitererzählen, was geschah. Es hat sie alle die gerechte Strafe ereilt.« Er nahm einen großen Schluck aus seinem Krug.

»Wie das?«, drängten die Fuhrleute zu erfahren. »Spannt uns nicht unnütz auf die Folter, Hauptmann! Los, erzählt schon!«

Heribert wischte sich den Bierschaum von den Lippen. »Zufällig war ich mit einem Trupp Berittener in der Nähe. Torsten flehte uns um Hilfe an. Natürlich erfüllten wir unsere Christenpflicht.«

Die Zuhörer nickten beifällig.

Heribert von Habelstein schlug mit der Faust auf den Tisch. »Wir spürten die Mordbrenner auf einem Steinplateau an einem Fjordarm auf. Die meisten von ihnen waren wieder besoffen, denn sie hatten bei dem Überfall auch ein Fässchen Branntwein erbeutet. Ohne viel Federlesen machten wir sie alle nieder.«

»Recht so!«, sagte der Anführer der Lüneburger. »Aber wie erging es danach dem Bruder, diesem Teufel von Ottmar?«

»Ja, was ist aus Ottmar geworden?«, riefen die Fuhrleute. »Und was ist mit dem Silber und dem Schmuck geschehen?«

»Auch Ottmar hat für seinen Frevel büßen müssen. Als wir das Räuberlager stürmten, ergriff er die beiden Säcke mit den Kostbarkeiten und torkelte auf den Klippenrand zu. Von dort führt ein steiler Ziegenpfad zum Wasser hinunter. Bevor ich ihn einholen konnte, strauchelte er und stürzte kopfüber in den

Fjord.« Heribert blickte betrübt in die Runde. »Und so kam es, dass aus einem wohlhabenden Bauernsohn ein Waisenknabe wurde.«

Betroffenes Schweigen allenthalben.

Der ›arme Waisenknabe‹ hatte wieder eine Küchenschabe entdeckt und zerquetschte sie zwischen den Schuhen.

Der Fuhrmann neben ihm legte tröstend den Arm um seine Schulter. »Kopf hoch, Junge, immerhin bist du mit dem Leben davongekommen!«

Der Schwätzer langte nach seinem Bierkrug und lallte: »Hab ich's nicht gesagt? Der Suff bringt jeden an den Bettelstab! Mein Neffe …«

»Keine erbauliche, wohl aber eine lehrreiche Geschichte«, schnitt der Anführer der Lüneburger ihm das Wort ab und sah Heribert an. »Was habt Ihr mit dem Bedauernswerten vor? Ihr scheint Euch ja seiner angenommen zu haben.«

Heribert nickte. »Ich kenne den einen oder anderen Handwerksmeister in Einbeck. Es wird sich bestimmt eine Arbeit für ihn finden, denn in der Heimat mag er nach dem Unheil, das ihm widerfahren ist, vorerst nicht mehr leben.«

Das verstanden bis auf den Schwätzer alle.

»Das Silber und Geschmeide«, sagte er mit schwerer Zunge, »warum hat es denn keiner heraufgeholt, dann wäre er doch reich?«

Heribert lachte trocken. »Wenn du es versuchen willst, nur zu! Ich zeige dir sogar die Stelle! Die Felswand fällt dort zehn Speerlängen steil in tiefes Wasser.«

Gegen Mitternacht zeigte der Wirt dem Hauptmann und Torsten den Schlafraum. Auch einige der Lüneburger waren im Einbecker Haus untergebracht. Gegen ein Extraentgeld bekamen die Reisenden aus Oslo ein Bett für sich allein und mussten sich nicht, wie die Fuhrleute, zu viert eine Schlafstatt teilen.

Heribert zog sich aus, vergewisserte sich, dass der Brief der Osloer Fernkaufleute noch in der Wamsinnentasche steckte, lehnte das Schwert in Griffweite gegen seinen Reisesack und verstaute

Geldbeutel nebst Bernsteinklumpen unter dem Kopfkissen. Dann schlüpfte er zu Torsten unter die Bettdecke. »Gut gemacht. Wenn *die* dir die Geschichte abgenommen haben, tun es die Einbecker auch. Aber hüte dich besser davor, sie noch weiter auszuspinnen, sonst verhaspelst du dich irgendwann, und das könnte Ärger bringen.«

Torsten murmelte, er wüsste schon, was er rede, drehte sich auf die Seite und war im Nu eingeschlafen.

4. KAPITEL

Die Reise über Lüneburg und Braunschweig nach Einbeck

Bei Sonnenschein überquerte der Warenzug am Mittag des folgenden Tages auf zwei Lastfähren die Elbe und setzte sich auf einer breiten Handelsstraße gen Lüneburg in Bewegung. Es herrschte reges Kommen und Gehen. Wer schwere Lasten über Land zu transportieren hatte, nutzte bevorzugt die Sommermonate, wenn die Wege trocken und fest waren. Einmal begegneten ihnen Händler aus Italien, die Glas aus Venedig nach Hamburg schafften. Sie ritten unter großem Geleit. Die Lüneburger boten an, einen Stoffballen gegen einen Spiegel einzutauschen, aber davon wollten die Italiener nichts wissen. Hochmütig erklärten sie, dass ihre Tuchmacher Stoffe weitaus kunstvoller fertigen würden.

Der Sprecher der Fuhrleute zuckte nur mit den Achseln. »Wie Ihr meint, aber glaubt mir, Euch entgeht ein gutes Geschäft.«

Die Italiener fanden es unnötig, darauf etwas zu erwidern, und zogen grußlos weiter.

»Eingebildete Laffen!«, schimpften die Lüneburger. In Anbetracht der südländischen Überzahl freilich erst, als diese außer Hörweite waren.

Bei einem Kaufmann aus Frankfurt hatten sie mehr Glück. Ein kleines Fässchen Moselwein wechselte den Besitzer. Der Anführer verstaute es auf dem vordersten Wagen und bemerkte, dass Heribert ihn dabei aufmerksam beobachtete. »Wenn Ihr denkt, wir würden unseren Frachtherren bestehlen, so irrt Ihr. Wir sind ehrliche Fuhrleute.«

Der Hauptmann schnalzte entrüstet mit der Zunge. »Ich bitte Euch! Wieso sollte ich Euch denn Untreue unterstellen?«

»Weil es in unserer Zunft auch viele schwarze Schafe gibt.

Nein, wenn wir Tuch aus Hamburg holen, legen wir immer zusammen und erstehen ein, zwei Ballen für uns.«

»Daran ist gewisslich nichts Verwerfliches«, sagte Heribert, nahm dem Mann aber kein Wort ab. Er kannte die Gepflogenheiten der Fuhrmannszunft. Sie steckte in den Hafenstädten mit den Schauerleuten und Matrosen unter einer Decke. Als er vor zwei Jahren den Transport von Einbeck nach Oslo begleitet hatte, wachsam wie ein Luchs, war dennoch unterwegs das Bier in zwei Tonnen durch Wasser ausgetauscht worden.

Der Warentransport erreichte noch am Abend desselben Tages die Stadt Winsen und kam am Nachmittag des nächsten in Lüneburg an. Dort hatten Heribert und Torsten die Möglichkeit, sich sogleich einer Gruppe reicher Lübecker Kaufherren anzuschließen, die zu einem hansischen Treffen nach Braunschweig reiste. Alle Reiter waren prächtig gekleidet und nicht minder gut bewaffnet. So mancher Schwertknauf glänzte golden. Dass sie Krämerseelen waren und gut zu rechnen verstanden, bekam Heribert zu spüren, als er den Mietpreis für zwei ihrer Reservepferde aushandelte. Bevor man aufbrach, erstanden Heribert und Torsten noch schnell hölzerne Tritten.

Die Lübecker führten keine Güter mit sich, die Strecke von Lüneburg nach Braunschweig wurde in nur drei Tagen bewältigt.

In Braunschweig stiegen Heribert und Torsten in einer Herberge mit Ausschank hinter dem Rathaus ab. Dem jungen Beiersen erschien die Stadt noch eindrucksvoller als Hamburg, weil wegen des Hansetreffens Gesandtschaften aus allen umliegenden Bündnisstädten mit großem Gefolge angereist waren.

Stundenlang trieb sich der Jüngling auf dem Marktplatz und in den angrenzenden Gassen herum, während sich Heribert auf die Suche nach einbeckschen Kaufleuten machte.

Es gab nichts, das nicht feilgeboten wurde. Wertvolle Gewürze aus dem Orient gelangten auch in die Nordlande, aber in welchen Mengen man sie hier zur Schau stellte und feilbot, verschlug Torsten die Sprache. Gleich scheffelweise, erschien es ihm, konnte man Safran oder Pfeffer erwerben. Ein Händler pries in den Rathausarkaden Stoffe an, wahre Berge von gold- und silberdurchwirkten Ballen, mannshoch gestapelt.

Heribert fand Torsten, wie er begehrlich die Auslagen betrachtete und schon die in seinem Leibgurt eingenähten Münzen zu befingern begann. »Arme Waisenkinder tragen keine Samtgewänder, junger Herr!«

»Wenn ich erst im Besitz des Braugeheimnisses bin«, zischelte der Jüngling, »dann ...!«

»... werden wir uns in Goldbrokat kleiden wie Fürsten«, vollendete der Hauptmann den Satz. »Allerdings liegt bis dahin noch das eine oder andere Hindernis auf unserem Weg, das es wegzuräumen gilt.«

Der Jüngling spuckte nur verächtlich aus. »Habt Ihr schon jemanden getroffen, mit dem wir weiterreisen können?«

Heribert nickte. »Morgen früh geht's gleich los. Fuhrleute aus Einbeck sind gegenwärtig nicht in Braunschweig. Verständlich, Braubeginn ist ja auch erst nach dem Einbringen der Ernte. Nein, es hat sich eine andere Gelegenheit ergeben, und da die Zeit drängt, müssen wir sie nutzen. Wir schließen uns einem Transportzug von oberdeutschen Kaufleuten an. Sie sind auf dem Weg zurück nach Süden. Reitpferde können sie uns allerdings keine zur Verfügung stellen. Wir müssen also auf den Transportwagen mitfahren.«

»Und was für Waren führen die Oberdeutschen mit sich?«

Heribert rümpfte die Nase. »Schonische Salzheringe!«

Keine Wolke zeigte sich von Sonnenaufgang bis -untergang. Die Fuhrleute streiften ihre Obergewänder ab. So auch Heribert und Torsten. In Hildesheim gab es in der Herberge zum Abendessen von dem Fisch, mit denen die Oberdeutschen ihre Logis entgolten hatten. Die Reisenden aus Oslo, die noch die Ausdünstungen der Heringstonnen in der Nase hatten, aßen mit mäßiger Begeisterung.

Von Hildesheim an quälten sich die schwer beladenen Wagen im Schritttempo durch bergiges Waldland voran. Als sie von zwei Pferdehändlern eingeholt wurden, die mit vier zugerittenen Stuten zum Viehmarkt nach Einbeck unterwegs waren, nutzten Heribert und Torsten dankbar ihre Chance.

In der sinkenden Sonne des letzten Junitages machten sie eine Turmspitze aus. Es war die Kuventhaler Warte. Bald erkannten sie auch das Dach des Wächterhauses hinter der Dornenhecke mit dem hohen Zaun, der Einbecks äußeren Verteidigungsring auf den Erhebungen der Hube-Hügel im Norden bildete.

Eine Glocke wurde angeschlagen.

Heribert gab dem Pferd die Sporen. »Beeilt euch! Das war soeben das Signal, dass gleich niemand mehr in die Stadtmark gelassen wird.«

5. KAPITEL

Das Wortgefecht in der Stadtmark

Nach kurzem, scharfem Ritt erreichte man die Warte. Ein breiter Bach mit Namen ›Krummes Wasser‹, der die Reisenden seit einiger Zeit begleitet hatte, verschwand unter einer Barriere aus gefällten Bäumen in unmittelbarer Nähe des Landwehrturms.

Heribert stieß einen Fluch aus. Ein Schlagbaum versperrte bereits den Weg hinunter nach Einbeck.

Augenblicklich tauchte in einer Schießscharte der behelmte Kopf eines Wachtknechts auf. »He! Was wollt Ihr? Der Balken ist schon unten.«

Die Pferdehändler erklärten, dass sie wegen des Viehmarktes gekommen seien.

Ein zweiter Wärterkopf zeigte sich. »Seid Ihr taub? Habt Ihr die Glocke nicht gehört?«

»Beweist ein wenig Großmut! Wir sind alle beritten und schaffen es bestimmt noch in die Stadt, bevor dort die Tore geschlossen werden«, schaltete sich Heribert ein. Er nahm eine kleine Silbermünze aus dem Geldbeutel und spielte damit. »Wenn Ihr uns noch durchlasst, soll es wahrhaftig nicht Euer Schaden sein.« Heribert trieb sein Pferd näher an den Grenzturm. »Wisst Ihr, wer ich bin?«

Die Wächter tuschelten miteinander, dann sagte der Erste: »Doch, ich glaube, ich erkenne Euch wieder, Herr. Habt Ihr nicht mehrmals Bier für die Nordlande eingekauft?«

»Aus diesem Grund bin ich erneut hier. Ich muss gleich heute Abend noch mit dem Bürgermeister sprechen.«

Der zweite Landwehrknecht beugte sich aus der Schießscharte, um das Gesicht des Reiters unten genauer sehen zu können. »Ah, natürlich, das ist ja Hauptmann Heribert!« Er griente. »Unser Bürgermeister ist auf dem Hansetag in Braunschweig, den werdet Ihr gewisslich nicht antreffen. Aber Achim Plattnase freut sich bestimmt, dass Ihr wieder da seid. Wartet einen Moment, wir öffnen Euch!«

»Wer war das?«, fragte Torsten.

»Jemand, der mich in guter Erinnerung behalten hat. Er heißt Rolf Rotschuh. Ich habe ihm früher so manchen Krug im ›Stern‹ spendiert.« Heribert schmunzelte. »Und bei Achim Plattnase, dem Frauenwirt, haben wir uns auch des Öfteren getroffen.«

Als sich der Schlagbaum hob, warf Heribert Rolf Rotschuh die Münze zu. »Das sollte für dich und deine Kameraden für einen fröhlichen Umtrunk reichen. Du triffst mich jederzeit im ›Stern‹.«

Torsten ritt neben Heribert. Er war müde, hungrig und missgelaunt.

»Es ist nicht mehr weit«, tröstete ihn der Hauptmann. »Und im ›Stern‹ versteht sich der Wirt auf leckeres Rauchfleisch mit Kraut.«

Die Straße folgte weiterhin dem Lauf des ›Krummen Wassers‹. Ein Abzweig führte über eine Holzbrücke in den Weiler Kuventhal. Die Reiter blieben auf dem Hauptweg zur Stadt, der bald darauf anstieg und nun oberhalb des Bachbettes lag. Die Hänge der Hube, die bislang den Blick auf Einbeck verwehrt hatten, flachten ab, und Torsten konnte endlich einen Blick auf die turmbewehrte Westmauer der Stadt werfen.

Plötzlich sprengte ihnen ein Dutzend Berittener mit zum Angriff gesenkten Lanzen entgegen. Die Männer trugen wehende grüne Umhänge über den leichten Kettenhemden. Ihre eisernen Sturmhauben waren mit Reiherfedern verziert. Ein Mann in voller Rüstung führte sie an. Sein Brustharnisch schimmerte silbern, und er schwang drohend eine kunstvoll geschmiedete Streitaxt.

Die Pferdehändler zogen erschrocken die Schwerter, aber Heribert befahl ihnen barsch, sie wieder wegzustecken. »Ihr Esel, lasst den Blödsinn! Das sind einbecksche Landwehrknechte!«

Die Reiter umstellten die Reisenden. An den Schäften ihrer Lanzen und Hellebarden waren grüne Quasten befestigt.

Der Anführer der Patrouille war etwa so groß wie Heribert, aber weniger massig. Auch ihn zierte ein langer Vollbart. Zwei Pferdelängen vor den Reisenden zügelte er seinen Rappen. »Wer wagt es, um diese Zeit noch in der Stadtmark herumzustreunen?«

Die Pferdehändler nannten hastig ihre Namen und erklärten stotternd, dass sie auf den morgigen Viehmarkt wollten.

Der Gepanzerte zeigte mit der Waffe auf Heribert und Torsten. »Und Ihr? Antwortet zügig!«

»Die harschen Begrüßungsworte will ich Euch gerne nachsehen, Bartholomäus Freyberg, denn Ihr erfüllt nur Eure Pflicht, aber nicht entschuldigen will ich, dass Euch anscheinend entfallen ist, wer ich bin.« Heribert trieb seine Stute ein paar Schritte auf den Gepanzerten zu. »Heribert von Habelstein heiße ich, falls Ihr Euch erinnern könnt, und mein Begleiter hier heißt Torsten Köhn.«

Der Anführer der Landwehrreiter senkte die Axt. »Ich vergesse selten ein Gesicht, Heribert von Habelstein, und Eures gewisslich nicht«, sagte er mit gepresster Stimme. »Aber da Ihr mit unseren Gepflogenheiten vertraut seid, solltet Ihr doch eigentlich wissen, dass sich bei Einbruch der Dunkelheit niemand mehr in den Stadtlanden herumtreiben darf, ohne dafür mit einer Strafe belegt zu werden! Ihr seid spät dran. Wer hat sich denn erdreistet, Euch noch zu dieser Stunde den Schlagbaum zu öffnen?«

Heribert ignorierte die Frage. Es war offenbar, Freybergs Groll über den verlorenen Silbertaler beim Würfelspiel in der Ratstrinkstube hatte die Jahre überdauert. Der Osloer Stadthauptmann war es nun wahrlich nicht gewohnt, als Herumstreuner oder Herumtreiber bezeichnet zu werden. Selbst angesichts der auf ihn gerichteten Lanzen musste er sich zwingen, nicht aufzubrausen.

So freundlich, wie es ihm nur möglich war, sagte er: »Wir sind bei Glockenschlag über die Landwehrgrenze geritten, und wenn Ihr uns nicht länger hier aufhaltet, gelangen wir auch noch pünktlich nach Einbeck, bevor die Stadttore schließen.«

»Zügelt Eure Zunge!«, knurrte Freyberg. »Denn ich, Ratsherr und derzeitiger Landwehrhauptmann, habe die alleinige Entscheidungsgewalt, was mit verdächtigem Volk geschieht, das wir nächtens in den Gemarkungen aufgreifen.«

Heribert lief rot an vor Wut.

Als er das letzte Mal Einbeck besucht hatte, war Freyberg zwar gerade Oberer der Schmiedegilde geworden, aber das Amt Kommandeur der Wehrknechte hatte er damals nicht innegehabt. Heribert versagte sich also erneut eine deftige Erwiderung auf Freybergs Unverschämtheiten und zog das gesiegelte Schreiben der Osloer Kaufmannschaft aus seiner Wamstasche. »Nun, da Ihr dem Rat angehört, wird Euch der Grund meines Kommens sicherlich freuen. Einbecker Bier zu kaufen bin ich hier.«

Bartholomäus Freyberg würdigte den Brief keines Blickes. »Darüber kann der Rat erst eine Entscheidung treffen, wenn der Bürgermeister vom Hansetag zurück ist.«

»Das ist mir bekannt.« Honigsüß fügte er hinzu: »Es wird eine größere Order an Fernbier sein, Herr Hauptmann. Und zumindest mein Freund Lothar Riecke wird sich glücklich schätzen, mich aus diesem Anlass wieder innerhalb der Stadtmauern zu sehen.«

Bei der Erwähnung des Bürgermeisters spannten sich Bartholomäus Freybergs Gesichtszüge an. Barsch sagte er: »Vermeidet in Zukunft, gegen das Gesetz der Stadt zu verstoßen, Heribert von Habelstein! Die Hälfte meiner Männer begleitet Euch noch bis an die Stadttore.« Der Landwehrkommandeur gab die entsprechenden Befehle und setzte sich mit dem Rest der Reiter gen Kuventhaler Warte in Bewegung.

»Ein herzliches Willkommen war das ja eben nicht gerade.« Torsten dirigierte sein Pferd neben Heriberts Stute.

»Seit er einmal beim Spiel viel Geld an mich verloren hat, kann man uns wohl kaum die besten Freunde nennen.«

»Und den Bürgermeister scheint er auch nicht sonderlich zu mögen.«

»Gut beobachtet, mein Junge. Riecke und Freyberg sind sich spinnefeind.«

»Weshalb?«

Mit einer Kopfbewegung auf einen dicht neben ihnen reitenden Landwehrknecht sagte Heribert: »Das erkläre ich dir besser später.«

6. KAPITEL

Bartholomäus Freyberg räsoniert

Der Kommandeur der Landwehrknechte setzte sich an die Spitze der Patrouille und gab seinem Pferd wütend die Sporen.

Heribert von Habelstein war der letzte Mensch, den er in der Stadt zu sehen wünschte. Am liebsten hätte er ihn kurzerhand in den Kerker geworfen, aber das würde Ärger mit Riecke bedeuten. Und einen offenen Konflikt mit dem Bürgermeister galt es vorerst zu vermeiden.

Mürrisch ritt Freyberg an der Kuventhaler Brücke vorbei.

Alle hatten kräftig gebechert, damals, bei dem Würfelspiel in der Ratstrinkstube; er selbst am meisten. Dennoch hatte er mitbekommen, wie Riecke und Heribert von Habelstein sich heimlich Zeichen gegeben hatten. Auf welche Art und Weise der Osloer den letzten, den entscheidenden Wurf manipuliert haben konnte, war ihm dann aber doch entgangen. Freyberg presste die Lippen aufeinander. Er hätte es besser wissen müssen und sich, berauscht wie er war, nie auf ein Spiel einlassen dürfen.

Dann entspannten sich seine Gesichtszüge, und ein Lächeln huschte über seine Lippen. Lothar Riecke! Wie hatte er um Maria gebuhlt! Wie hatte er schöngetan und geprahlt! Aber die kluge Maria hatte ihren großmäuligen Freier durchschaut und ihn, den mittellosen Gesellen Bartholomäus Freyberg, geheiratet. Dabei hatte Riecke sich schon als Erbe der ausgedehnten Hopfengärten und Getreidefelder gesehen, die sein alter Meister, Marias Vater, in der Stadtmark besaß.

Freibergs Gesicht verdüsterte sich wieder.

Aber nun hatte vor drei Monaten der Rat mit nur drei Gegenstimmen, seine eingerechnet, Lothar Riecke zum Bürgermeister gewählt. Glücklicherweise war zeitgleich der Posten des Landwehrhauptmanns turnusgemäß bis Anfang Oktober des Jahres dem Ratsvertreter der Schmiedegilde zugefallen.

›Das hat ihm überhaupt nicht behagt‹, dachte Freyberg mit grimmiger Genugtuung.

Sofort nach seiner Amtseinführung hatte der Bürgermeister allerdings eine ziemliche Dummheit begangen und aus purer Bosheit den Sold der beiden Marktbüttel kürzen lassen, die gelegentlich in seiner Schmiede aushalfen. Nun, Krögerhannes und Kuventhal-Peter, blieben nicht lange im Unklaren, wem sie diese Einbuße zu verdanken hatten, und Bartholomäus Freyberg war seitdem bestens über jeden Schritt von Lothar Riecke informiert.

Der Landwehrhauptmann trieb sein Pferd zur Kuventhaler Warte hoch.

Etwas Seltsames war dann passiert. Krögerhannes hatte nach der letzten Ratssitzung beobachtet, wie dem Bürgermeister von Ottokar Kerner, dem Gildemeister der Schneider, heimlich Geld zugesteckt wurde, und Freyberg glaubte auch zu wissen, warum. Die Schneider wollten schon seit langem einen Sitz für ihren Zunftoberen. Aber die jetzigen Stadtherren aus Kauf-, Gemeinheits-, Bäcker- und Knochenhauergilde hatten bisher zusammen mit der Schmiede- und Kürschnerzunft diese Forderung jedes Mal abgewiesen. Warum sollte man ohne Not Macht und Ansehen mit Neulingen teilen?

Freyberg schnaufte abschätzig. ›Gebe es Gott, dass es nicht dazu kommt! Setzen sich die Schneider durch, werden auch die Kramer und die Leinenweber in den Rat streben.‹

Krögerhannes war leider kein Zeuge, dessen Wort gegen das des Bürgermeisters Gewicht besaß, aber da würden sich schon Wege und Mittel finden. Riecke war schließlich nicht einstimmig gewählt worden.

Freyberg lachte still in sich hinein. ›Habe ich erst einen glaubwürdigeren Zeugen, dann kostet es Riecke mehr als das Amt!‹

Als die Landwehrreiter die Kuventhaler Warte erreichten, wurden sie vom Turm aus angerufen.

»Habt ihr keine Augen im Kopf?«, brüllte der Landwehrhauptmann zurück.

»Ach, Ihr seid es!« Rolf Rotschuh setzte die Armbrust ab.

Bartholomäus Freyberg wusste plötzlich, wer Heribert von Habelstein die Grenzschranke geöffnet hatte, und beschloss, den Wachtknecht gehörig zur Sau zu machen.

7. KAPITEL

Ankunft in Einbeck

Kurz vor Einbeck war die Straße mit Feldsteinen gepflastert. Erst jetzt erkannte Torsten die von breiten Gräben geschützte Umwallung aus aufgeschüttetem Erdreich vor der eigentlichen turmbewehrten Stadtmauer.

Die Reisenden überholten ein paar junge Burschen. Sie kamen mit Hacken über der Schulter aus den nahen Stadtgärten. Ein Bollwerk mit Torschreiber- und Wächterhaus sicherte eine Brücke über das ›Krumme Wasser‹, die zum massigen Tiedexer Torbau führte. Die Wehranlagen überspannten den Graben bis hin zum Erdwall.

Der Torschreiber erkundigte sich ausführlich nach Namen und Begehr, und die Stadtknechte ließen die Reisenden daraufhin anstandslos passieren. Heribert von Habelstein war kein Unbekannter, und auch die Pferdehändler besuchten nicht zum ersten Mal den Viehmarkt.

Alle wurden nachdrücklich aufgefordert, die Schwerter ihrem Herbergswirt in Verwahrung zu geben, denn wer innerhalb der Stadtmauern mit einem mehr als ellenlangen Messer oder Dolch angetroffen wurde, hatte mit einer deftigen Geldstrafe zu rechnen. Auch wurden die Männer ermahnt, in Schenken und Gasthäusern Frieden zu halten. »... denn wirft einer dem anderen den Krug an den Kopf, zahlt er sechs Pfennige Strafe. Trifft der Wurf aber nicht, so zahlt er zwölf Pfennige.«

Das Gelände zwischen dem Erdwall und der Stadtmauer füllte wiederum ein breiter Wassergraben. Nachdem die Reisenden die zweite Brücke überquert hatten, ritten sie im letzten Licht des Tages in die Stadt.

Rechts und links der Straße standen mehrgeschossige Häuser aus Fachwerk, deren Giebel leicht über die Straße ragten. Die Dächer waren mit Sandsteinplatten gedeckt, und farbig bemalte Schnitzereien oder Inschriften zierten das Gebälk. Jedes Gebäude besaß ein hohes, breites Tor.

»Sind das Stalltüren?«, fragte Torsten.

»Nein, Tore von Häusern mit Brauerlaubnis«, erklärte Heribert. »Das Recht, Bier zu brauen, ist in Einbeck nämlich an bestimmte Häuser wie diese hier gebunden, egal ob ein Schmied, ein Leinenweber oder ein Kaufmann darin wohnt. Die Eingänge müssen so groß sein, dass die Kupferpfannen hindurchpassen. Sie gehören niemandem allein, sondern werden von der Stadt gestellt. Man mauert sie in der Diele ein und bricht sie wieder heraus, wenn der Hausbesitzer sein Los abgebraut hat. Dann wird die Pfanne und das dazugehörige Eisenwerk zum nächsten Brauberechtigten geschafft.«

»Und das geht ohne Streit ab?«

»Der Rat und die Stadtbraumeister achten streng darauf. Die Meister ziehen mit den Pfannen von Diele zu Diele. Entlohnt werden sie vom jeweiligen Brauherrn. Die Meister leiten nicht nur den Brau, sondern überwachen auch, dass dabei strikt nach den Ratsvorgaben verfahren wird.« Heribert lenkte sein Pferd dicht an Torstens und sagte leise: »Ihnen ist es verboten, die Grenzen der Stadtmark ohne ausdrückliche Genehmigung des Rates zu verlassen.«

»Man müsste einen von ihnen ...« Torsten ließ den Satz unvollendet.

Heribert nickte und lachte. Dann flüsterte er: »Glaubst du, ich wäre mit dir hierher gereist, ohne das bedacht zu haben? Einer der Braumeister ist dem Spiel verfallen. Mit dem größten Vergnügen werde ich ihm ein paar Silberstücke zukommen lassen, wenn eine unglückliche Hand beim Würfeln ihm wieder einmal das Geldsäckel geleert hat.«

In einer Gasse, die von der Straße abzweigte, gab es eine Zeile niedriger Häuser ohne Toreinfahrten. »Schau, Torsten, dort wohnen Büdner! Sie brauen zwar auch, aber dürfen bei Strafe keinen Fernhandel mit dem Bier treiben, denn es ist ohne die großen Kupferpfannen von minderer Güte und verdirbt schnell.«

Die Straße verbreiterte sich. Ein Platz mit einer Kirche tat sich auf, der Marktplatz.

Heribert und Torsten verabschiedeten sich von den Pferdehändlern und schulterten ihre Reisesäcke.

Aus einem Fenster gegenüber dem Südportal der Marktkirche drang der flackernde Lichtschein einer Fackel.

»Ah, in der Ratswaage scheint noch jemand zu sein!«, sagte Heribert. »Komm, lass uns ein paar Silbermünzen in Einbecker Pfennige wechseln!«

Das Kirchenportal wurde geöffnet. Ein Mann und mehrere verschleierte Frauen traten heraus. Mit gesenktem Blick eilten die Weiber an Heribert und Torsten vorbei. Der Mann folgte ihnen im Schlenderschritt.

»He, Plattnase!«, sprach Heribert ihn an. »Das ist ja wahrhaftig ein seltener Anblick, du und deine Dirnen in der Kirche! Fürchtet Ihr etwa um Euer Seelenheil?«

»Sieh an, was für eine Überraschung, der Herr Hauptmann!« Achim Plattnase, der Frauenwirt, blieb stehen und verzog das Gesicht zu einem breiten Grinsen. »Wieder zu Geschäften in der Stadt?«

Heribert erwiderte das Grinsen. »Nun, das auch! Aber du hast meine Frage nicht beantwortet.«

Der Frauenwirt betastete seinen zertrümmerten Nasenrücken, eine bleibende Erinnerung an einen unglücklich verlaufenen Raufhandel. »Wenn ich etwas fürchte, dann ist es ein Schnupfen. Nein, die Weiber wollten den neuen Stadtpfarrer in Augenschein nehmen. Er ist recht jung und ziemlich gut aussehend.«

»Pass bloß auf, dass deine Huren demnächst nicht im falschen Augenblick frömmeln.«

»Seid unbesorgt!«, beschwichtigte ihn Achim Plattnase. »Aber am besten, Ihr vergewissert Euch bald selbst.«

»Worauf du dich verlassen kannst.«

Das Gotteshaus begann sich langsam zu leeren. Der Frauenwirt nickte Heribert zu und ging schnell hinter seinen Dirnen in

Richtung Marktbrunnen davon. Er und die Huren waren in der Kirche nur geduldet, wenn sie sich unmittelbar an den Eingängen aufhielten und verschwanden, bevor die Messe vorbei war.

Das Licht in der Waagestube erlosch. Achselzuckend hob Heribert den Kleidersack wieder auf. Das Geldwechseln konnte warten, im ›Stern‹ war er schließlich kreditwürdig.

An das Gebäude der städtischen Waage schloss sich direkt das Rathaus an. Zwei spießbewehrte Wachtknechte stellten sich ihnen in den Weg. Als Heribert ihnen versicherte, erst gerade eingetroffen zu sein, gaben sie sich zufrieden, ermahnten ihn aber, lange Waffen fortan in der Herberge zu lassen.

8. KAPITEL

Ein mildtätiger Handwerksmeister erbarmt sich im ›Stern‹ eines Waisen

Der ›Stern‹ lag an einem kleinen, länglichen Platz namens Scharrenplan hinter dem Ratsgebäude. Der Scharrenplan mündete an seinem Südende auf die parallel zum Stadtmarkt verlaufende Knochenhauergasse.

Der Wirt erinnerte sich noch bestens an den freigebigen Osloer Stadthauptmann, hieß ihn aufs Herzlichste willkommen und nahm dessen Schwert in Verwahrung. Dann zeigte eine alte Dienstmagd den Reisenden die Schlafkammern im Obergeschoss. Nachdem Heribert und Torsten ihre Reisebündel abgestellt hatten, stiegen sie in die Schankstube hinunter, die sich gerade mit den Besuchern der Abendmesse füllte. Unter den Gästen entdeckte Heribert auch den Oberen der Schneidergilde.

»Siehst du den Mann in der Ecke, den mit der blauen Kappe?«, raunte er Torsten ins Ohr.

»Ja?«

»Er heißt Ottokar Kerner und gilt neben dem Bürgermeister vermutlich als der geldgierigste Mensch in der Stadt.«

»Ist er Brauer?«

Heribert nickte. »Brauer und Schneider. Komm! Ich könnte versuchen, dich in seiner Werkstatt als Lehrling unterzubringen.«

»Aber Schneiderlehrlinge …«

»Keine Sorge! Wenn er sein Los abbraut, muss natürlich jeder im Haus mit anpacken.«

Torsten musterte Kerner intensiv. »Gut, versuchen wir es! Er macht zwar einen reichlich verschlagenen Eindruck, aber meine Geschichte wird er dennoch glauben müssen«, sagte er selbstbewusst.

»Trag nicht zu dick auf! Hörst du?«, ermahnte ihn Heribert.

Der Jüngling verzog als Antwort bloß das Gesicht.

»Es freut mich, Euch in bester Gesundheit zu sehen, Meister!«, begrüßte Heribert den Schneider. »Dürfen wir bei Euch am Tisch Platz nehmen?«

»Heribert von Habelstein! Eure Anwesenheit kann eigentlich nur bedeuten, dass Ihr wieder einmal zum Biereinkaufen in Einbeck seid, oder irre ich?«

Der Wirt trat beflissen an den Tisch.

Heribert bestellte drei Krüge und auch eine Schüssel Fleisch mit Kraut. »So ist es. Aber ich habe noch ein anderes Anliegen in der Stadt. Vielleicht könnt Ihr mir helfen?«, sagte er und stellte seinen Begleiter vor. »Der Junge hier will ein Handwerk erlernen. Kennt Ihr zufällig einen Meister, der einen Lehrburschen sucht?«

Der Schneider stöhnte auf, denn er ahnte, um welchen Gefallen Heribert ihn bitten würde. »Vor Braubeginn vermag niemand einen überflüssigen Esser in seinem Haus mit durchzufüttern, Herr Hauptmann, auch ich könnte es nicht, denn um meine Geschäfte steht es derzeit dürftig. Aber die Hopfenbauern in Kuventhal und anderswo in den Gemarkungen werden schon noch Arbeit für ein paar Erntehelfer haben.«

Heribert schüttelte den Kopf. »Er ist ein aufgeweckter Bursche. Sogar aufs Schreiben und Rechnen versteht er sich ein wenig. Fleißig und ehrlich ist er auch, dafür kann ich mich verbürgen. Nein, ein Handwerk soll er lernen. Aber wie ich sehe, kommen gerade Speis und Trank. Wenn unser Durst und Hunger gestillt sind, wird er Euch von seinem traurigen Schicksal berichten. Vielleicht rührt Euch ja seine Geschichte. Wegen des Unheils, das ihm widerfahren ist, bin ich übrigens als guter Christenmensch bereit, für seine Kost und Unterkunft aufzukommen.« Heribert klopfte gegen sein Wams, dort, wo der Geldbeutel in der Innentasche steckte.

Ottokar Kerner war plötzlich ganz Ohr.

Der Wirt brachte das berühmte Rauchfleisch. Es war fett und würzig und entschädigte hinlänglich für die eintönige Heringskost der letzten Reisetage. Dann stellte er drei Krüge Einbecker Bier auf den Tisch und sagte: »Trinkt es mit Bedacht. Das war mein allerletztes Fass vom vorjährigen Fernbier. Neues starkes Bier ist erst wieder Anfang Oktober zu haben, denn im Sommer ist es zum Brauen zu warm.«

»Greift zu, Meister, Ihr seid heute mein Gast!«, forderte Heribert den Schneider auf.

Der ließ sich das nicht zweimal sagen und langte zu. Während alle schweigend aßen, dachte er mit Verdruss an seine beiden Lehrburschen, die Zwillinge Heinrich und Hubert. Sie waren ausgemachte Schwachköpfe. Und der alte Geselle, dessen Weib seiner Frau als Magd zur Hand ging, war auch nicht gerade ein Ausbund an Intelligenz. Der Schneider beäugte verstohlen den Jüngling. ›Wenn er so gelehrig ist, wie der Hauptmann behauptet, dann könnte er durchaus von Nutzen sein, zumal ich in Kürze jeden Pfennig gut gebrauchen kann.‹

Im September würde er als Oberer der Schneiderzunft erneut einen Ratssitz einfordern. Dafür hatte er viel Silber geopfert, um Lothar Rieckes Fürsprache zu erkaufen. Silber, das ihm nun beim Erwerb des Braugetreides fehlte.

Torsten mundete das Einbecker im ›Stern‹ besser als alles Bier, das er unterwegs getrunken hatte. ›Ob es daran liegt, dass es keinen langen Transport auf Karren oder Schiffen hinter sich hat?‹, grübelte er.

Während Heribert den Schneider über die Geschehnisse in der Stadt ausfragte, versuchte Torsten sich den Reichtum vorzustellen, den ein derart starker, wohlschmeckender Brau daheim bringen würde. Gegen diesen Göttertrank war das meiste Osloer Bier nichts weiter als Pferdepisse. Mit Genugtuung bemerkte er, wie der gierige Blick des Schneidermeisters immer wieder zu der Stelle wanderte, wo sich Heriberts praller Geldbeutel unter dem Wams abzeichnete.

Nachdem der Hauptmann sich bei Ottokar Kerner erkundigt

hatte, wann der Bürgermeister vom Hansetag zurückerwartet wurde, erhielt Torsten endlich Gelegenheit, seine Geschichte anzubringen.

Er machte die Sache gut. Der Schneidermeister hing an seinen Lippen, und auch der Wirt und einige der Gäste kamen herbei, um zuzuhören.

Als der Jüngling schließlich verstummte, sagte Heribert: »Nun habt Ihr also erfahren, was er Schreckliches durchlitten hat. Wollt Ihr ihn um der guten Sache willen nicht doch bei Euch aufnehmen, Meister?«

Die Zuhörer begannen aufgeregt zu tuscheln. Jemand hinter Heribert sagte leise: »Das macht der Geizkragen nimmer. Den rührt ja nicht mal das Leiden Christi.«

Ohne Kerners Antwort abzuwarten, schlug Heribert das Wams auf, zog den Beutel aus der Innentasche und legte drei blanke Silbertaler neben seinen Bierkrug. »So viel ist es mir wert, ihn gut untergebracht zu wissen.«

Ein Raunen ging durch die Umstehenden. »Drei ganze Taler, Herr Hauptmann«, rief der Wirt, »das kann man wirklich mehr als großzügig nennen!«

Ottokar Kerners Augen leuchteten auf. ›Trefflich!‹, dachte er. ›Diesen Batzen lass ich mir nicht entgehen. Nur schnell, bevor sich jemand anders anbietet! Taugt der Bursche nichts, setze ich ihn einfach vor die Tür, wenn der Osloer wieder abgereist ist.‹

Laut sagte der Schneider: »Oh, ja! Sein Schicksal dauert mich wirklich zutiefst. Einverstanden, Torsten! Du sollst bei mir das Handwerk erlernen, und ich gelobe, dich zu behandeln wie den eigenen Sohn.«

Mehrere der Zuhörer fingen an zu lachen.

»Danke, Meister«, sagte der Jüngling, und man spürte seine Freude. »Ich will Euch auch stets ein gehorsamer Lehrling sein.«

Heribert zwirbelte bedächtig seine Vollbartspitze. »Das erwarte ich auch von dir, mein Junge. Enttäusche mich nicht!«

»Nein, Herr, aber wie kann ich Euch jemals Eure Güte vergelten?«

»Indem du fleißig und strebsam bist und deinem Meister in allem folgst, was er dir aufträgt. Hin und wieder werde ich nach dir schauen, ob es auch an dem ist.«

Ottokar Kerner erhob sich. »Du kannst schon heute mit mir kommen, wenn du magst, mein Junge.«

»Mit Freuden, Meister!«

»Dann hol jetzt dein Bündel!«, befahl Heribert und gab dem Schneider das Geld.

Hurtig ergriff Kerner die Münzen.

Kopfschüttelnd gingen die Zuhörer einer nach dem anderen zu ihren Tischen zurück. »Drei gute Taler, und ausgerechnet dieser Geizhals streicht sie ein!«

Jemand sagte: »Der arme Junge! Siebenmal die Woche Wassersuppe sind ihm gewiss.«

Ottokar Kerner entgingen die Bemerkungen. Das Silber sicher im Beutel zu verstauen forderte seine ganze Aufmerksamkeit.

9. KAPITEL

Heribert zeigt sich im ›Stern‹ und beim Frauenwirt spendabel

Es ging auf Ende Juli zu. Wegen des anhaltend guten Wetters war in der Stadtmark die Braugerste vollständig abgeerntet, aber auch schon der größte Teil von Weizen sowie Hopfen eingebracht worden. Lothar Riecke, der Bürgermeister, wurde täglich vom Braunschweiger Hansetag zurückerwartet.

Seit der Ankunft in Einbeck hatte Heribert Torsten nur zweimal in der Schneiderei besucht. Die Zuhörer im ›Stern‹ sollten sich getäuscht haben. Der Jüngling war im Nu zum Liebling aller geworden, und die Hausfrau sah darauf, dass er gutes Essen bekam. Selbst mit den beiden anderen Lehrburschen, den tumben Zwillingen Heinrich und Hubert, hatte er sich schnell angefreundet. Er ließ ihnen gelegentlich einen Krug Branntwein zukommen, den Heribert für ihn beim Sternwirt besorgen musste.

Nicht bloß der Meister, sondern auch seine Frau war der Meinung, dass man noch nie einen so fleißigen, fügsamen Lehrling gehabt hatte.

»Wie anstellig und wissbegierig er ist«, sagte Ottokar Kerner zu ihr, nachdem Torsten wieder einen Auftrag in Windeseile ausgeführt hatte.

›Und wohlgestaltet obendrein!‹, dachte die Meisterin, denn sie hatte Torsten bei der Morgenwäsche im Hof beobachtet.

Diese Entdeckung teilte sie mit ihrer Tochter Johanna, die gerade ins heiratsfähige Alter gekommen war und keine Gelegenheit verstreichen ließ, einen Blick auf den neuen Lehrburschen zu erhaschen.

Gleich als er ins Haus gebracht worden war, hatte Johanna ihn eingehend begutachtet. Wie vorteilhaft stach er doch von den anderen Lehrburschen, den drögen Zwillingen, ab. Wie Seide, erschien es ihr, glänzte Torstens schulterlanges Blondhaar. Gar nicht wie ein Bauernsohn dünkte er der Schneiderstochter. Und wie höflich er doch zu reden wusste, wenn auch die meisten Worte etwas fremdländisch klangen. Machten Heinrich und Hubert den Mund auf, klang es in Johannas Ohren wie Hundegebell. Sagte Torsten etwas mit seiner wohlklingenden Stimme, meinte sie einen Patriziersohn sprechen zu hören.

Torsten war das alles nicht entgangen, denn Johanna gefiel ihm. Sehr sogar. Sie war schlank, hatte kastanienbraunes Haar und katzengrüne Augen. Bodenlos und irgendwie geheimnisvoll. Das Mädchen in der Hamburger Badestube hatte ebensolche Augen besessen.

War es Zufall, dass sie immer, wenn er im Hof war, mit einem Eimer kam und sich zum Wasserschöpfen weit über den Brunnenrand beugte?

Während sich Torsten im Haus des Schneiders lieb Kind zu machen verstand, knüpfte der Osloer Stadthauptmann allerlei nützliche Kontakte. Mal traf er den einen oder anderen Gildemeister in der Trinkstube ›Sonne‹ gegenüber vom Rathaus, mal zechte er mit Leuten, die ihn von seinen früheren Besuchen her kannten, im ›Stern‹. Gelegentlich begegnete er dabei Bartholomäus Freyberg. Wenn es gar nicht zu vermeiden war, grüßten er und der Landwehrkommandant sich, doch nur äußerst kurz und betont frostig.

Achim Plattnases Frauenhaus war er wegen der vielen Verabredungen und Umtrunke vorerst fern geblieben. Heute Abend jedoch verspürte Heribert von Habelstein Gelüste, sich anders als nur bei Bier und Würfelspiel zu amüsieren.

Seit Tagen lag eine brütende Hitze über der Stadt. Mehrmals gingen zwar kurze Regengüsse nieder, aber danach war die Luft jedes Mal noch stickiger als ohnehin. Heribert trug schon lange nicht mehr das derbe Reisewams, sondern ein dünneres aus Leinen, und Brustharnisch, Helm, Arm- und Beinschienen ruhten wohl verschlossen zusammen mit dem Schwert in der großen Kleidertruhe des Wirts.

Nach einem Ausritt, er hatte sich beim Wirt ein Pferd geborgt, um zu sehen, wie es um die Braugerste in der Stadtmark stand, war er am Nachmittag schweißtriefend nach Einbeck zurückgekehrt; hatte zwei, drei Krüge Dünnbier hinuntergestürzt und sich, verschwitzt wie er war, nackt und erschöpft auf seine Bettstatt gelegt.

Als er aufwachte, zeigte sich gerade der Mond im Kammerfenster. Gähnend stand er auf und übergoss sich mit Wasser aus dem Waschbottich, den die alte Dienstmagd jeden Tag für ihn auffüllte. Es war noch immer sehr warm, und er trocknete sich nur flüchtig ab, bevor er in die Untergewänder schlüpfte.

Heribert kämmte sorgfältig den Bart, knöpfte die weinrote Samtweste zu, befestigte gelbe Beinlinge aus weichem Tuch innen an seinem knielangen Leinenwams und schloss es über Brust und Bauch. Dann schnallte er den Leibgurt um und steckte einen kurzen Dolch aus bestem Stahl hinein. Der Geldbeutel in der Wamsinnentasche trug nicht mehr dick auf. Heribert hatte das ungeprägte Silber für den Biereinkauf gegen eine schriftliche Verwahrungsbestätigung in der Ratswaage hinterlegt und nur die Goldstücke und eine Hand voll Silbermünzen, mehr als ausreichend für den Aufenthalt in Einbeck, behalten.

Als er die Stimme von Rolf Rotschuh hörte, stieg er eilig hinunter in die Wirtsstube. Der Landwehrknecht würde wissen, was für Weiber Achim Plattnase gerade zu bieten hatte.

An allen Tischen wurde in munteren Runden kräftig gebechert. Auch Ottokar Kerner war da. Er unterhielt sich in einer Ecke mit zwei Meistern der Leinenweber und dem Oberen der Kramergilde. Nur im Schatten der Treppe hockte ein einsamer Zecher auf einem Schemel, ein kleiner, dicker Mann, der gegen den Schlaf ankämpfte. Sein grünes Barett war ihm weit in die Stirn gerutscht.

Der Landwehrknecht saß mit dem Stadtbraumeister Wolfram Warberg an einem Tisch vor der Gasthaustür. Sie würfelten. Der Meister ließ den Lederbecher auf den Tisch knallen, hob ihn und begann zu fluchen. »Wieder verloren!«, schimpfte er laut.

»Es ist wie verhext. Gestern haben mich die anderen Braumeister ausgeplündert und jetzt du!« Heribert nahm mit Befriedigung zur Kenntnis, dass Warberg noch immer dem Spielteufel verfallen war. Er hatte dem Bier bereits kräftig zugesprochen, lallte zwar nicht, aber seine Zunge war schwer. Heribert fiel ein, dass er einmal Zeuge eines heftigen Streits zwischen ihm und Bartholomäus Freyberg gewesen war.

Der Braumeister bedeckte die Würfel mit dem Becher und schob ihn an den Tischrand. »Schluss für heute, mir reicht's!« Er gab dem Wehrknecht drei einbecksche Pfennige.

Rolf Rotschuh steckte das Geld ein. Plötzlich bemerkte er Heribert. »Gesellt Euch zu uns, Herr Hauptmann!«, rief er und wischte sich mit dem Jackenärmel die Schweißtropfen aus der Stirn. »Es gibt Anlass zum Feiern.«

»Deinen großartigen Sieg soeben?«, fragte Heribert spöttisch.

Rolf Rotschuh machte eine wegwerfende Handbewegung. »Das war doch nicht der Rede wert.«

Das verlorene Spiel war vergessen, mit breitem Grinsen bat der Braumeister: »Ja, Hauptmann. Setzt Euch zu uns. Wir haben nämlich vor …« Er machte eine sehr obszöne Geste.

Heribert nahm zwischen den beiden Männern Platz.

Rolf Rotschuh rückte dicht an ihn heran und flüsterte verschwörerisch: »Bei Achim Plattnase sind drei neue Huren. Wir wollten hier bloß noch ein wenig bechern und dann in der Petersiliengasse vorbeischauen.«

»Das trifft sich gut«, sagte Heribert leise. »Auch ich wollte heute zu Plattnase. Konntet Ihr die neuen Weiber schon mal besteigen?«

Der Braumeister schüttelte den Kopf. »Plattnase hat sie erst gestern aus Hildesheim hergebracht.«

»Sie sind durch die Kuventhaler Warte gekommen«, sagte Rolf Rotschuh, und sein Gesicht geriet in Verzückung. »Dralle Frauenzimmer, alle drei! Und jung obendrein!«

Heribert dachte an die prallen Brüste der rothaarigen Dirne im Hamburger Badehaus. »Keine mageren Ziegen?«

»Bewahre! Dralle Frauenzimmer!« Der Landwehrknecht rückte noch dichter heran und sagte leise: »Man munkelt, dass Plattnase Verstärkung besorgt hat, weil der Bürgermeister morgen ja vom Braunschweiger Hansetag zurück ist. Er reist bestimmt mit vielen Kaufleuten an, denn demnächst ist großer Tuchmarkt in Einbeck. Außerdem sind die Johannesritter auch bald wieder in der Stadt. Eine Vorausabteilung ist vorhin schon durch das Oster Tor geritten.«

»Waren die sonst nicht immer erst Anfang September hier?«, fragte Heribert irritiert.

Der Wehrknecht nickte. »Stimmt! Wo Ihr das sagt, Hauptmann, erinnere ich mich auch.«

»Du weißt nicht zufällig, weshalb sie in diesem Jahr früher kommen?«

Rolf Rotschuh schüttelte den Kopf.

Heribert beließ es dabei und bestellte eine Runde Bier. Nachdenklich nahm er einen Schluck. ›Was mag passiert sein? Abgemacht war unser Treffen um den Braubeginn herum. Aber vielleicht kann der Bürgermeister mir erklären, was es mit der vorgezogenen Erhebung der Kontributionsgelder auf sich hat.‹

Und der Osloer Stadthauptmann beglückwünschte sich, dass er rechtzeitig genug nach Einbeck gereist war, um seinen Oheim nicht zu verpassen.

Der Braumeister leerte seinen Krug in einem Zug und erhob sich. »Ich schlage vor, wir suchen jetzt hurtig die neuen Weiber auf, bevor die vielen hohen Herren sie uns streitig machen.«

Rolf Rotschuh griff nach einem hüfthohen Eichenstab, der an beiden Enden eisenbeschlagen war, und stand ebenfalls auf.

Heribert zahlte für alle und verließ mit dem Wehrknecht das Gasthaus. Der Braumeister folgte ihnen leicht wankend. Vor dem Gasthaus schnallten sich die drei Männer hölzerne Tritten unter die Schuhe, Warberg leise fluchend, weil die Schnürbänder ihm immer wieder aus den Fingern rutschten.

Es war trotz später Stunde weiterhin ungewöhnlich heiß, und das bei sternenklarem Himmel. Ein voller Mond beschien die

Fassaden der gegenüberliegenden Bürgerhäuser. Sogar die Inschriften im Gebälk über den Braudielen konnte der Osloer Stadthauptmann entziffern.

Ottokar Kerner und seine Zechgenossen verließen ebenfalls das Gasthaus und schlenderten in Richtung Rathaus und Markt davon. Als der Braumeister endlich seine Tritten festgeschnürt hatte, betraten zwei Hellebardisten in hüftlangen Kettenhemden von der Knochenhauerstraße kommend den Scharrenplan. Beiden baumelte das kurze, gebogene Signalhorn der Stadtwächter aus gewalztem Blech vor der Brust. Sie grüßten den Braumeister und Heribert höflich und richteten ihre Waffen scherzhaft auf den Landwehrknecht. Unterhalb der Stichblätter war jeweils eine grüne Quaste an den Hellebardenschaft gebunden. »Du bist zu beneiden, Rolf Rotschuh. Wir müssen schwitzen und Wache schieben, während du mit dem Herrn Hauptmann und Meister Warberg saufen gehst.«

»Ihr habt gut reden«, erwiderte der Landwehrknecht und stützte sich auf seinen Eichenstab. »Das ist seit Wochen mein erster Tag in der Stadt. Bin bis gestern in Kuventhal versauert. Nicht mal ein ordentliches Wirtshaus haben die da.«

»Wir haben davon gehört, dass Rat Freyberg dich zusammengeschissen hat. Darf man fragen, weshalb? Suff im Dienst, so wie wir dich kennen?«

»Pah! Wenn's das mal gewesen wäre! Nein, er hat mir vorgeworfen, ich hätte Herrn von Habelstein nach dem Signal in die Stadtmark gelassen. Völliger Schwachsinn.« Rolf Rotschuh zwinkerte Heribert zu. »Alle in der Warte haben geschworen, dass der Herr Hauptmann schon *vor* dem Glockenschlag durch war, trotzdem hat er mich weiter angebrüllt wie ein Stier. Was soll's! Er ist in letzter Zeit fast immer übel gelaunt.«

»Das stimmt. Aber tröste dich. Mal trifft es den, mal den«, sagte einer der Stadtwächter. »Gestern Mittag zum Beispiel habe ich von ihm einen Rüffel bekommen, nur weil ich beim Wachdienst oben auf dem Storchenturm keinen Helm aufhatte. Und das bei der verdammten Hitze!«

»Er ist schon ein ganz Scharfer«, sagte sein Kamerad.

Der kleine Dicke mit dem grünen Barett verließ den ›Stern‹ und huschte in Richtung Rathaus davon.

»Sieh mal einer an, Krögerhannes! Den hab ich drinnen ja gar nicht bemerkt. War er die ganze Zeit über im ›Stern‹?«, fragte der Landwehrknecht.

»Ja«, sagte Heribert. »Du konntest ihn nicht sehen. Er saß im Treppenwinkel.«

Rolf Rotschuh spuckte aus. »Ein übler Bursche, dieser Kerl. Und sein Kumpel Kuventhal-Peter auch.«

»Weshalb?«

»Sie schnüffeln für Freyberg.«

»Wie meinst du das?«

»Na, sie tragen ihm alles zu, was für ihn von Belang sein könnte.«

»Zum Beispiel, ob die Türmer auch ihre Helme aufhaben«, knurrte der eine Wärter. »Als Freyberg mich zusammenschiss, strichen sie kurz vorher am Storchenturm herum.«

Wolfram Warberg rülpste laut und vernehmlich. »Scheißkerle«, sagte er, denn durch die beiden Marktbüttel war ihm im letzten Jahr ein gutes Geschäft vermasselt worden. Er hatte in Freybergs Braudiele einen Klumpen bester Brauhefe für einen Alfelder Bäcker abzweigen können, als sie unvermittelt auftauchten, und hatte es gerade noch geschafft, den Klumpen in den Abtritt zu werfen.

Rolf Rotschuh verzog die Mundwinkel. »Tja, Herr Hauptmann, so ist es. Seit Rat Freyberg die Landwehr kommandiert, gibt er sich wie der Landesherr persönlich.« Er spuckte aus. »Aber bis das Landwehrkommando im Oktober an die Kürschnergilde weitergereicht wird, müssen wir uns wohl oder übel mit ihm abfinden.«

Die Hellebardisten nickten betrübt. Während sie ihre Waffen schulterten, sagte einer: »Ach, übrigens, seid auf der Hut! Gestern Nacht hat jemand versucht, bei der Witwe Bracke einzubrechen. Zum Glück haben ihre Hunde angeschlagen. Sie hat den Kerl noch gesehen, wie er über die Dächer geflüchtet ist. Er hatte ein langes Messer dabei.«

»Und natürlich ist er Euch Lahmärschen entwischt«, brach Rolf Rotschuh in Lachen aus.

»Du hast gut reden. Verfolg du mal jemanden, der wie eine Katze von Giebel zu Giebel springt.«

Der andere Wächter musterte Heriberts tonnenförmigen Brustkorb. »Kamerad, ich glaube kaum, dass der Strolch sich mit dem Herrn Hauptmann anlegen würde.«

»He, ich bin schließlich auch noch da!«, rief Rolf Rotschuh und ließ den Eichenstab durch die Luft pfeifen.

Heribert tätschelte liebevoll den Griff seines Dolches. »Soll er uns nur über den Weg laufen! Aber trotzdem danke für die Warnung.« Er wandte sich zum Gehen. »Wenn Ihr nicht gerade der braven Bürger Schlaf bewacht, dann schaut ruhig mal zu einem Umtrunk vorbei.« Er deutete auf den ›Stern‹. »Ihr wisst ja, wo ich meistens zu finden bin.«

Die Hellebardisten versprachen es, denn Heriberts Spendierfreudigkeit hatte sich überall in der Stadt herumgesprochen. Grinsend wünschten sie noch eine »Gute Nacht« und gingen weiter. Als sie das Rathaus erreichten, drehten sie sich um.

»Da, sie biegen nach links ab«, sagte der eine Wächter. »Ob sie noch in die Petersiliengasse wollen?«

Sein Kamerad lachte. »Wohin denn sonst, du Esel!«

Heribert, Wolfram Warberg und Rolf Rotschuh folgten der Knochenhauerstraße nach Osten, bis diese auf eine gut gepflasterte Straße stieß. In diese bogen sie rechts ab und überquerten bald den ›Dreckgraben‹. Als sie an die Kreuzung Altendorfer Straße gelangten, zeigte Rolf Rotschuh auf ein stattliches Eckhaus.

»Da wohnt er. Die Schmiede ist im Hof. Deshalb hat das Haus auch zwei Eingänge.«

Heribert betrachtete eine Weile Freybergs großes Anwesen und sagte: »Er scheint mir recht wohlhabend zu sein.«

»Er besitzt Hopfengärten und was-weiß-ich-wieviel Ackerland in der Stadtmark«, knurrte der Landwehrknecht. »Der hat es nie schwer, genügend Getreide und Hopfen aufzutreiben, um sein Los abzubrauen.«

Warbergs letzter, hastiger Krug Bier im ›Stern‹ begann zu wirken. Der Braumeister lallte: »Ach, soll ihn doch der Teufel holen! Kommt endlich weiter, ich will zu den Weibern!«

Sie gingen geradeaus über die Straßenkreuzung in die Petersiliengasse. Hier wohnten nur Büdner, Bürger ohne Braurecht für Fernbier. Die gedrungenen Häuser, deren Straßenfronten aus schmucklosem Fachwerk bestanden, besaßen in der Regel lediglich ein flaches Obergeschoss. Es gab auch keine Steinpflasterung mehr, und viel Unrat aller Art bedeckte den Weg, so dass die Männer es nicht bedauerten, Tritten unter ihren Schuhen zu haben.

Anschließend kreuzten die drei Nachtschwärmer die Backofen- und die Baustraße. Dann, kurz bevor die Petersiliengasse an der südlichen Stadtmauer endete, verschwand Rolf Rotschuh, dicht gefolgt von Heribert, zwischen zwei Buden in einem dunklen Laubengang. Wolfram Warberg wankte hinterher, fortwährend den Schmiedemeister verwünschend. »Dass dich der Teufel hole!« oder »Deine Nase soll im Arsch eines Hundes stecken!« waren noch milde Beschimpfungen des Braumeisters.

Der Gang führte auf ein rechteckiges, apfelbaumbestandenes Grundstück mit einem lang gestreckten Haus an der Stirnseite, das, wie die Buden links und rechts vom Hofzugang, einer zahnlosen alten Vettel gehörte. Sie hieß Margarete und war Achim Plattnases Tante. Die Weiber in der Stadt raunten sich zu, die Alte würde in ihrem Garten am Bleichanger vor dem Benser Tor außer dem üblichen Gemüse diverse Kräuter ziehen, die verhinderten, dass Plattnases Huren jemals dicke Bäuche bekamen. Und bisweilen huschte auch eine brave Bürgersfrau bei Dunkelheit verstohlen und gut verschleiert in die Petersiliengasse. Die alte Vettel kümmerte sich auch darum, dass niemand ungesehen das Hofgrundstück betrat oder verließ. Sie hockte in einem Gelass an der Eingangstür des Frauenhauses, von wo aus sie das Kommen und Gehen der Freier durch ein kleines Fenster überwachen konnte.

»Rolf Rotschuh, oder ist es ein Gespenst? Du hast dich eine Ewigkeit nicht mehr bei uns blicken lassen«, krächzte sie und öffnete die Tür. »Aber dir sei verziehen, denn wie ich sehe, bringst du erlauchte Gäste mit.«

»Hör mit dem blöden Geschwätz auf. Führ uns lieber geschwind zu den Neuen«, sagte der Wehrknecht und half Warberg die Trittenschnüre aufzuknüpfen.

Die Alte schlurfte davon und kam wenig später mit Achim Plattnase zurück.

»Grüß dich, Rolf Rotschuh. Welch Glanz in meiner Hütte! Der Herr Hauptmann und auch Meister Warberg! Nur leider, im Augenblick, leider …« Sein Gesicht nahm den Ausdruck tiefsten Bedauerns an.

»Willst du Schuft uns etwa weismachen, dass du heute keine Huren für uns hast?«, fauchte der Braumeister und drängte sich torkelnd an dem Wehrknecht vorbei.

»Doch, doch, Meister«, beschwichtigte ihn der Frauenwirt, »Ihr müsst allerdings ein kleines Weilchen Geduld aufbringen, bis sie Euch empfangen können.« Er flüsterte Warberg etwas ins Ohr.

Der Braumeister drehte sich zu seinen Begleitern um und grölte: »Sie werden gerade von …«

Bevor er ausreden konnte, drückte ihm der Frauenwirt geschwind die Hand auf den Mund und sagte zu Heribert und dem Landwehrknecht: »Kommt in meine Stube und trinkt erst mal einen guten Schluck, dann verrate ich es Euch. Und du, Braumeister, brüll bitte nicht so rum!«

Warberg erwiderte etwas Unverständliches, fügte sich indes.

Plattnases Stube lag im hinteren Teil des Hauses unter der Treppe, die zu den Dirnenkammern hochführte. Warberg wankte durch das Zimmer und warf sich auf das Bett des Frauenwirts, Heribert und Rolf Rotschuh setzten sich auf die Ofenbank. Der Frauenwirt nahm vier Krüge von einem Regal und rief nach seiner Tante.

»Zapf uns vom Guten!«, befahl er ihr.

Die Alte warf einen skeptischen Blick auf den Braumeister. »Für den auch?«

Alle schauten zum Bett. Wolfram Warberg war eingenickt.

»Man merkt es ihm meist nicht an, aber er hatte doch schon reichlich gebechert, als ich ihn im ›Stern‹ traf«, bemerkte Rolf Rotschuh. »Wenn er ein, zwei Stündchen schlafen kann, ist er wieder nüchtern genug, um ein Weib zu besteigen.« Er grinste vielsagend. »Ich kenne ihn da gut.«

»Wer ist denn gerade oben?«, fragte Rolf Rotschuh neugierig.

Achim Plattnase kicherte. »Die niedere Geistlichkeit. Die Vorhut von den Johannesrittern, die jedes Jahr durch Einbeck ziehen.«

Heribert wurde plötzlich sehr hellhörig. »Dann wirst du dich also demnächst über schlechte Geschäfte kaum beklagen können. Wann kommt denn der Rest der Truppe?«

»Sie sagten, in etwa zwei Wochen«, antwortete der Frauenwirt.

»Mir ist so, als wären sie sonst immer bei Braubeginn in der Stadt gewesen.«

»Das ist richtig, Herr Hauptmann.« Achim Plattnase nickte. »Aber die Türkenhunde planen wieder einen Angriff auf die Ordensfestung in Rhodos, deshalb müssen die Kontributionen früher eingesammelt werden. Das zumindest habe ich vorhin gehört, als sie sich unterhielten. Darf ich fragen, warum Euch das interessiert?«

»Darfst du. Mein Oheim befehligt nämlich diesen Geldtransport. Ich muss ihn unbedingt treffen, um … um ein paar Familienangelegenheiten zu regeln.«

»Ah, verstehe«, sagte der Frauenwirt und horchte plötzlich auf.

Auf der Treppe ertönten Stimmen, dann hörte man schwere Tritte, gleich darauf krächzte die Alte einen Abschiedsgruß.

»Ich will nachschauen, ob sie alle gegangen sind«, sagte der Frauenwirt. Er kehrte mit drei gefüllten Bierkrügen zurück. »Sie sind weg. Trinkt in Ruhe aus, bis die Weiber sich gewaschen haben. Ich bringe Euch dann nach oben, damit Ihr Eure Wahl treffen könnt.«

Heribert griff zum Geldbeutel.

»Aber nicht doch, Herr Hauptmann, wir kennen uns doch!«, wehrte der Frauenwirt ab. »Ich weiß, Ihr seid ein Ehrenmann. Gebt mir nachher das Geld.«

Der Braumeister richtete sich mit einem Ruck auf, gähnte und rieb sich die Augen. »Wo, verdammt, bleibt mein Bier?«, lallte er. »Und wo ist mein Bettschatz?«

Bevor jemand Antwort geben konnte, legte er sich wieder flach und war erneut eingeschlafen.

Der Frauenwirt führte die Männer nach oben und öffnete eine Kammertür. »Gefällt sie dir, Rotschuh?«

Der Wehrknecht sah kaum die Schenkel der Dirne, als er auch schon an seinem Leibgurt zu nesteln begann.

Achim Plattnase schloss die Tür hinter ihm. »Nichts für Euch, Herr Hauptmann. Zu dürr, wenn ich mich recht erinnere. Britta und Hanne werden Euch mehr zusagen.«

Eine Stunde später stiegen Heribert und Rolf Rotschuh in bester Laune aus dem Obergeschoss herunter. Sie fanden Wolfram Warberg noch immer schnarchend vor.

»Soll ich ihn jetzt wecken?« Achim Plattnase beugte sich über den Braumeister.

Heribert lachte. »Lass ihn schlafen!« Er warf dem Frauenwirt drei Silbermünzen zu. »Das wird wohl für uns alle reichen. Wenn er aufwacht, bestellt ihm, dass er sich noch ein wenig auf meine Kosten amüsieren kann.«

Die zahnlose Vettel schlurfte mit zwei Krügen Bier herbei.

Heribert trank gierig, denn die dralle Britta und die nicht minder üppige Hanne hatten es gar heftig mit ihm getrieben.

10. KAPITEL

Krögerhannes und Kuventhal-Peter erstatten Bericht

Ratsherr Bartholomäus Freyberg saß auf der Brunnenbank im Schmiedehof und schaute von Zeit zu Zeit besorgt auf die flackernde Kerze im offenen Fenster der Dachkammer. Das jüngste der Kinder hatte seit gestern hohes Fieber. Manchmal, wenn seine Frau Maria die Waden- und Pulswickel erneuerte, konnte Freyberg sogar das Wasserplätschern hören, während Maria die kalten Lappen über der Waschschüssel auswrang. Der Schmied versuchte sich damit zu beruhigen, dass Kinder leicht Fieber bekamen, das dann, gottlob, häufig genauso schnell wieder verschwand, wie es gekommen war. Er selbst fühlte auch ein leichtes Kratzen im Hals. ›Kein Wunder‹, dachte er.

Als er mit einem Trupp Landwehrknechte die Stadtmark abgeritten hatte, war er bis auf die Haut durchgeschwitzt nach Einbeck zurückgekehrt. Anders als um die Mittagszeit in den Ilme-Niederungen, hatte auf den Hube-Hängen nach Sonnenuntergang ein frischer Wind geweht. Die Brise war anfangs erquickend gewesen, aber die Leinenkleider unter seiner Rüstung hatten sich bald ungemütlich kalt und klamm angefühlt.

Plötzlich wurde das Hoftor einen Spalt weit aufgedrückt, und eine hagere Gestalt schlüpfte hindurch. Freyberg erhob sich.

»Ich bin's.« Kuventhal-Peter kam zum Brunnen.

»Wo ist Hannes?«, fragte der Schmied.

»Er ist auch gleich da. Ich habe ihn schon gesehen.« Der Marktbüttel hockte sich auf den Brunnenrand.

Gleich darauf öffnete sich das Tor erneut.

»Sperr es hinter dir zu«, sagte Freyberg und setzte sich wieder.

»Ja, Meister.« Polternd fiel der Riegel in die Halterung. Krögerhannes nahm sein grünes Barett ab und wischte sich mit seinem Hemdsärmel das Gesicht, dann gesellte er sich zu dem anderen Marktbüttel auf die Brunneneinfassung.

»Diese verdammte Hitze!«, stöhnte er. »Ich glaube, ich bin heute wenigstens zweimal durch jede Stadtgasse getrabt.«

Ratsherr Freyberg verschränkte die Arme. »Und? Haben sie sich getroffen?«

»Ja, wieder im ›Stern‹. Danach haben sie dann noch eine ganze Zeit lang vor Kerners Haus die Köpfe zusammengesteckt.«

»Wer war alles dabei?«

»Wie üblich.« Krögerhannes nannte die Namen von Kerners Mitzechern.

»Niemand sonst aus der Leinenweber- oder Kramergilde?«

Der dicke Marktbüttel schüttelte entschieden den Kopf.

»Hast du sie endlich einmal belauschen können?«

»Wieder nicht, sie haben sich gleich in die äußerste Ecke verzogen. Außerdem war die Gaststube voll.« Bedauernd fügte er hinzu: »Es war wirklich sehr laut dort, Meister.«

»Verstehe.« Der Kommandeur der Landwehr presste die Lippen aufeinander. ›So geht es nun schon zwei Wochen. Verdammt! Irgendetwas hecken die doch aus!‹

Kuventhal-Peter räusperte sich. »Ich habe den ganzen Tag über ein Auge auf die Schneiderwerkstatt gehalten. Der neue Lehrbursche wurde bei Sonnenuntergang zweimal kurz hinter einander zum Leinenwebergildenmeister gegenüber geschickt. Als der Junge das zweite Mal zurückkam, ist Kerner gleich darauf in den ›Stern‹ geeilt. Ich bin ihm bis auf den Scharrenplan gefolgt und dann zur Petersiliengasse weitergegangen, ich wusste ja, dass Hannes schon im Gasthaus war, und habe mich dort auf die Lauer gelegt.«

Freyberg stieß einen leisen Fluch aus. »Und?«

»Wegen der neuen Weiber ging es bei Plattnase zu wie in einem Taubenschlag. Ich hatte mich genau gegenüber vom Laubengang hinter einer Gartenmauer versteckt.«

»Die Namen!«, rief Freyberg ungeduldig. »Ich will die Namen wissen!«

Kuventhal-Peters Aufzählung war lang.

»... die Johannesritter waren noch drinnen, da sah ich, wie der Osloer mit Warberg und Rolf Rotschuh die Straße entlangkam.«

Der Schmied zog die Stirn in Falten.

»Vorher waren sie auch im ›Stern‹«, warf Krögerhannes ein, »aber mit Kerner und den anderen haben sie nicht gesprochen.«

»Berichte weiter!«, befahl Freyberg ungeduldig.

»Na, sie sind natürlich auch alle zu Achim Plattnase rein.«

»Wo sind sie jetzt?«

»Als ich ging, waren sie noch bei den Huren.«

Freyberg dachte einen Moment nach, dann fragte er Kuventhal-Peter: »Sag mal, hat Kerners neuer Lehrbursche tagsüber auch schon mal die Schneiderei verlassen?«

»Ja, am Vormittag. Er hat den Frauen geholfen, die Wäsche zum Bleichanger zu bringen, und kam dann gegen Mittag wieder mit ihnen zurück.«

»Der Osloer hat ihn nicht besucht?«

»Heute nicht.«

Freyberg blickte hoch zur Schlafkammer. Das Licht war erloschen. Dafür flackerte eine Kerze in der Wohnstube. »Ihr könnt jetzt gehen«, sagte er und gab jedem der Marktbüttel ein Geldstück. »Behaltet Kerner und den Osloer weiterhin gut im Auge.« Nachdrücklich fügte er hinzu: »Noch etwas. Ich muss umgehend erfahren, wenn sich einer von ihnen mit Riecke treffen sollte.«

»Ja, Meister.«

»Und was Kerners Lehrbursche so treibt, das will ich ab jetzt auch genau wissen.«

Kuventhal-Peter schaute Freyberg verblüfft an.

Sein Kumpan stieß ihn in die Seite. »Ist doch wohl klar, oder? Kerner benutzt ihn als Boten.«

Nachdem Bartholomäus Freyberg hinter den beiden Marktbütteln das Schmiedehoftor geschlossen und den Riegel eingelegt hatte, sagte Kuventhal-Peter: »Uns kann es zwar egal sein, solange wir ein extra Saufgeld einstreichen können, aber bisweilen denke ich, dass der Meister spinnt. Klar, der Junge war zweimal beim Gildenmeister der Leinenweber, aber was besagt das denn schon! Morgen trifft sich die Tiedexer Nachbarschaft, um die Brunnen in der Straße zu reinigen. Wahrscheinlich hat Kerner ihn bloß deswegen zum Leinenweberoberen rübergeschickt.«

Krögerhannes schüttelte energisch den Kopf. »Ich glaube wirklich nicht, dass der Meister nur Gespenster sieht, Peter. Schließlich konnte ich genau sehen, wie Kerner zwanzig Silbertaler abgezählt und später, als er sich unbeobachtet fühlte, in die Satteltasche von Rieckes Rappen gesteckt hat.«

Kuventhal-Peter hob beschwichtigend seine dürren Arme. »Klar! Die Schneider, Leinenweber und Kramer wollen unbedingt einen Stadtherrensitz. Aber meinst du wirklich, sie würden deswegen einen offenen Aufruhr wagen, wie es der Meister irgendwie zu befürchten scheint? Das doch wohl kaum. Wenn du mich fragst, dann trifft Kerner die anderen, um sie zu überreden, auch den Bürgermeister zu schmieren.«

»Vermutlich hast du Recht.« Krögerhannes lachte. »Ottokar Kerner ist zwar ehrgeizig, aber nicht besonders tapfer. Warten wir's also ab, ob sein Silber etwas bewirkt hat. Man wird es ja erfahren, wenn der Bürgermeister sich auf der nächsten Ratsversammlung für die Schneidergilde stark macht.«

Plötzlich blies ein Nachtwächterhorn Alarm, dann ein weiteres.

Bartholomäus Freyberg rannte hoch in die Wohnstube, griff sich Helm und Streitaxt und eilte auf die Straße.

Die Stadtbüttel deuteten auf die Turmspitze der Neustädter Kirche im Westen. »Irgendwo dort hinten, Meister!«

11. KAPITEL

Der Fußtritt

Als Heribert und Rolf Rotschuh aus dem Laubengang auf die Petersiliengasse traten, zupfte der Wehrknecht den Hauptmann am Wams und flüsterte: »Seht Ihr den Mann dort?«

Eine hagere Gestalt auf der gegenüberliegenden Gassenseite entfernte sich rasch in Richtung Altenburger Kreuzung. Sie trug eine eng sitzende Kappe als Kopfbedeckung, die mit zwei langen Federn geschmückt war.

»Ja, wieso?«

»Das ist Kuventhal-Peter, der andere von Freybergs Schnüfflern.«

Rolf Rotschuh zog Heribert in den Laubengang zurück. »Ich wette, er hat für Freyberg beobachtet, wer alles bei den Huren war. Wir gehen besser an der Stadtmauer entlang und dann durch die Benser Straße zurück.«

»Meinetwegen.« Achselzuckend folgte Heribert dem Wehrknecht. Er sollte Rotschuhs Wegwahl schnell bereuen. Die Mauergasse lag im Mondschatten und stank erbärmlich. Es wimmelte von Ratten. Der Wehrknecht schlug mit dem Eichenstab nach einer besonders fetten, die behäbig auf einem Misthaufen hockte, und verfehlte sie nur knapp. Klatschend schlug die Stabspitze in den Haufen.

Heribert sprang gerade noch rechtzeitig zur Seite, um nicht von einem Dreckspritzer getroffen zu werden. »Pass doch auf, du Idiot!«, schnauzte er seinen Begleiter an.

An der nächsten Straßeneinmündung blieb er verärgert stehen. »Komm hier lang, Rotschuh!«

»Aber da vorne ist doch schon das Benser Tor!«, wagte der einzuwenden.

»Hier lang, habe ich gesagt«, herrschte Heribert den Wehrknecht an. »Der Mauerweg ist mir zu dunkel.«

Rolf Rotschuh fügte sich, und sie bogen nach rechts in die Schaafgasse ab. Die kleinen Häuser waren unansehnlich wie die in der Petersiliengasse, aber wenigstens konnte Heribert einigermaßen erkennen, wohin er trat. Die Schaafgasse verlief in die gleiche Richtung wie die Petersiliengasse.

Als sie an der Baustraße eintrafen, die die Schaafgasse im rechten Winkel schnitt, ertönten Hörner.

Beide Männer verharrten angespannt lauschend. Wieder und wieder erschallten die Hörner.

Der Wehrknecht stellte sich in die Kreuzungsmitte und spähte nach Westen. »Die Wächter blasen in der Benser Straße Alarm«, sagte er aufgeregt, korrigierte sich aber sofort. »Nein, in der Altenburger!«

Langsam gingen sie weiter. Die Alarmsignale kamen näher.

Vor ihnen mündete die Schaafgasse in die Backofenstraße.

Auf einmal bog ein Mann um die Ecke, sah Heribert und den Wehrknecht und blieb abrupt stehen. Seine rechte Hand umklammerte ein langes Messer.

Heribert zog den Dolch aus der Scheide, Rolf Rotschuh schwang den Eichenstab.

»Den schnappen wir uns«, schrie er und lief los, während Heribert hastig die Schnüre seiner Tritten löste.

Der Mann an der Ecke drehte sich um, verschwand in der Backofenstraße, nur um augenblicklich wieder in die Schaafgasse zurückzurennen.

Über Heribert wurde ein Fenster aufgestoßen. Laute Rufe mischten sich jetzt mit den Hornsignalen.

Der Landwehrknecht stellte sich zum Schlag bereit dem Mann breitbeinig in den Weg. Der schlug blitzschnell einen Haken.

Rolf Rotschuh fiel auf die Finte herein, versuchte aber noch, dem Fliehenden im Vorbeirennen einen Hieb zu verpassen – und stolperte.

Bei Heribert hatte der Mann weniger Glück. Als er ihn genauso austricksen wollte, hatte er die Wendigkeit seines massigen

Gegners unterschätzt. Heribert sprang zur richtigen Seite und trat mit aller Kraft zu.

Der Tritt traf den Mann am Schienbein. Er schrie auf und stürzte kopfüber zu Boden. Bevor er sich wieder hochrappeln konnte, war Heribert neben ihm.

Der Mann wälzte sich auf den Rücken. Noch immer hielt er das Messer umklammert. Mit schmerzverzerrtem Gesicht wollte er nach Heriberts Füßen stechen, aber schon traf ihn ein weiterer Fußstoß.

Heribert steckte den Dolch in die Scheide zurück.

Rolf Rotschuh kam herangehumpelt. »Scheiße, bin ausgerutscht.«

»Tja, auf Tritten ist schlecht kämpfen«, sagte Heribert hämisch.

An beiden Eckhäusern der Schaafgasse tauchten Stadtwächter auf, unter ihnen auch die Hellebardisten vom Scharrenplan.

»Hierher!«, schrie der Wehrknecht. »Der Herr Hauptmann hat ihn!«

Die Wächter kamen angerannt und beugten sich über den reglosen Körper mit der blutenden Schläfe.

»Habt Ihr ihn erdolcht?«, fragte Rolf Rotschuh.

Heribert lachte. »Bewahre! Bei Hunden langt's, wenn man sie kräftig tritt.«

12. KAPITEL

Maria, hilf!

Bartholomäus Freyberg fand seine Frau Maria über eine Näharbeit gebeugt, als er zurückkehrte.

Sie steckte Nadel und Faden in den Stoff und legte alles auf die Fensterbank. »Was war los?«

»Ein Einbrecher.« Freyberg nahm den Helm ab und lehnte seine Streitaxt gegen die Fensterwand. »Der Osloer hat eben zufällig in der Schaafgasse den Kerl gestellt, der gestern bei der Witwe Bracke eingestiegen ist. Der Halunke hat wieder Pech gehabt, wollte es heute beim Schuster Rabe probieren, aber der hat versucht ihn festzuhalten und um Hilfe geschrien. Dabei hat er einen bösen Messerstich in die Brust abgekriegt.«

»Wer war der Einbrecher?«

»Würfel-Klaus, der Fuhrknecht.«

»Hattet ihr den nicht mal wegen gezinkter Karten eingelocht?«

»Genau der war's.« Er schnitt eine Grimasse. »Ist das nicht makaber? Ein Betrüger bringt einen anderen zur Strecke.«

Auf dem Kaminsims stand ein Krug mit Dünnbier. Freyberg leerte ihn in einem Zug. »Was macht der Kleine?«

»Das Fieber ist weg«, sagte Maria und lächelte. »Er schläft jetzt ruhig.«

»Gott sei Dank!«

»Aber du siehst nicht gut aus.«

»Ich bin nur müde.«

Maria griff wieder nach der blau gemusterten Kittelschürze, deren eine Seitennaht aufgerissen war.

»Nur müde?«

Bartholomäus Freyberg ging zum Fenster und gab ihr einen Kuss. »Nein, nicht nur. Krögerhannes und Kuventhal-Peter haben mir vorhin noch Bericht erstattet.«

»Ich habe gehört, wie ihr unten miteinander geredet habt. Was haben sie erzählt?«

Der Schmied stieg über die Kacheln in der Zimmermitte, mit denen er die schadhafte Verkleidung des großen, offenen Kamins ausbessern wollte, und holte sich einen Schemel. »Morgen kommt Riecke aus Braunschweig zurück.«

»Ich weiß. Die Frauen auf dem Bleichanger haben es mir gesagt.«

Er ballte die Fäuste. »Ich kann einfach nicht beweisen, dass Riecke und Kerner etwas ausbrüten. Der Schneider war wieder mit den anderen im ›Stern‹.«

Die Frau rückte den Kerzenhalter näher zu sich heran. »Ja? Daran ist doch nichts Verbotenes, oder?«

»Natürlich nicht. Aber es ärgert mich, dass ich nicht in Erfahrung bringen kann, was sie da ständig bereden.« Freyberg starrte aus dem Fenster.

Maria widmete sich eine Weile schweigend der aufgerissenen Naht, dann sagte sie: »Hast du Hannes in den ›Stern‹ geschickt?«

»Ja, warum?«

»Wenn ich an Kerners Stelle etwas Geheimes zu besprechen hätte, würde ich es bestimmt nicht tun, wenn einer von deinen Vertrauten in der Nähe ist, und schon gar nicht in einer Wirtschaft.«

»Hannes meinte, sie hätten ihn nicht bemerkt.«

Maria schaute ihren Mann mitleidig an.

»Ja, ja, natürlich!«, murmelte er. »Mir ist auch klar, dass unterdessen fast jeder in Einbeck weiß, für wen Peter und Hannes unterwegs sind. Aber was, verdammt noch mal, soll ich bloß machen? Ich brauche Beweise.« Er schlug so heftig mit der Faust auf die Fensterbank, dass der Kerzenhalter umzukippen drohte. »Beweise, verstehst du? Handfestere Beweise als nur Hannes' Zeugnis!«

Sie beugte sich vor und küsste ihn auf die Stirn. »Ich verstehe deine Wut, aber reg dich bitte nicht so auf. Du weckst noch die Kinder auf.«

Freyberg atmete tief durch und beruhigte sich wieder. Leise sagte er: »Kannst du mir nicht raten?«

»Ich will es versuchen, mein Schatz.« Maria legte die Hände in den Schoß. »Aber erzähl mir erst, was Peter und Hannes dir sonst noch berichtet haben.«

Als der Schmied geendet hatte, nahm sie wieder Nadel und Faden und sagte sanft: »Ich glaube, Bartholomäus, wenn es wirklich Probleme geben sollte, dann kommen sie nicht nur von Kerner.«

»Sondern?«

Sie zögerte einen Moment, dann sprach sie mit fester Stimme. »Von diesem Osloer.«

Er wollte etwas erwidern, sie ließ sich jedoch nicht beirren und fuhr fort: »Ich weiß, dass er dich beim Würfeln zusammen mit Riecke betrogen hat und du ihm deshalb zu Recht misstraust. Aber was mir noch mehr zu denken gibt ist, dass er sich mit Warberg angefreundet hat und dass er diesen Jüngling zu Kerner in die Lehre gegeben hat.«

»Habelstein hat sich das drei Silbertaler kosten lassen«, unterbrach er sie.

»Habelstein?«

»Ja, so heißt der Osloer. Heribert von Habelstein. Die meisten Leute nennen ihn ›Herr Hauptmann‹, weil er in seiner Heimatstadt die Soldaten befehligt.« Er verzog grimmig das Gesicht. »Habelstein hat in Oslo mehr oder weniger den gleichen Status wie ich momentan. Und morgen werden alle auch noch die Heldentat von diesem Kerl preisen!«

»Er ist also kein Kaufmann, wie man sich erzählt?«

Bartholomäus Freyberg kratzte sich an der Schläfe. »Doch, wenn er nach Einbeck kommt, schon. Er bringt immer ein Ermächtigungsschreiben der dortigen Kaufmannschaft mit, um Bier aufzukaufen, und organisiert dann den Transport ohne wendische und Hamburger Zwischenhändler. Riecke hat bislang im Rat stets dafür gesorgt, dass ihm das ermöglicht wurde. Habelstein bezahlt mehr als die hansischen Händler.«

»Gab das nie Ärger mit den Bündnisstädten?«

»So weit mir bekannt ist, nein. Aber rede nur weiter!«

»Drei Silbertaler«, sagte Maria langsam. »Das ist eine Menge Geld. Jeder Meister in Einbeck hätte den Jungen sofort für einen Taler zu sich genommen. Warum hat er ausgerechnet Kerner so viel gegeben? Hast du dir darüber schon mal Gedanken gemacht?«

»Nun, Heribert von Habelstein ist wohlhabend. Er wirft mit dem Silber nur so um sich. Hat zum Beispiel dem ›Stern‹-Wirt ein Pferd für gutes Geld abgekauft.«

Maria musterte ihren Mann amüsiert. »Kerner hat Riecke zwanzig Taler zugesteckt, weil er etwas von ihm will, Bartholomäus! Habelstein will selbstverständlich ebenfalls etwas für sein Geld.«

»Dem Jungen ist vom Schicksal hart mitgespielt worden. Habelstein mag ein Falschspieler und Halunke sein, aber er hat seinen Geldbeutel mit Sicherheit nicht so fest zugeschnürt wie Kerner, dieser Geizkragen.« Freyberg zuckte hilflos mit den Achseln. »Was weiß ich! Der Junge wird ihm Leid getan haben.«

Maria musterte ihren Mann nachdenklich. »Sag mal, Bartholomäus. Du glaubst doch nicht im Ernst die Geschichte, die man sich über ihn erzählt?«

Freyberg brummelte etwas Unverständliches, lehnte sich mit dem Rücken an die Fensterwand und schloss die Augen.

Maria stieß ihn sanft mit dem Fuß an. »Ich war heute auf dem Bleichanger, als er mit Kerners Weibervolk die Wäsche dorthin brachte. Fürwahr ein ansehnlicher Bursche, die jungen Mädchen haben ihm alle schöne Augen gemacht. Besonders auffällig Johanna. Eine Frau hat dafür ein sehr gutes Gespür.«

Freyberg sagte zärtlich, ohne die Augen zu öffnen: »Ich erinnere mich sehr wohl, dass du mir auch bei den Bleichwiesen zum ersten Mal aufgefallen bist.«

Maria schmunzelte. »Lenk jetzt bitte nicht ab! Alle sind des Lobes voll über den Jungen. Er heißt Torsten, und es hat ihm sichtlich behagt, bei allen Hahn im Korbe zu sein.« Ihre Finger glitten prüfend über die Kittelnaht.

»Peter hat gehört, wie Kerner damit angegeben hat, dass er ein fleißiger, gescheiter Lehrbursche ist und sogar schreiben und rechnen kann.«

Maria holte tief Luft. »Jetzt überleg mal ganz genau, was du gerade gesagt hast.«

»Ja?«

»Bartholomäus!«, rief sie energisch.

Freyberg riss die Augen auf.

»Seit wann können Bauernsöhne denn rechnen oder schreiben? Merkst du nicht, dass da etwas nicht stimmt?«

Freyberg schürzte die Lippen und nickte bedächtig. »Da ist was dran!«

»Und Wolfram Warberg, Habelsteins ständiger Saufkumpan, kümmert sich bei Kerner jedes Jahr um den Brau. Warberg hat doch überall Spielschulden, nicht wahr?«

»Ja.«

»Und der Osloer hält ihn überall frei.«

»Ja. Du meinst, er will ihn abwerben?«

Maria zuckte mit den Achseln. »Wem es gelingt, uns einen Braumeister abspenstig zu machen, könnte unschwer unser Bier nachbrauen. Bislang ist das zwar noch niemandem geglückt ...«

Freyberg starrte seine Frau an, dann ballte er die Fäuste. »Ich glaube, ich habe jetzt begriffen, was du mir sagen willst.«

Maria faltete die Kittelschürze zusammen. Freyberg nahm den Kerzenhalter und zog das Fenster zu.

13. KAPITEL

Torsten erzählt wieder eine Geschichte

Die Sonne stach. ›Gewitterluft‹, dachte Heribert und ging schneller, um rechtzeitig in den Gärten vor dem Benser Tor zu sein. Er sah sich um und wunderte sich wieder. Niemand war ihm den ganzen Vormittag über gefolgt, weder der dicke Krögerhannes noch dessen dürrer Kumpan Kuventhal-Peter. Sonst tauchte, wohin er seine Schritte auch lenkte, irgendwann einer von Freybergs Spitzeln auf, trank wie zufällig im ›Stern‹ ein Bier oder hielt ein Schwätzchen mit einer Dienstmagd vor Kerners Haus. Sogar bei seinen Ausritten in die Stadtmark hatte er einmal einen dicken Reiter mit einem grünen Barett bemerkt.

Heribert durchschritt Einbecks Südtor und überquerte gleich darauf rechter Hand einen Holzsteg, der in die Gärten an der ›Wasserkunst‹ führte. Ein von der Ilme abgezweigter Graben wurde dort in zwei dicken Buchenholzröhren über das ›Krumme Wasser‹ geleitet und versorgte die Mühlen zwischen dem Erdwall und der Stadtmauer. Ein wuchtiger runder Turm, das ›Bollwerk‹, sicherte die ›Wasserkunst‹.

Heribert ging bis zu der Beerenhecke, die die Gemüsegärten umgab. Die Turmuhren von der Neustädter, der Markt- und der Stiftskirche begannen die Mittagsstunde zu läuten.

In einem angrenzenden Garten zupften zwei Kinder Unkraut. Heribert fragte, ob sie Kerners neuen Lehrburschen gesehen hätten. Sie verneinten.

Heribert setzte sich unter einen Apfelbaum in den Schatten und wartete.

Als die Glocken halb eins schlugen, stand er auf. Von Osten zog eine schwarze Wolkenwand heran. Eine Gruppe Weiber eilte mit Wäschekörben an der Hecke vorbei.

›Wo, verdammt‹, dachte Heribert, ›bleibt Torsten!‹

Johanna hatte es wieder einzurichten gewusst, die jüngeren Geschwister mit einem Teil der Wäsche unter einem Vorwand vorauszuschicken. Außer ihr und Torsten war jetzt niemand mehr in den Bleichwiesen, denn die Wolkenwand rückte näher. Am äußersten Rand der Wiese war eine alte Frau damit beschäftigt, die Fenster eines Schuppens mit Brettern zu verrammeln.

Während der Jüngling den großen Weidenkorb auf den Handkarren stellte, faltete Johanna die letzten Tücher zusammen und setzte sich ins Gras. Torsten packte die Wäsche in den Korb, vergewisserte sich, dass alle Waschweiber und auch das Mütterchen verschwunden waren, und hockte sich dicht neben die Schneiderstochter. Er zog Johanna an sich. Willig bot sie ihm die Lippen. Sie ließ ihn gewähren, eine Hand auf ihren Schenkel zu legen, aber als die Hand sich liebkosend unter das Kleid vortastete, stieß sie den Jüngling sanft zurück.

»Nicht, es könnte uns jemand sehen.«

»Unsinn. Hier ist keiner mehr.«

»Trotzdem.« Johanna bedeckte ihre Knie wieder.

Torsten sagte zärtlich: »Aber ich will dich. Du musst meine Frau werden.«

»Dummerchen, du weißt, das ist unmöglich. Du bist ein armer Lehrbursche und ich eine Meisterstochter.«

Der Jüngling umarmte sie. »Aber du magst mich doch auch.«

Sie nickte.

Torsten küsste ihren Hals.

Johanna legte den Kopf zurück und presste sein Gesicht an ihren Busen. »Es geht nicht«, flüsterte sie und dachte an das Gespräch der Eltern, das sie belauscht hatte. Den pockennarbigen Sohn des Kramergildenoberen hatten sie als Gatten für sie erwogen, und auch der Name des älteren Bäckermeisters Kron war gefallen. Mit belegter Stimme sagte sie: »Mein Vater würde nie zustimmen.«

Torsten schob mit dem Kinn das Brusttuch nach unten. Johanna spürte mit wohligem Schauern, wie seine Zunge über den Ansatz ihrer festen kleinen Brüste glitt. Sie seufzte und streichelte Torsten über sein langes seidiges Haar und wartete, bis sein Mund ihre Brustwarzen zu erkunden begann, dann drückte sie langsam, aber entschieden den Kopf weg und zog das Kleid glatt.

Torsten fügte sich mit einem Seufzer. »Johanna, du magst mich doch auch.«

Sie nickte.

»Ich will dir zwei Geheimnisse verraten, aber du musst mir versprechen, niemandem etwas davon zu erzählen.«

Johanna schaute ihn erstaunt an. »Was für Geheimnisse denn?«

»Versprich mir erst, dass du alles für dich behältst!«

»Ja, natürlich, mein Schatz.« Neugierig geworden, fügte sie hinzu: »Ich schwöre, ich verrate kein Wort.«

Er ergriff ihre Hände und sagte eindringlich: »Johanna, ich bin zwar im Moment ein armer Lehrbursche, aber wenn ich wollte, könnte ich reich sein, reicher als jeder Meister hier in Einbeck.«

Und dann berichtete Torsten von seiner alten Tante, einer kinderlosen Kaufmannswitwe im fernen Bergen, schilderte die randvoll mit kostbaren Gütern angefüllten Speicherhäuser, die sie besaß, beschrieb die Truhen, die vor Pretiosen schier barsten, denn der verblichene Onkel, ja, der Onkel, der hatte mit den Hansen Gewinn bringend Handel getrieben ...

Wie gebannt hing Johanna an seinen Lippen.

»... früher oder später fällt alles an mich, Liebste, begreifst du? *Ich* bin nämlich der einzige Erbe.«

»Aber Vater meint, du willst nicht mehr in die Nordlande zurückkehren.«

»Ja, das habe ich gesagt, aber nun denke ich anders.«

»Warum bist du nicht gleich zu der Tante gereist?«

»Weißt du, Liebes«, Torsten schaute betrübt zu Boden, »nach den schrecklichen Ereignissen war mir die Heimat verleidet.« Seine Miene hellte sich wieder auf, und er überdeckte plötzlich Johannas Gesicht mit Küssen. »Aber seit es dich in meinem

Leben gibt, habe ich schon oft überlegt, ob wir nicht einfach fliehen sollten. Vielleicht ist die Tante sogar schon gestorben.«

»Dummerchen«, sagte sie traurig. »Zum Fliehen braucht man Geld. Viel Geld, denn der Weg in deine Heimat ist weit.«

»Dann will ich dir das zweite Geheimnis verraten.« Torsten griff in den Ausschnitt seines Leinenhemds. »Schau!« In seiner Handfläche blitzte ein Goldstück.

Johanna betrachtete ungläubig die Münze und stammelte: »Gold? Du besitzt Gold?«

»Ja, Geliebte. Vier Stück davon sind noch in meinem Leibgurt verborgen.«

Sie nahm ihm die Münze aus der Hand und betastete sie vorsichtig. »Woher stammt das Gold?«, fragte sie erregt.

»Als die Mordbrenner meinen Vater auf der Treppe niederstachen, konnte ich gerade noch diese fünf Goldstücke greifen, bevor ich floh. Niemand, außer dir jetzt, weiß davon.«

Johanna wollte ihm die Münze zurückgeben, aber der Jüngling schloss ihre ausgestreckte Hand. »Behalte sie nur. Als Beweis, dass ich es ernst meine. Wenn ich erst in Bergen mein Erbe angetreten habe, werde ich dich mit Gold und Geschmeide überhäufen.«

Johanna verknotete das Goldstück in ein Taschentuch und ließ es zwischen ihre Brüste gleiten. ›Großer Gott!‹, schoss es ihr durch den Kopf. ›Fünf Goldstücke! Wie viel in Silber mag das sein?‹

Die Gewitterwolken rückten immer näher.

Sie zwang sich, ihre wirren Gedanken zu ordnen, und küsste ihn. »Ich will über alles nachdenken.«

Donnergrollen rollte heran. »Lass mich aber nun schnell mit dem Karren vorausgehen. Es wäre unklug, wenn wir zusammen zu Hause ankommen würden.«

»Morgen früh haben die Schneider eine Versammlung in der Gildenstube. Dein Vater geht mit dem Gesellen hin, und Heinrich und Hubert sollen wieder Feuerholz aus dem Stadtwald herbeischaffen«, sagte der Jüngling.

»Vortrefflich, denn Mutter wollte zur selben Zeit mit mir und der Magd die Bohnen im Garten abernten.« Ihre Augen funkelten listig. »Ich werde einfach so tun, als ob ich Magenkrämpfe hätte.«

»Was ist mit deinen Geschwistern?«

»Die helfen alle beim Pflücken.«

Als Johanna davoneilte, schlugen die Glocken in der Stadt die Halbstunde an. Plötzlich fiel Torsten ein, dass er das Treffen mit Heribert völlig verschwitzt hatte.

14. KAPITEL

Einen Ehrenmann verlässt der Mut

Heribert wollte gerade in die Stadt zurückgehen, als er sah, wie die Schneiderstochter hastig den Weg zum Benser Tor einschlug, und dachte sich seinen Teil. Kurz darauf tauchte Torsten fröhlich pfeifend auf.

»Entschuldigt, ich bin aufgehalten worden.«

»Das ist mir nicht entgangen«, sagte Heribert säuerlich. »Wenn du ihr weiter so dreist nachsteigst, riskierst du noch, dass Kerner dir eine gewaltige Tracht Prügel verpasst und dich rauswirft.«

»Pah!« Torsten rümpfte die Nase. »Wir geben schon Acht, keine Sorge!«

»Sei verdammt noch mal nicht immer so altklug«, fuhr Heribert ihn wütend an. »Der Schneider und sein Weib sind nicht blind.«

»Schon gut, schon gut«, sagte Torsten beschwichtigend. »Ich verspreche Euch aufzupassen.«

Heribert musterte ihn scharf. »Hast du schon bei ihr gelegen?«

Torsten grinste und schwieg.

Verärgert knurrte Heribert: »Mach bloß keinen Scheiß! Hat dich Kerner vor die Tür gesetzt, nimmt dich kein anderer Meister mehr in Einbeck zu sich. Komm mit mir zu Achim Plattnase, da kannst du dich nach Herzenslust mit einer Dirne austoben, ohne unsere Pläne zu gefährden.«

Torsten schwieg weiterhin trotzig. Heribert sah ein, dass es im Moment zwecklos war, dem Jüngling seine Gespielin auszureden, und wechselte das Thema. »Hast du den Abdruck vom Brandeisen gemacht?«

»Ja. Es war leicht zu bewerkstelligen.« Torsten griff in den Strumpf seines linken Schuhs und händigte Heribert den Bienenwachsklumpen aus, in den er den Stempel gedrückt hatte, mit dem der Bürger und Brauer Ottokar Kerner seine Bierfässer versah.

»Gut, das hätten wir also!«, murmelte Heribert und steckte den Abdruck ein. Dann betrachtete er besorgt den Himmel. Im Osten über dem Großen Tiedexer Feld zuckten bereits Bündel von Blitzen aus der schwarzen Wolkenwand hervor. Eilends machten er und Torsten sich auf den Weg.

»Wie weit sind bei Kerner die Brauvorbereitungen gediehen?«, fragte Heribert, während sie dem ›Krummen Wasser‹ zustrebten.

»Die Braugerste und etliches an Weizen liegen schon oben in den Speicherböden zum Mälzen bereit. Mehrere Fuhren Hopfen sind auch schon gebracht worden.«

»Hast du erfahren, in welchem Verhältnis man die Körner mischt?«

»Ja. Als die Knechte das Getreide brachten, sangen sie ein Lied:

Das dritte Korn zu diesem Bier
ist Weizen
darum es auch für andern Gersten Bieren
ein Außbund ist.

Außerdem schaffen die Zwillinge jeden Tag Massen an Brennholz herbei.«

Als sie den Krumme-Wasser-Steg betraten, fielen erste dicke Regentropfen. Ein Blitz, unverzüglich von einem gewaltigen Donnerschlag gefolgt, schoss über das ›Bolwerk‹.

»Auch das noch!«, schimpfte Heribert. »Bloß weil du mit dem Frauenzimmer herumtrödeln musstest, erwischt uns das Unwetter.«

Sie erreichten das Benser Tor noch einigermaßen trockenen Fußes, aber als sie das Wächterhaus in der Stadtmauer passierten, öffnete der Himmel vollends seine Schleusen.

»Bis zum ›Stern‹ schaffen wir das nimmer«, fluchte Heribert. »Komm!« Er zerrte Torsten in eine einfache Schankstube am Anfang der Benser Straße, in der sich das Gesinde der Bürger und Brauer traf. Dorthin hatten sich bereits viele Männer vor dem Gewitter geflüchtet. In der Raummitte stand ein dicker Holzpfeiler. Ringsum an den Tischen wurde gewürfelt oder wurden Karten gedroschen.

Zu seiner Verwunderung sah Heribert auch Wolfram Warberg. Der Stadtbraumeister bemerkte die Eintretenden nicht, weil er in ein Spiel mit zwei Fuhrknechten vertieft war. Er ließ einen speckigen Knobelbecher auf den Tisch knallen, hob ihn ab und stieß einen gotteslästerlichen Fluch aus.

»Da, schon wieder verloren!«, wieherten die Fuhrknechte und klatschten sich auf die Schenkel.

»Mir reicht's!«, schimpfte Warberg.

»Macht wieder drei Pfennige, Meister!«

Warberg schaute in seinen Geldbeutel. »Mist, hab bloß noch zwei.«

Heribert trat neben den Braumeister und warf den Fuhrknechten vergnügt den fehlenden Pfennig zu.

»Gestattet, dass ich aushelfe, Meister!«

»Ach, Ihr seid es, Herr Hauptmann. Danke, bin vor Braubeginn immer etwas knapp mit Barem. Ich geb's Euch zurück, sowie ich kann.« Wolfram Warberg stöhnte auf. »Meine Pechsträhne scheint gar nicht mehr enden zu wollen.« Er betrachtete kopfschüttelnd seinen letzten Wurf.

»Habt Ihr vielleicht auch Lust auf ein Spielchen, Herr Hauptmann?«, fragte einer der Fuhrleute.

»Ein nächstes Mal bestimmt, aber heute nicht.«

Die Männer griffen Würfel und Becher und setzten sich an einen anderen Tisch. Heribert und Torsten nahmen ihre Plätze ein und bestellten Bier.

Braumeister Warberg musterte mitleidvoll die durchnässten Kleider. »Mein Gott, man könnte meinen, Ihr seid durch die ›Wasserkunst‹ in die Stadt gespült worden!«

Heribert verpasste Torsten einen deftigen Rippenstoß. »Dass ich fast bis auf die Haut durchnässt bin, habe ich einzig diesem jungen Herrn hier zu verdanken.«

Das Gewitter wütete jetzt direkt über ihnen, und Regentropfen schlugen wie Kieselsteine gegen die Fenster. Von Zeit zu Zeit leuchtete ein Blitz die Trinkstube taghell aus.

Dann tat es einen gewaltigen Donnerschlag und jemand rief: »Himmel, das war aber ungemütlich nah!«

»Im Mai ist ein Blitz neben der Kugenhuser Warte am Altendorfer Berg eingeschlagen. Drei Pferde der Landwehrreiter hat's dabei erwischt«, meinte ein anderer und spähte furchtsam zur Stubendecke.

Plötzlich wurde die Tür aufgestoßen. Krögerhannes trat triefend herein.

»Dem Kerl begegne ich neuerdings auf Schritt und Tritt«, raunte der Braumeister Heribert zu. »Was treibt der sich denn bei diesem Sauwetter draußen herum?«

»Verratet mir lieber, was Kuventhal-Peter hier macht.«

»Kuventhal-Peter? Ist der denn auch hier?«

Heribert nickte. »Von Eurem Platz aus könnt Ihr ihn schwerlich sehen. Er spielt mit ein paar Wehrknechten hinter dem Pfeiler Karten. Aber sagt, Ihr geht doch sonst nicht in diese Schenke. Was hat Euch hierher getrieben?«

»Der Durst und ein Gang zum Leinenweber Heege. Auf den Tag Philippi und Jacobi, welcher der erste Mai ist, wie Ihr wisst, wurde auf dem Marktplatz ja die Braufolge aller Berechtigten durch das Los bestimmt.« Er verzog das Gesicht. »Unser ehrenwerter Landwehrhauptmann Freyberg ist einer der Ersten, der im September mit seinem Brau an die Reihe kommt. Ausgelost werden dann auch immer die Meister, die die Ehre haben, den Erstbrau zu überwachen. Und wen, glaubt Ihr wohl, hat das Schicksal dazu auserkoren?« Wolfram Warberg schnaubte verächtlich. »Also habe ich heute, wie es die Vorschriften besagen, bei ihm die Geräte begutachtet und festgestellt, dass die Schiertücher, mit denen man die Würze klärt, nicht mehr brauchbar sind.«

»Ihr filtert die Würze durch Tücher?«, fragte Heribert neugierig. »In Oslo nehmen wir Bastsiebe.«

»Tuch ist unvergleichlich besser. Seht her!« Warberg zog ein großes Bündel unter dem Tisch heran, einen Stoffballen. »Klärt man die Würze durch ein solches Tuch, läutert man sie ungleich reiner als mit allen anderen Filtervorrichtungen.« Er gab Heribert einen Zipfel des Stoffs in die Hand. Heribert befühlte ein leichtes Gewebe aus ungebleichtem Leinen.

»Aber jetzt muss ich erst mal pissen gehen«, sagte Warberg und begab sich zum Hinterausgang der Trinkstube.

»He, Braumeister, ersauft nicht auf dem Abtritt!«, grölte einer der Fuhrmänner, denn unterdessen kroch sowohl von der Hintertür als auch vom Eingang her eine Pfütze in den Schankraum.

»Wir müssen unbedingt eine Probe von diesem Schiertuch kriegen«, zischelte Heribert.

»Nichts einfacher als das«, antwortete Torsten. »Kerner hat einen ganzen Vorrat davon in der Werkstatt. Sollten drei, vier Ellen fehlen, fällt das überhaupt nicht auf. Gleich morgen werde ich das Tuch beiseite schaffen.«

Der Braumeister kam zurück und bedachte Krögerhannes und Kuventhal-Peter mit einem scheelen Blick. ›Schweinebande!‹, dachte er. ›Vermiesen einem wieder das Geschäft. Fünf Ellen hätte mir der Bäcker Kahr mit Freuden abgenommen. Aber das lasse ich mal lieber. Bestimmt schnüffelt mir einer von diesen Mistkerlen hinterher.‹

Mit mürrischer Miene hockte sich der Braumeister wieder auf seinen Schemel.

Das Gewitter war so schnell weitergezogen, wie es gekommen war. Jemand ging zum Fenster und sagte: »Es regnet kaum noch.«

»Dann will ich die Schiertücher mal in die Schmiede schaffen«, sagte Warberg.

Als er sich nach dem Ballen bückte, setzte Kuventhal-Peter seine schmierige Federkappe auf und verließ die Trinkstube.

»Da!«, fauchte Warberg. »Wetten, dass er sich irgendwo in eine Ecke klemmt und mir nachschleicht?«

»Warum sollte er das?«, fragte Heribert so beiläufig wie möglich.

»Weil Freyberg einfach jedem misstraut. Ihr hättet beim vorjährigen Brau dabei sein sollen. Ich hatte das Vergnügen, nachdem ich bei Kerner fertig war. Von früh bis spät wieselten er oder seine Alte um mich herum. Und wenn nicht die, dann waren seine beiden Schnüffler in der Nähe.« Warberg legte die Hand auf sein Herz. Entrüstung schwang in seiner Stimme. »Als ob ich, ein Ehrenmann, es nötig hätte, eine Hand voll Gerste oder einen Klumpen Hefe mitgehen zu lassen!«

Heribert nickte ernst. »Fürwahr, eine Frechheit, Euch das zu unterstellen! Tröstet Euch, Meister, denn misstrauischen Menschen schlägt's auf die Eingeweide.«

»Von mir aus sollen seine verdorren.« Warberg klemmte sich den Stoffballen unter den Arm und ging.

Heribert sah ihm grinsend hinterher. »Na, Torsten?«

Der Jüngling nickte spöttisch.»Ein Ehrenmann, gewiss!«

»Und bald ist er reif!« Heribert dämpfte seine Stimme. »Heute Abend treffe ich den Bürgermeister und ein paar Fernhandelsherren, die mit ihm aus Braunschweig angereist sind, in der ›Sonne‹; aber vorher will ich noch ein Schläfchen machen.«

Sie tranken ihr Bier aus und verließen dann gemeinsam die Trinkstube. An der Benser-/Ecke-Knochenhauerstraße trennten sie sich.

15. KAPITEL

Knochen, Bernstein, Kräutersud

Wer von Norden durch die Hubeturm-Warte nach Einbeck anreiste und auf dem Großen Hofe-Weg die Hube-Hänge hinunter ritt, wurde bald gewahr, dass Gesetzesbrecher in der Stadt keine Milde zu erwarten hatten. Die Straße führte linker Hand am Richtplatz vorbei. Rabenstein wurde der Ort genannt, weil die schwarzen Vögel mit ihren kräftigen Schnäbeln dort stets reichlich Nahrung fanden. Nachdem der Fromme Klaus seines Amtes gewaltet hatte, baumelten die Leichen der Gehenkten, Wind, Regen und den gefräßigen Vögeln ausgesetzt, bis ihre Skelette zu den hohen Feiertagen abgenommen und unterhalb des Rabensteins verscharrt wurden.

Die Hütte des Henkers lag vor dem Oster Tor im Kleinen Münsterkamp. Wenn der Fromme Klaus aus der Tür trat, hatte er die Stätte seines Wirkens oben am Hang gut im Blick.

Der feine Nieselregen nach dem Gewitter dauerte nun schon seit Stunden an. Der Henker schaute kurz aus dem Fenster und widmete sich wieder seiner Schnitzerei.

Der Fromme Klaus wusste nicht nur bedächtig und kunstvoll Schlingen zu knüpfen und aufs Rad Gebundene kundig und ohne Zittern mit dem Eichenprügel zu bearbeiten, dass sie immer wieder aus der Ohnmacht erwachten, nein, er besaß auch eine ruhige, geschickte Hand, wenn er einem Missetäter die Folter angedeihen ließ – oder aus den Gebeinen der Hingerichteten Ringe, Herzen, Kreuze oder sonstige Amulette fertigte. An Nachfrage mangelte es nicht, dafür sorgte schon seine Tante, die alte Vettel Margarete, die mit dem Cousin, dem Frauenwirt, das Frauenhaus betrieb. Den Weibern, denen sie ihre Kräuter verkaufte, flüsterte sie ein, dass die Wirkung noch verstärkt werden konnte, wenn der Knochen eines Gehenkten in Trank, Sud oder Aufguss geschwenkt wurde.

Ein fröhliches Liedchen summend, ritzte der Fromme Klaus Kruzifixe in zwei talergroße Plättchen, die er aus einer Kniescheibe gesägt und sorgsam poliert hatte, als jemand an die Hüttentür klopfte. Er steckte den Kopf aus dem Fenster und sah eine schlanke Frauengestalt in ein nasses Tuch gehüllt, das nur Augen und Nase freigab.

»Ich will einen Liebeszauber«, flüsterte sie. »Hier nimm!«

Das Tuch teilte sich und ein Stück Seidenbrokat, ausreichend, um ein Wams damit einzufassen, wurde dem Frommen Klaus von einer zierlichen Hand durch das Fenster gereicht.

»Ist das genug?«

»Ei, sicher! Sag mir nur, wo am Körper du das Amulett zu tragen gedenkst.«

Die Frau deutete zwischen ihre Brüste.

»Einen Anhänger also. Warte!« Der Fromme Klaus verschwand, um Augenblicke später mit einer dünnen, länglichen Hülse zurückzukommen.

»Solange das Kettchen, auf das du sie fädelst, nicht reißt, wird dein Geliebter nicht aufhören, dich zu begehren.«

Die zarte Hand kam erneut aus dem Umhang und ergiff das Amulett, dann drehte sich die Frau wortlos um und eilte davon.

»Weißt du, wer das war?«, fragte er ins Hütteninnere.

Die Vettel Margarete schlurfte ans Fenster und sah der schlanken Frau nachdenklich hinterher. Sie betastete das Stück Seidenbrokat und nickte dann. »Ja. Sie hat sich heute Mittag von Kerners neuem Lehrburschen im Bleichanger abgreifen lassen. Das ist Johanna, die Schneiderstochter.«

Der Fromme Klaus legte den Stofffetzen in eine Truhe und schloss sie geräuschvoll. »Das wird dem Meister aber nicht behagen. Johanna soll dem Sohn des Kramergildenmeisters versprochen sein, hörte ich.«

»Neffe, die Kleine möchte sicher lieber bei dem schmucken Lehrburschen liegen als bei einem pockennarbigen Tollpatsch. Bestimmt taucht sie demnächst bei mir auf und will auch von dem Kräutersud, den ich ihrer Mutter immer gebe.«

Der Fromme Klaus nahm eine Feile in die Hand. »Treib es nicht zu arg, Alte. Wenn die Pfaffen davon irgendwann einmal Wind bekommen, geht's dir an den Kragen. Und ob sich aus deinen alten, spröden Knochen noch wirksame Amulette schnitzen lassen, bezweifle ich stark.«

Die Tante des Henkers musterte ihn amüsiert und krächzte: »Neffe, eher baumelst du selber wegen Hexerei am Rabenstein. Johannas Mutter schluckt mein Wundermittel schon seit Jahren, und sie ist nicht die einzige Ratsherrenfrau, die keine Bälger mehr will.«

Der Fromme Klaus glättete die Ränder der Kruzifixplättchen mit der Feile. »So, fertig! Für wen sind die eigentlich?«

Vettel Margarete gab ihrem Neffen ein Stück Bruchsilber und rieb sich die Hände, denn eine gute Vermittlerprovision war ihr gewiss. »Für die beiden Dirnen von Hauptmann Heribert. Er hat sich schon ein paar Tage nicht mehr im Frauenhaus blicken lassen. Sie fürchten, er hat an anderen Huren Gefallen gefunden und ist ihnen untreu geworden.«

Der Henker zog die Stirn in Falten. »Aber wo sollte er es denn außer bei Euch treiben?«

Die Alte kicherte. »Britta und Hanne sind neu hier und wissen natürlich nicht, dass der Rat nur unser Haus duldet. Und so wird es auch bleiben«, krächzte sie, denn erst gestern hatte Achim Plattnase wieder in Einbeck die Runde gemacht und bei diversen Stadtherren seinen Obolus entrichtet.

Der Osloer Stadthauptmann hatte wiederholt versucht, den Bürgermeister nach seiner Rückkehr vom Braunschweiger Hansetag zu treffen, aber wegen dringender Ratsangelegenheiten war der bislang verhindert gewesen. Heute Abend endlich war es soweit. Heribert hatte nach der Begegnung mit Torsten im ›Stern‹ ein erquickendes Schläfchen gehalten und legte nun sein bestes Wams an. Dann verstaute er den Bernsteinklumpen in der Innentasche und begab sich in die ›Sonne‹.

Die ›Sonne‹ war die Trinkstube der Ratsherren und lag neben der großen Apotheke am Stadtmarkt.

»Da kommt ja unser mutiger Kämpe!«, rief Lothar Riecke, als Heribert die Schankstube betrat.

»Ich bitte Euch, Bürgermeister!« Heribert von Habelstein schnippte mit den Fingern einen unsichtbaren Fussel von seinem Wams. »Nicht der Rede wert, der Halunke ist mir direkt in die Arme gelaufen.«

»Dennoch gebührt Euch heute ein Ehrentrunk, Hauptmann.« Lothar Riecke bat Heribert, an seiner Seite Platz zu nehmen, stellte ihn der Tischrunde aus gesetzten oberdeutschen Fernhandelskaufleuten vor und berichtete ausführlich von dessen Heldentat.

Wein wurde gebracht, man stieß an.

»Verzeiht, dass ich bislang keine Zeit für Euch gefunden habe, Hauptmann«, entschuldigte sich der Bürgermeister.

»Ich weiß, dass Ihr ein viel beschäftigter Mann seid«, wiegelte Heribert ab und sagte leise: »Es gäbe da wieder die eine oder andere Sache zu bereden. Dürfte ich Euch vor der nächsten Ratssitzung aufsuchen?«

Währenddessen fühlte Riecke, wie der Hauptmann ihm etwas in den Schoß legte. Unauffällig ließ der Bürgermeister den Gegenstand in seinem Wamsärmel verschwinden.

»Wenn Ihr morgen um die Mittagsstunde ins Rathaus kommt, werde ich es einrichten, auch da zu sein, Hauptmann«, sagte Riecke und suchte den Abort auf.

Als er sich wieder an den Tisch setzte, raunte er Heribert zu: »Ich versichere Euch schon vorab, dass Ihr mit als Erster vom neuen Brau kaufen dürft.«

Die oberdeutschen Kaufleute verlangten jetzt lautstark nach Bier. Lothar Riecke schüttelte bedauernd den Kopf. »Bier könnt Ihr durchaus haben, meine Herren, und es mundet auch, aber derzeit ist es nur dünnes. Vom guten Fernbier ist jetzt alles verbraucht. Das gibt es erst wieder ab Oktober, wenn der neue Brau gereift ist.«

»Ein Jammer«, lamentierte einer der Kaufleute. »Aber in Braunschweig hatte man uns schon vorgewarnt.«

Der Bürgermeister schwenkte sein Glas. »Ein guter Wein ist bisweilen auch nicht zu verachten. Zumal das ein besonders edler Tropfen ist. Er stammt von den rheinischen Gütern der Johannesritter.«

»Was ich Euch fragen wollte, Bürgermeister. Die Ritter ziehen in diesem Jahr zeitiger als sonst durch Einbeck. Stimmt es, dass die Türkenhunde gegen Rhodos losschlagen wollen?«

»So ist es. Deswegen müssen die Kontributionsgelder auch früher eingesammelt werden. Die Reiter, die in Einbeck sind, bilden nur die Vorhut vom Haupttross. Übermorgen wird er hier sein. Ich hörte, ein Fra Adalbert von Habelstein befehligt ihn. Ist das ein Verwandter von Euch?«

Heribert nickte. »Ja, Fra Adalbert ist mein Oheim.«

»Die Stadtherren und alle Gilden- und Braumeister werden ein Festmahl für die Ritter im Rathaus ausrichten. Ihr seid selbstverständlich herzlichst eingeladen, daran teilzunehmen.«

»Dank für die Ehre, Bürgermeister. Ich werde natürlich erscheinen, zumal es mit Fra Adalbert die eine oder andere Familienangelegenheit zu besprechen gilt.«

Plötzlich zog Lothar Riecke den Osloer Stadthauptmann dicht zu sich heran. »Wart Ihr schon beim Frauenwirt?«, flüsterte er.

Johanna hatte Unwohlsein vorgegeben und war schon früh am Abend in ihre Kammer gegangen.

Mitten in der Nacht wachte sie auf. Jemand ging den Flur entlang. Dann spürte sie einen Luftzug. Johanna öffnete die Augen einen Spalt breit.

Die Mutter stand mit einer Kerze in der Hand nackt in der Kammertür. Um die Hüften hatte sie ein Seidenband geschnürt, an dem ein tropfenförmiges Amulett hing. »Johanna?«, fragte sie leise.

Die Schneiderstochter stellte sich schlafend.

Behutsam wurde die Tür zugezogen. Die Schritte der Mutter entfernten sich.

›Jetzt oder nie!‹, dachte Johanna, stand auf und schlich ihr nach.

Die Schneidersfrau war derweil die Treppe zur Küche hinuntergestiegen und hantierte dort herum.

Johanna folgte ihrer Mutter nicht, sondern betrat eine Kammer über der Küche und kniete nieder. Durch ein Astloch in den Bodenplanken konnte sie erkennen, wie sie auf einen Schemel stieg und einen irdenen Krug vom obersten Regal holte, der hinter dem blank gescheuerten Kupferkessel für das Tischbier versteckt war. Die Mutter entstöpselte den Krug und goss eine dunkle Flüssigkeit in einen Becher, bis dieser halb gefüllt war. Dann löste sie das Seidenband, tauchte das Amulett dreimal hinein und trank.

Als Kerners Frau erneut nach ihrer Tochter sah, lag diese bereits wieder in ihrem Bett.

Nach einer Weile erhob sich Johanna und tastete sich vorsichtig zur Tür der elterlichen Schlafstube am Ende des Flurs. Sie drückte das Ohr an die Türfüllung.

Johanna lauschte noch, bis die Mutter einen unterdrückten Lustschrei ausstieß, und schlich zufrieden in ihre Kammer zurück.

Endlich wusste sie, wo der Trank versteckt war, der es möglich machte, bei einem Mann zu liegen, ohne dass danach der Bauch dick wurde.

Am nächsten Morgen verstauchte sich die Magd beim Wasserholen den Knöchel. Johanna half alles Klagen über Magenschmerzen nichts, sie musste der Mutter bei der Bohnenernte im Garten helfen. Immerhin konnte sie Torsten noch zuraunen, dass sich in ein paar Tagen eine günstige Gelegenheit für ein ungestörtes Treffen ergeben würde. Die Eltern wären dann auf dem alljährlichen Sommerfest der Schneiderzunft und kämen immer erst spät in der Nacht zurück …

16. KAPITEL

Das Ratsfestmahl für die Johannesritter

Der ›Stern‹-Wirt kratzte sich am Kopf. »Der Herr Hauptmann? Nun, der ist, glaube ich, in der Früh nach Kuventhal geritten.«

»Ihr wisst nicht zufällig, ob er dort über Nacht bleibt?«

»Bestimmt nicht. Nach der Abendmesse geben die Ratsherren ein großes Festmahl für die Johannesritter im Rathaus, zu dem auch er geladen ist.«

Torsten bedankte sich. ›Nach Kuventhal?‹, überlegte er. ›Dann wird er vermutlich Rolf Rotschuh aufgesucht haben. In einer Stunde schließen die Stadttore. Wenn ich mich beeile ...‹

Er passte Heribert vor dem Tiedexer Tor ab und steckte ihm die drei Ellen Schiertuch zu, die er seinem Schneider entwendet hatte.

Heribert stieg ab und führte sein Pferd am Zügel nach Einbeck hinein. »Rolf Rotschuh hat im September und Oktober durchgehend Wachdienst auf der Kuventhaler Warte. Das ist gut zu wissen. Wenn wir das Braugeheimnis entdeckt haben, könnte es sein, dass wir überstürzt abreisen müssen. Und da möchte ich doch nicht riskieren, dass ein übereifriger Wehrknecht dumme Fragen stellt oder womöglich sogar auf den Gedanken kommt, unsere Reisesäcke zu durchsuchen. Außerdem habe ich mich wieder ein wenig in den Wäldern vor der Landwehrgrenze umgesehen. Abseits der Wege gibt es schon einige Stellen, wo man etwas gut verbergen könnte. Ich bin durch Zufall im Osten der Hube-Wälder auf einen aufgegebenen Kalksteinbruch gestoßen. Er liegt versteckt in einer Mulde an einem Tümpel. Dort sind auch etliche größere Höhlen.«

Plötzlich ertönten von den Türmen im Westen der Stadt Signalhörner.

»Was hat das zu bedeuten?«, fragte Torsten.

»Das werden die Johannesritter sein«, sagte Heribert. »Mein

Oheim Fra Adalbert ist übrigens ihr Anführer, erfuhr ich zufällig vom Bürgermeister.«

»Euer Oheim ist ein Johannesritter? Das wusste ich gar nicht.«

»Ein berühmter sogar. Er hat lange gegen die Türken gekämpft. Und er wird nicht schlecht staunen, mich hier in Einbeck zu sehen.«

»Der ›Stern‹-Wirt sagte mir, es gäbe nachher einen Empfang für die Ritter. Im Rathaus?«

»Ja. Die Ratsherren, alle Gilden- und Braumeister richten ihnen zu Ehren ein großes Festmahl aus.« Heribert grinste. »Jeder gibt nach Stand und Rang. Ich habe Warberg etwas Silber vorstrecken müssen, damit er seinen Anteil an der Umlage entrichten konnte.«

In Erwartung der Ordenskrieger hatte sich eine vielköpfige Menge Schaulustiger auf dem Markt eingefunden.

Heribert und Torsten trafen gerade ein, als die Ersten in Zweierreihen, von der Langen Brücken Straße kommend, auf den Platz ritten. Ein achtspitziges Kreuz zierte ihre weiten Umhänge und auch die blitzenden Brustharnische. Es waren zwölf schwer bewaffnete Kämpen, jeder hatte außer Spieß oder Hellebarde eine kurze Muskete quer vor sich im Sattel. Den Reitern folgte ein von vier kräftigen Kutschgäulen gezogener hochbordiger Wagen, dem ein weiteres Dutzend Leichtbewaffneter das Geleit gab.

Begehrlich betrachtete Heribert die beiden großen Holztruhen, die als einzige Last auf der Ladefläche festgeschnallt waren und bestimmt die Kontributionsgelder enthielten.

Torsten stieß ihn an. »Wer ist denn Euer Oheim?«

Heribert deutete auf die beiden vordersten Reiter. »Der rechte.«

»Der Ritter neben ihm kommt mir irgendwie bekannt vor«, sagte Torsten plötzlich.

»Kein Wunder, das ist Fra Götz. Er hat in Oslo bei deinem Vater Pelze für den Großmeister eingekauft.«

Fra Adalbert von Habelstein zügelte sein Pferd vor dem Rathaus und gab Befehl zum Absitzen. Der Wagen fuhr weiter bis zur Ratswaage, unter Anleitung von Fra Götz wurden die Geldtruhen in das Gebäude geschleppt.

Es dauerte einige Zeit, bis Heribert Gelegenheit bekam, mehr als ein paar kurze Begrüßungsworte mit seinem Oheim zu wechseln. Die Johannesritter und die einbeckschen Honoratioren saßen sich an einer langen Tafel gegenüber. Unzählige armdicke Wachskerzen in Haltern aus massivem Silber erleuchteten den Ratssaal taghell und ließen die dunkle Holztäfelung der Wände wie aus Bernsteinplatten gefügt erscheinen. Da die Johannesritter geistliche Herren waren, nahmen keine Frauen an dem Festmahl teil.

Bürgermeister Lothar Riecke hielt eine Willkommensrede, auf die Fra Adalbert von Habelstein mit gesetzten Worten antwortete. Dabei versäumte er es auch nicht, alle zu ermahnen, dass ›uber tisch keiner von der menschwerdung reden noch sagen solt weil man esse‹.

Braumeister Warberg stieß Heribert belustigt an und flüsterte: »Bei Achim Plattnase werden die frommen Ordensmänner das sicher ausgiebig nachholen und seinen Dirnen gehörig ›die horaz und lectiones‹ lesen!«

Dann sprach jeder der Ratsherren einen Gruß an die Ritter. Fra Götz berichtete anschließend umschweifig über die Maßnahmen, die die Johannesritter der deutschen Zunge ergriffen hatten, um die Ordensbrüder auf Rhodos zu unterstützen, da man schon in Bälde mit einem Angriff der Türken zu rechnen habe.

Nach den Reden wurden Speisen und Getränke aufgetischt. Die Einbecker Honoratioren hatten sich nicht lumpen lassen, die Tafel bog sich schier unter der Last der Köstlichkeiten. Es gab in Honig gesottene Kapaune, zarte Mastochsenlenden in Safransauce, mit Rosinen gespickte Fasanenbrust, pfeffriges Wildragout, in Gänseschmalz gebratene Schweinswürste und selbstverständlich auch das berühmte einbecksche Rauchfleisch sowie knusprige, in Öl ausgebackene Leine-Fische.

Während des Festmahls war Heribert zwischen Braumeister Warberg und dem Schneidergildeoberen am unteren Ende der Tafel platziert. Rat Freyberg, der mit den anderen Ratsherren in der Saalmitte vor dem Stadtwappen saß, blickte nicht ein einziges Mal in ihre Richtung.

Wolfram Warberg trank Heribert zu. »Herr Hauptmann, Ihr hättet sein Gesicht sehen mögen, als der Bürgermeister ihm sagte, dass Fra Adalbert Euer Oheim ist!«

Heribert schmunzelte zufrieden. Nein, der Landwehrkommandant war bestimmt nicht gut auf ihn zu sprechen. Lothar Riecke hatte ihm vor Beginn des Festmahls mit kaum verhohlener Genugtuung von der Ratssitzung am Vorabend berichtet. »Freyberg war, wie nicht anders zu erwarten, dagegen, dass der erste Biertransport vom neuen Brau nach Oslo geht, aber natürlich habe ich mich wieder durchsetzen können.«

Der Bürgermeister erhob sich feierlich. »Wie mir Fra Adalbert soeben mitteilte, werdet Ihr noch zwei Tage in Einbeck verweilen.« Er trank Heriberts Oheim und Fra Götz zu. »Zu Ehren von Euch edlen Kämpen hat der Rat beschlossen, morgen mit denen von Euch, die daran teilnehmen möchten, zur Saujagd in die Hubewälder auszureiten.«

Die Johannesritter ließen den Bürgermeister und die Ratsherren hochleben. Bartholomäus Freyberg schaute Lothar Riecke verdutzt an. Heribert schloss aus seiner Reaktion, dass der Landwehrkommandant offenbar gerade zum ersten Mal von diesem Ratsbeschluss erfahren hatte.

Fra Götz tuschelte mit Fra Adalbert, dann gaben beide dem Bürgermeister ein Zeichen. Dieser beugte sich über die Tafel, nickte, richtete sich wieder auf und räusperte sich: »Selbstverständlich wird unser tapferer Rat Bartholomäus Freyberg höchstpersönlich mit seinen besten Männern Sorge tragen, dass eine ausreichende Wachmannschaft vor der Ratswaage postiert sein wird.«

Weitere Gerichte wurden aufgetragen: Spanferkel am Spieß, Berge von Schweinskopfsülze und dampfende Suppenkessel.

Heribert verging vor Ungeduld. Endlich erhob sich Fra Adalbert und ging zu seinem Neffen. Wohlig seinen Bauch reibend sagte er: »Hier in Einbeck weiß man wahrlich wohl zu speisen. Komm, lass uns zwischendurch ein wenig frische Luft schnappen, sonst bekomme ich bald keinen Bissen mehr hinunter, und das wäre doch höchst bedauerlich!«

Sie stiegen die Rathaustreppe hinab und schlenderten zum Marktbrunnen.

Als sie außer Hörweite der Hellebardisten waren, die zwischen dem Rathaus und der Marktkirche St. Jacobi patrouillierten, packte Heribert Fra Adalbert am Arm. »Ich will nur eines wissen, Oheim. Hat es geklappt?«

Fra Adalbert lachte. »Ja. Alles verlief bislang nach Plan. Nur hat es mich etliche Kübel an Angstschweiß gekostet, ob ich dich auch tatsächlich hier schon antreffen würde. Der Befehl zum vorgezogenen Einsammeln der Gelder kam völlig überraschend.«

»Wie viel konntest du beiseite schaffen?«

»Reichlicher als ich dachte. Wegen der Türkengefahr haben alle Kommenden mehr als die üblichen Kontributionen entrichtet.«

»Spann mich nicht so auf die Folter, Oheim. Wie viel?«

»Fünfhundert Goldgulden. In meiner Satteltasche. Zufrieden?«

Heribert starrte seinen Onkel ungläubig an.

»Das hat dir jetzt doch die Sprache verschlagen, nicht wahr?«

»Fünfhundert Goldgulden«, stammelte Heribert, »das ist in Silber ja …«

»… ein Berg«, vollendete Fra Adalbert den Satz. »Morgen während der Saujagd wird sich bestimmt die eine oder andere Gelegenheit auftun, dir das Gold unbemerkt zu übergeben. Allerdings hat die Sache einen Haken. Und keinen geringen!«

»So? Und der wäre?«

»Es war mir zwar möglich, das Gold abzuzweigen, aber nicht, die Kontributionslisten zu manipulieren, wie ich es eigentlich vorhatte. Mit den Schreibarbeiten war nämlich ausschließlich Fra Götz betraut.«

»Aber das bedeutet ...«

»... dass spätestens der Schatzmeister des Großpriors in Heitersheim den Fehlbetrag entdecken wird. Und dann geht es mir an den Kragen.«

»Und wenn wir uns einfach morgen während der Jagd mit dem Gold gen Norden davonmachen? Bis man uns vermisst, sind wir längst über alle Berge.«

»Beruhige dich. Nur keine unüberlegten Entscheidungen! So einfach geht das alles nicht, denn die fünfhundert Gulden bedeuten bloß den Anfang.«

»Wie meinst du das?«

Fra Adalbert lächelte maliziös. »Weil im kommenden Jahr *ich* das Schatzmeisteramt in Heitersheim übernehmen werde.«

Heribert nickte bedächtig. »Verstehe! Aber damit ist dein augenblickliches Problem noch nicht aus der Welt: die Listen.«

»Nun, mein Lieber, ich hatte ja unterwegs genug Muße, darüber nachzudenken. Was hältst du von folgender Idee ...«

Oheim und Neffe umrundeten mehrmals langsamen Schrittes den Marktbrunnen. Bevor sie wieder ins Rathaus zurückkehrten, sagte Fra Adalbert: »Nutz das Gold Gewinn bringend, bis ich mich aus Heitersheim in zwei, drei Jahren absetzen kann.«

Heribert nickte. »Ich werde damit wahrscheinlich Ländereien in Nordschweden erwerben, denn wenn ich erst einmal das Geheimnis zur Herstellung des einbeckschen Biers kenne, habe ich natürlich nicht vor, mit Torsten nach Oslo zurückzukehren.« Sein Gesicht verklärte sich. »Mit dem Gold können wir das größte Brauhaus errichten, das es in den Nordlanden je gab.«

Als sie sich schließlich wieder im Festsaal einfanden, unterbrach Bürgermeister Riecke sein Gespräch mit Fra Götz und wandte sich Fra Adalbert zu. »Ihr habt gerade das Beste verpasst.« Verzückt fügte er hinzu: »Schwanenklein, in Südwein gedünstet!«

»Ein Jammer«, sagte Fra Adalbert, »aber wie ich sehe, kommt da gerade meine Lieblingsspeise.«

Küchendiener begannen Schüsseln mit gezuckertem Reisbrei, kandierten Früchten und mandelbestreuten Grieskächlein auf der Tafel zu verteilen.

Fra Adalbert nahm sich ein Küchlein. »Ach, übrigens, ist mein Neffe morgen eigentlich mit von der Partie?«

»Der Herr Hauptmann? Ja, freilich doch! Wieso fragt Ihr?«

»Mir scheint, er ist der Annahme, dass sich Eure Einladung zur Jagd nur auf uns Ritter bezogen hat.«

Lothar Riecke schlug sich mit der Hand gegen die Stirn. »Verzeiht, mein Fehler! Ich hätte mich klarer ausdrücken sollen.« Er sprang auf und eilte zu Heribert. Ottokar Kerner hatte gerade ein gewisses Örtchen aufgesucht, sodass der Platz neben ihm frei war.

Der Bürgermeister setzte sich. »Seid mir nicht gram, mein Freund, dass ich Euch vorhin nicht namentlich erwähnt habe. Selbstverständlich reitet Ihr morgen mit uns!«

»Dann will ich das mit Vergnügen tun.«

Lothar Riecke dämpfte seine Stimme. »Fra Götz erzählte mir soeben von den kostbaren Pelzen, die er in Oslo für den Großmeister erworben hat.«

Heribert legte seine Hand vertraulich auf Rieckes Unterarm und flüsterte: »Im nächsten Jahr, Bürgermeister, im nächsten Jahr vor Braubeginn werde ich mit Sicherheit wieder Eurer gütigen Fürsprache bedürfen.«

»Ihr könnt immer auf mich bauen, Hauptmann.« Lothar Riecke erhob sich. »Wir treffen uns nach Sonnenaufgang am Oster Tor. Habt Ihr ein gutes Pferd?«

Heribert bejahte.

»Besitzt Ihr auch einen geeigneten Spieß für die Saujagd?«

»Nein, ich habe nur mein Schwert und den Dolch hier.« Heribert klopfte an seinen Leibgurt.

»Dann bringe ich für Euch morgen einen aus dem Zeughaus mit.« Der Bürgermeister kehrte zur Tafelmitte zurück.

Ottokar Kerner nahm seinen Platz wieder ein. »Wie lange gedenkt Ihr eigentlich in Einbeck zu bleiben, Hauptmann?«

»Nun, das hängt davon ab, wann der erste neue Brau transportfähig ist. Ich schätze also frühestens Ende September, spätestens aber Mitte Oktober. Und ich will natürlich erst von dem neuen Brau kosten, bevor ich kaufe.«

»Sehr umsichtig!«, sagte der Schneider. »Man merkt, dass Ihr ein umsichtiger Mann seid, denn wie heißt es doch? ›*Es weiss mancher über ein schlecht Stück Fleisch geferbte Brü zu machen*‹. Trotzdem ist es schade, dass Ihr Einbeck schon so früh verlasst. Ich hätte Euch gerne als Ehrengast bei der Hochzeit meiner Tochter im November gesehen. Aber natürlich müsst Ihr Euer Bier noch vor Beginn der Herbststürme verschiffen.«

»Johanna heiratet? Wer ist denn der Glückliche?«

»Ihr kennt ihn höchstwahrscheinlich nicht. Es ist der älteste Sohn des Kramergildenmeisters. Übermorgen, beim Sommerfest unserer Zunft, werde ich es bekannt geben.«

»Das freut mich.«

»Nicht jeder wird darüber glücklich sein«, sagte der Schneidermeister.

Heribert versuchte sich seinen Schrecken nicht anmerken zu lassen. Hatte Kerner etwa spitzgekriegt, dass zwischen Torsten und Johanna etwas zugange war?

»Ach, wer denn?«

Ottokar Kerner deutete verstohlen mit der Messerspitze auf den Bäckermeister Kron neben Bartholomäus Freyberg.

Heribert fiel ein Stein vom Herzen.

17. KAPITEL

Saujagd in der Hube

Als Heribert nach Sonnenaufgang zum Oster Tor ritt, hatten sich die Ratsmitglieder, bis auf den Landwehrkommandanten Freyberg, bereits vollzählig eingefunden: Lothar Riecke und die beiden anderen zwei Zunftmeister der Kaufgilde, die jeweils zwei Ratsherren von Gemeinheits-, Bäcker- und Schuhmachergilde sowie der Ratsvertreter der Kürschner- und Knochenhauerzunft. Einige der Männer hatten Hunde mitgebracht.

Von den Johannesrittern waren sein Oheim, Fra Götz und vier der Ordensoffiziere gekommen, alle trugen leichte Jagdkleidung aus dunklem Leinen.

Lothar Riecke reichte Heribert einen Sauspieß. Drei der Offiziere besaßen kurze Reitermusketen, die anderen hatte der Bürgermeister aus der städtischen Rüstkammer mit Jagdwaffen versorgt, denn an den Schäften der Spieße baumelten überall die grünen Quasten der einbeckschen Land- und Stadtwachtknechte.

Das Oster Tor war schon geöffnet. Die Jagdgesellschaft trabte auf dem Großen Hofe-Weg nach Norden. Fra Adalbert ritt einen prächtigen Rappen, Fra Götz einen nicht weniger ansehnlichen Braunen. Auch die anderen Johannesritter besaßen kräftige braune Reittiere.

Bald stieg der Weg zur Hube an, und man passierte die Richtstätte am Rabenstein. Dort erblickte Heribert einen alten Bekannten. Im Herbst, wenn die schwarzen Vögel mit den kräftigen Schnäbeln nur noch das Skelett des Gehenkten übrig gelassen haben würden, würden Würfel-Klaus' Gebeine wieder ausreichend Schnitzmaterial für den Frommen Klaus liefern.

Von der Hubeturm-Warte kommend machte sich ein Händlerzug an den Abstieg nach Einbeck. Es waren hansische Kaufleute aus Lüneburg, sie führten das begehrte Salz mit sich. Gleich danach begegneten ihnen Heringshändler. Die wuchtigen Tonnen auf ihren vierrädrigen Wagen waren mit dem Gütesiegel des Lübecker Rats gekennzeichnet: ein ganzer Zirkel für den Vollhering, ein halber Zirkel für den minderwertigeren Halbhering.

Am Hubeturm machte die Jagdgesellschaft kurz Halt und ließ die Pferde und die Hunde noch einmal kräftig saufen.

Die Landwehrknechte der Warte erzählten, dass sie in letzter Zeit kaum Sauen, dafür aber etliches an Rotwild zu Gesicht bekommen hätten, worauf Lothar Riecke ihnen befahl, sechs Bögen und Pfeile aus der Turmrüstkammer zu holen.

Um die Waffen wurde gelost. Heribert und sein Oheim gingen leer aus, Fra Götz erhielt einen kurzen Jagdbogen.

Da es mit Heribert genau achtzehn Jäger waren, teilte man sich in Dreier-Trupps auf. Jede Gruppe verfügte entweder über einen Bogen- oder einen Musketenschützen, jede zweite über ein paar Hunde.

»Warum bringt Ihr nur so wenig Hunde mit?«, fragte Heribert den Bürgermeister.

»Eine Seuche hat leider im Frühjahr die meisten dahingerafft«, erklärte der.

Man kam überein, in einer Linie und möglichst in Sichtweite miteinander vorzugehen. Sollte die Jagdgesellschaft aber aus einem Grund auseinander gerissen werden, würde man sich um die Mittagsstunde wieder an der Warte treffen.

»Wir müssen unbedingt am linken Rand reiten«, raunte Heribert seinem Oheim zu.

Es gelang. Heribert und Adalbert von Habelstein bildeten mit Fra Götz den Trupp am weitesten links im Westen, neben ihnen ritten die zwei Gemeinheitsgildenmeister mit ihren Hunden und ein Ordensritter. Der Bürgermeister und seine beiden Begleiter von der Bäckergilde befanden sich am äußersten rechten Rand im Osten.

Die Jäger brachen von der Hubeturm-Warte in nördliche Richtung auf. Hinter der Landwehrgrenze war der Wald licht, und Heribert konnte während der ersten halben Stunde die

Jäger rechter Hand meist gut sehen, aber dann wurde das Gelände schwieriger. Nur noch selten erspähte er in dem dichten Unterholz einen Jäger des anderen Trupps.

Eine Lichtung tat sich auf.

Plötzlich zeigte Fra Götz auf eine mächtige Buche an ihrem Westrand. Halb vom Stamm verdeckt stand ein Rehbock. Fra Götz spannte den Bogen, schoss und verfehlte. Zitternd blieb der Pfeil im Stamm stecken. Im Nu suchte der Bock das Weite. Der Frater zog einen neuen Pfeil aus dem Köcher, gab seinem Hengst die Sporen und setzte dem Rehbock nach.

»Jetzt!«, zischte Fra Adalbert und reichte Heribert einen schweren, fest verschnürten Beutel aus dickem Leder.

Heribert verstaute ihn flink in der Satteltasche.

Keinen Augenblick zu früh, denn die beiden Bäckergildenmeister aus Rieckes Trupp kamen auf die Lichtung geprescht. Irgendwo weit im Osten bellten die Hunde …

»Ein Rehbock!«, rief Fra Adalbert.

»Wo?«

Heribert wies nach Norden.

»Ein Bock? Wir sind zwei Kühen nach.«

»Ein Bock!«, beharrte Heribert.

Die Gildenmeister besannen sich nicht lange und rissen ihre Pferde herum. Heribert und Fra Adalbert galoppierten ihnen bis zum Lichtungsrand hinterher, dann zügelten sie die Pferde.

Die Treiberlinie war offenbar völlig in Unordnung geraten, denn der Bürgermeister, der mit seinen beiden Begleitern weit im Osten losgeritten war, tauchte aufgeregt neben ihnen auf. »Ich habe ein Rudel Rehe gesehen. Sie sind in Eure Richtung geflohen.«

»Wir haben eben einen Bock aufgestöbert. Fra Götz und die Bäckermeister verfolgen ihn.« Fra Adalbert zeigte nach Norden.

Sie lauschten. Das Hundegebell wurde schwächer.

»Hört Ihr?«, flüsterte der Bürgermeister. Östlich der Lichtung, etwa dort, wo er hergekommen war, knackten Zweige.

»Das muss der Bock sein«, sagte Heribert. »Ich schlage einen Bogen und versuche ihn Euch zuzutreiben. Wo sind Eure Hunde?«

»Keine Ahnung.« Lothar Riecke legte einen Pfeil ein. Sein Gesicht glühte vor Jagdfieber.

»Sieh zu, dass du ihn von der Lichtung nach Norden oder Osten weglocken kannst«, flüsterte Heribert seinem Oheim zu. »Und alle anderen auch.«

Fra Adalbert nickte.

Heribert ritt los. Nach ein paar Minuten vernahm er die Stimmen der Bäckergildenmeister vor sich.

In diesem Moment durchbrach ein Reh schräg vor ihm das Unterholz. »Nach Osten, nach Osten!«, schrie er. »Die Hunde sind alle nach Osten gerannt.«

Die Gildenmeister reagierten augenblicklich und machten sich an die Verfolgung.

Heribert wartete, bis er die beiden nicht mehr hörte, und kehrte zur Lichtung zurück. Fra Adalbert und der Bürgermeister waren weg.

Er ritt zu der großen Buche, wo Fra Götz den Bock verfehlt hatte. In dem weichen Waldboden vermochte er die Hufspuren eines galoppierenden Pferdes anfangs leicht auszumachen, aber dann musste der Frater wohl langsamer geritten sein, denn Heribert hatte Mühe, die Hufabdrücke zu finden, zumal der Boden jetzt von einem dicken Farnteppich bedeckt war.

Bald hatte Heribert die Spur von Fra Götz' Pferd endgültig verloren. Er stieß auf einen schmalen Waldpfad, der zu einer Anhöhe hinaufführte. Von dort aus konnte er beobachten, dass sich noch andere Jäger den Bäckergildenmeistern bei der Hatz des Rehbocks angeschlossen hatten, darunter auch Lothar Riecke und sein Oheim. Sie ritten mehr oder weniger nach Osten, in Richtung Leinetal.

Heribert folgte dem Pfad, der hinter der Anhöhe nach Nordwesten abschwenkte und sich dann steil in den Wald absenkte.

Der Pfad endete an einem tief liegenden Bachlauf, dessen Ufer von dornigen Sträuchern überwuchert waren. Der Bach führte sehr wenig Wasser und kam Heribert bekannt vor.

Wenn er sich richtig erinnerte, mündete das Rinnsal in die Tümpelmulde neben dem aufgegebenen Steinbruch, den er vor ein paar Tagen zufällig bei einem Ausritt entdeckt hatte.

Heribert stieg ab und knotete die Zügel des Pferdes an einen herunterhängenden Ast. Während er gerade ins Bachbett hinabklettern wollte, um es nach Hufspuren zu untersuchen, hörte er plötzlich ein leises Wiehern. Es kam von jenseits des Bacheinschnitts, ungefähr von dort, wo der Kalksteinbruch liegen musste.

Heribert durchquerte die Bachrinne und bahnte sich mit dem Spießschaft den Weg durch die Sträucher. Hinter den Dornenbüschen lichtete sich das Unterholz mehr und mehr. Dann öffnete sich eine Schneise, und Heribert sah den braunen Hengst von Fra Götz. Er graste an einem langen Strick auf einer Waldwiese. Als Pflock diente der in den Boden gerammte Sauspieß des Johannesritters.

Neben dem Pflock lag ein Fuchs. Ein Pfeil hatte seinen Rücken durchbohrt, ein zweiter steckte in der Brust. Heribert stieß den Fuchs mit dem Fuß an und besah ihn sich genauer. Es war ein ausgewachsenes männliches Tier.

In diesem Augenblick trat Fra Götz aus dem Unterholz, sah, wie Heribert den Fuchs betrachtete, und rief aufgeregt: »Gut, dass Ihr kommt, Hauptmann. Das Weibchen hat sich in einer Felsspalte verkrochen. Ihr könnt mir helfen, den Bau auszuräuchern. Da drüben!« Er zeigte in die Richtung des Steinbruchs.

Fra Götz legte Pfeil und Bogen ab, holte Stahl und eine Luntenschnur aus der Satteltasche und hockte sich hin. Während er Feuer schlug, fragte er nach den anderen Jagdgenossen.

Heribert machte als Antwort lediglich eine vage Handbewegung.

Die Lunte begann zu glimmen. »Reisig habe ich schon gesammelt. Kommt!«

Heribert folgte dem Johannesritter. Kurze Zeit später waren sie an der Kalkbruchmulde.

Der Frater wies auf einen mannsbreiten Bodenspalt, an dessen Rand er ein Bündel dünner Zweige und ein paar trockene Äste aufgehäuft hatte. »Hier ist der eine Ausgang vom Bau, der zweite ist weiter links, an der Ulme neben dem Tümpel. Dort werden wir uns dann auf die Lauer legen.«

Die dürren Zweige wollten kein Feuer fangen.

»Wartet!«, sagte Heribert. »Wir sollten es besser mit etwas Bast versuchen.« Er steckte seinen Sauspieß in den Boden, zog den Dolch und begann die Borke von einem verdorrten Ast zu schälen.

Fra Götz nickte und warf den Reisighaufen in die Bodenspalte.

Heribert schabte eine Hand voll Fasern von der Astrinde und brachte sie Fra Götz.

Als der Frater die Lunte in das Bastknäuel stecken wollte, sah er, dass Heribert mit dem Dolch zum Stoß ausholte. Er sprang zur Seite und schrie: »Was ist denn in Euch gefahren?«

Die Dolchspitze hatte das Herz treffen sollen, ritzte aber nur die Schulter.

Heribert holte mit verzerrtem Gesicht erneut aus.

»Seid Ihr des Teufels«, brüllte der Ritter und riss das Schwert aus der Scheide.

Heribert schleuderte den Dolch mit aller Kraft.

Der Frater duckte sich behände, dennoch traf ihn die Waffe an der linken Augenbraue. Allerdings nicht mit der Klinge, denn im Wurf hatte sie sich gedreht. Fra Götz taumelte von der Wucht des Aufpralls einen Schritt zurück.

Diesen Moment nutzte Heribert, um ebenfalls blankzuziehen, sprang vor und hieb nach dem Hals seines Gegners.

Fra Götz parierte im Zurückweichen den Schlag gerade noch mit der stumpfen Seite der Schwertklinge. Mit der freien Hand versuchte er sich das Blut aus dem Auge zu wischen, das aus der Platzwunde floss. Dann konterte er, indem er die Waffe seines

Angreifers nach unten drückte. Mit einem weiten Ausfallschritt stieß er nach Heriberts Schwertarm.

Der hatte den Gegenangriff kommen sehen und und wich nun seinerseits zurück. Der Stich ging ins Leere, Fra Götz' Schwertspitze verfehlte ihr Ziel um Fingerbreite. Mit einem Wutschrei riss der Frater das Schwert hoch und setzte dem Weichenden nach.

Damit hatte Heribert gerechnet. Er machte einen blitzschnellen Satz seitlich nach vorne und unterlief den Schlag.

Fra Götz folgte Heriberts Ausweichbewegung mit einer halben Körperdrehung. Er stand nun mit dem Rücken zur Felsspalte.

›Jetzt!‹, dachte Heribert und stürmte los.

Mehrmals trafen sich die Klingen, aber jedes Mal gelang es dem Ritter, Heriberts wuchtige Schläge abzuwehren. Dennoch machte sich bemerkbar, dass Fra Götz nur noch auf einem Auge klar sehen konnte. Schritt für Schritt trieb Heribert ihn auf den Rand der Felsspalte zu. Als sich ihre Schwerter ineinander verkeilten, gab Heribert dem Frater einen Stoß. Der Knauf von Fra Götz' Schwert bohrte sich schmerzhaft in Heriberts Rippen.

Mit einem Aufschrei stürzte der Frater in die Spalte.

Heribert rannte zu seinem Sauspieß und war wieder am Grubenrand, als der Ritter gerade herausklettern wollte.

Heriberts erster Stich durchtrennte dem Frater die Kehle, ein zweiter fuhr bis zum Heft des breiten Saublatts in die Brust und warf ihn in die Spalte zurück. Heribert beugte sich vor: Fra Götz bewegte sich nicht mehr.

Von der Anstrengung des Kampfes außer Atem, trat Heribert die Lunte aus und betastete seine Rippen. Offenbar waren sie bloß geprellt. Er ging zum Tümpel, reinigte das Stichblatt des Spießes und die Dolchklinge mit dem Bastknäuel und lief dann zur Waldschneise. Dann schleuderte er den toten Fuchs ins Unterholz und entsattelte den Braunen. Sattel, Spieß, Bogen und Pfeile folgten dem Toten. Abraum aus dem Steinbruch lag reichlich herum. Bald war die Erdspalte mit Geröllbrocken ausgefüllt.

Heribert wischte sich den Schweiß aus der Stirn, holte das Pferd des Fraters und band es am Tümpelrand an die Ulme. Das Seil war lang genug, sodass das Tier sowohl saufen als auch in den nächsten Tagen ausreichend Nahrung finden würde.

Nachdem er auch die Luntenschnur und den Feuerstahl an sich genommen hatte, eilte Heribert zu seinem Pferd zurück und verbarg den Sack mit den Goldmünzen am Ufer des Baches unter einer Wurzel.

Nach einer Stunde scharfen Ritts nach Osten fand Heribert endlich seinen Oheim und ein paar der Jagdgenossen. Sie hatten zwei Rehe geschossen und kampierten an einem Hube-Hang mit Blick in das Leinetal.

Lothar Riecke war vom Pferd gestürzt, hatte sich aber nicht ernsthaft verletzt. Er humpelte zwar ein wenig, war jedoch in bester Stimmung, denn eines der Rehe war von ihm erlegt worden. Das zweite hatte der alte Bäckermeister Kron geschossen.

»Wo sind die anderen Männer?«, fragte Heribert.

Der Bürgermeister zeigte auf den Leine-Fluss. »Die meisten sind anscheinend den Hunden nach. Irgendwo da unten im Leinetal. Vielleicht warten auch schon einige am Landwehrturm, denn die Sonne steht bereits hoch. Ich denke, wir sollten uns jetzt so langsam auf den Rückweg machen.«

Heribert fing den fragenden Blick seines Onkels auf und nickte nur triumphierend.

Man band den Rehen die Läufe zusammen und steckte Spieße hindurch. Zwei nebeneinander Reitende konnten so ein Tier mühelos transportieren. Lothar Riecke ritt an der Spitze, gefolgt von den Reitern mit der Jagdbeute. Fra Adalbert und Heribert bildeten den Schluss und fielen bald ein paar Pferdelängen hinter die Gruppe zurück.

Fra Adalbert konnte seine Neugier kaum noch bezähmen. Sowie sie außer Hörweite waren, bestürmte er Heribert mit Fragen.

Der schilderte mit knappen Worten den Kampf. »… da, wo er

liegt, wird ihn so schnell niemand entdecken«, endete er. »Ich muss nur irgendwann noch sein Pferd wegschaffen.«

Fra Adalbert schüttelte verschmitzt grinsend den Kopf. »Das kann nicht sein, lieber Neffe. Ich habe Fra Götz, kurz bevor du zu uns gestoßen bist, mit Sicherheit noch gesehen. Er ist nach Nordosten geritten. Ein Reiter auf einem braunen Pferd. Lothar Riecke hat ihn auch bemerkt.«

Heribert schaute den Oheim verblüfft an. »Was redest du denn da für Schwachsinn. Ich selbst ...«

Fra Adalbert grinste. »Nun, der Reiter war zwar einer der Offiziere, aber aus der Ferne ist ein braunes Pferd ein braunes Pferd. Und Fra Götz' Pferd ist ja braun. Aber ich sehe, du hältst dir die Seite. Hast du doch etwas abgekriegt?«

»Nur eine Prellung, weiter nichts«, beruhigte Heribert den Oheim.

Am Hubeturm hatten sich bereits die beiden Knochenhauergildenmeister eingefunden. »Wir hätten den Bock fast erwischt«, sagten sie mürrisch, »aber die Treiberlinie ist gleich zu Anfang so durcheinander geraten, dass wir uns manchmal fast gegenseitig umgeritten hätten.«

Man wartete noch eine Weile auf die anderen Jagdgenossen, als aber von denen keiner auftauchte, meinte der Bürgermeister: »Sie werden unten im Leinetal weiterhin ihr Jagdglück versuchen. Lasst uns in die Stadt zurückkehren!«

Am späten Nachmittag trafen bis auf Fra Götz alle Jäger wieder in Einbeck ein. Auch als die Stadttore geschlossen wurden, fehlte der Frater noch immer.

Fra Adalbert saß mit dem Bürgermeister in der Ratstrinkstube. »Merkwürdig, dass er so lange wegbleibt. Er muss doch noch irgendjemandem begegnet sein, nachdem wir ihn zum Leinetal reiten sahen.«

»Ich habe alle gefragt. Wir waren anscheinend die Letzten. Vielleicht hat er sich verirrt oder ist gestürzt?«, gab der Bürgermeister zu bedenken. »Soll ich einen Suchtrupp ausschicken?«

Fra Adalbert erwiderte nichts, sondern rief mit düsterer Miene seine Offiziere zusammen. Er ließ sich die Kontributionslisten aus Fra Götz' Kammer bringen, begab sich mit den Johannesrittern in die Ratswaage und befahl die Geldkisten aufzuschließen.

Die einbeckschen Wachknechte spitzten neugierig die Ohren, als sie hörten, wie die Ritter die Münzen aus den Kisten nahmen und sie laut zu zählen begannen.

Als die Offiziere die Kontributionsgelder wieder einpackten, bestand für sie kein Zweifel mehr, dass Fra Götz den Jagdausflug dazu benutzt hatte, um mit 500 Goldgulden aus der Ordenskasse das Weite zu suchen.

In derselben Nacht musste der Bürgermeister alle fünf Stadttore öffnen lassen, damit Boten der Ordensritter die Kommenden warnen konnten, bei denen man die Kontributionen noch nicht eingesammelt hatte. Zwei seiner besten Reiter schickte Fra Adalbert zudem auf den weiten Weg nach Heitersheim in Oberdeutschland, um den Großprior vom Betrug Fra Götz' in Kenntnis zu setzen.

Die Johannesritter verließen Einbeck vorzeitig schon am nächsten Morgen. Der Bürgermeister erfuhr von Fra Adalbert nur so viel, dass Fra Götz wegen einer ernsten Verfehlung gegen die Ordensregeln flüchtig war. Worin diese bestand, darüber durfte Lothar Riecke nur rätseln.

Ratsherr Freyberg, der mit einigen Wehrknechten die ganze Zeit über die Ratswaage bewacht hatte, machte sich indes seine eigenen Gedanken. Auch er hatte gehört, wie die Ordensritter in der Wechselstube die Geldkisten geöffnet und dann ihren Inhalt auf den großen Eichentisch geschüttet hatten. Das Vergehen von Fra Götz war bestimmt kein ›fleischliches‹ gewesen.

Bevor die Johannesritter abzogen, richteten es Oheim und Neffe ein, noch einmal kurz unter vier Augen miteinander zu reden.

Fra Adalbert rieb sich vergnügt die Hände. »Herrlich! Alles verläuft nach Plan, lieber Neffe. Der gesamte Orden fahndet bald überall in Deutschland nach Fra Götz, nur hier in Einbeck nicht. Hast du das Gold auch sicher verstecken können?«

»So gut wie die Leiche. Und ich nehme es erst an mich, wenn wir uns im September mit dem Braugeheimnis davonmachen.«

»Ahnst du schon, worin das bestehen könnte?«

»Nein, noch nicht. Aber Torsten wird es schon herausbekommen.«

»Und was geschieht mit dem Knaben, wenn er merkt, dass du keineswegs die Absicht hast, nach Oslo zurückzukehren?«

»Ich habe bislang nicht weiter darüber nachgedacht. Aber bis in die Nordlande ist es ein weiter Weg über Land und Meer. Da wird sich schon die eine oder andere günstige Gelegenheit ergeben.« Heribert presste den Nagel von Daumen- und Mittelfinger gegeneinander, als würde er eine Laus zerquetschen.

»Sowie du in Schweden bist, musst du mir Nachricht geben, wo ich dich finden kann.«

Heribert versprach es.

18. KAPITEL

Diverse Lustbarkeiten mit und ohne Branntwein

Als Johanna die würdigen Mienen ihrer Eltern sah, ahnte sie schon, was auf sie zukommen würde.

»Setz dich, Kind!«, sagte die Mutter sanft und zog ihre Tochter zu sich auf die Bank.

Gildenmeister Ottokar Kerner und seine Frau hatten ihren Feststaat angelegt, da die Schneider am Abend in der Zunftstube ihr jährliches Sommerfest feiern wollten.

»Meine Tochter«, hub der Schneider feierlich an, »du bist nun im heiratsfähigen Alter. Mutter und ich haben uns deshalb Gedanken über einen geeigneten Gatten für dich gemacht.«

Die Mutter faltete die Hände. »Der Bäckergildenmeister Kron hat um deine Hand angehalten, aber ich war dagegen, denn mit einem alten Mann mag ich dich nicht verehelicht wissen.«

»Was heißt hier alter Mann! Meister Kron ist gerade einmal zehn Jahre älter als ich. Gestern bei der Jagd mit den Johannesrittern hat er sogar ein Reh erlegt!«, brauste Ottokar Kerner auf.

»Das mag ja sein«, beruhigte ihn die Schneiderin, »aber wenn er siebzig ist, ist Johanna noch eine junge Frau. Und *den* Spott wollte ich unseren Enkeln doch ersparen.«

»Welchen Spott denn?«, fragte Kerner irritiert.

»Dass man ihren Vater für ihren Großvater hält«, sagte die Schneidersfrau spitz und wandte sich an die Tochter. »Sei beruhigt, Kind. Ich habe Vater den alten Bäckermeister ausreden können.«

Ottokar Kerner brummelte etwas Unverständliches.

Johanna hatte während der Unterhaltung nur still in sich

hineingelächelt. Jetzt sagte sie spöttisch: »Danke, dass ich nicht zu Großvater Kron ins Bett steigen muss.«

»Solch lockere Rede ziemt sich nicht für eine Jungfrau, zügele deine Zunge, Tochter!«, herrschte Kerner sie an.

Die Mutter seufzte. »Reiz doch Vater nicht unnötig, Johanna. Er hat ja eingesehen, dass Meister Kron für dich nicht in Frage kommt. Stimmt's, Ottokar?«

»Weil ich nicht tagein, tagaus dein Gezeter in den Ohren haben will, gebe ich nach, Frau!«, schnaubte der Schneider wütend.

Die Mutter legte ihrer Tochter die Hand aufs Knie. »Johanna, glaub deinem Vater kein Wort! Er tut nur so, als ob er sich ärgert. Im Grunde genommen ist er froh, dass ich einen besseren Freier für dich gefunden habe, stimmt's, Ottokar?«

»Ausnahmsweise muss ich dir Recht geben.« Kerner holte tief Luft. »Aber nicht weil Meister Kron zu alt für unsere Tochter wäre. Nein, als ich mich ein wenig umhörte, erfuhr ich, dass er einen Teil seiner Hopfengärten seit Jahren an Freyberg verpfänden muss. Mit anderen Worten – Meister Kron ist ein angesehener Ratsherr, aber nicht so wohlhabend, wie es den Anschein hat.«

Johanna räusperte sich. »Und wen habt ihr an seiner Statt für mich ausgewählt?«

Die Mutter strahlte über das ganze Gesicht. »Jemand, der sowohl jung als auch vermögend ist, oder es einmal sein wird.«

Johanna zwang sich zu lächeln. »Wer ist es?«

Ottokar Kerner sah sie ernst an. »Im November, Tochter, wirst du den ältesten Sohn des Kramergildenmeisters heiraten.«

Johanna senkte scheu den Blick, ohne zu widersprechen.

»Das freut mich, mein Kind!«, sagte die Mutter ein wenig verblüfft, denn irgendwie hatte sie mehr Widerstand erwartet.

»Es geschieht selten, dass du gleich so einsichtig bist, und deshalb will ich dich ausnahmsweise loben.« Ottokar Kerner nickte zufrieden und sprach salbungsvoll: »Auf Kindern, die der Eltern Rat befolgen, ruht nämlich Gottes Segen.«

»Ja, Vater«, murmelte Johanna demütig und dachte: ›Im November, liebe Eltern, wird der Kramersohn sich leider nach einer anderen Braut umsehen müssen!‹

»Ich bin glücklich, dass dir unsere Wahl zusagt, Johanna. Vater reist gleich nach Brauende nach Hildesheim, um Stoff für dein Hochzeitskleid zu kaufen.« Die Mutter stand auf. »Lösch alle Kerzen, bevor du schlafen gehst. Wir gehen jetzt zum Fest.«

Kaum hatte Ottokar Kerner das große Braudielentor sorgfältig hinter sich abgeschlossen, um dann Arm in Arm mit seiner Frau in Richtung Marktkirche zu schlendern, als Torsten, der ihnen von seinem Kammerfenster aus nachgeschaut hatte, den Zwillingen zurief: »Los jetzt! Sie sind fort!« Er ergriff einen bauchigen Tonkrug und folgte Heinrich und Hubert über eine Hintertreppe in die Küche hinunter.

Dort nahm sich jeder einen Wasserkrug vom Küchenregal. Zu dritt wuchteten sie die schwere Luke des Vorratskellers hoch.

»Heissa, auf geht's«, frohlockte Heinrich und verschwand in der Lukenöffnung.

»Endlich saufen so viel wir wollen!« Hubert schwenkte seinen leeren Krug. »Bald ist der voll und ich auch.«

»He, leise!«, ermahnte ihn Torsten. »Wenn du weiter rumkrakeelst, weckst du noch den Gesellen oder seine Alte.«

»Quatsch! Die sind doch auch auf dem Zunftfest.« Hubert stieg seinem Bruder in den Keller hinterher.

Dann hörte Torsten ein Poltern, dann ein Plätschern.

»Pass doch auf, du Esel!«, zeterte Heinrich. »Du verschüttest ja alles.«

»Trottel, halt lieber die Kerze so, dass ich besser sehen kann!«, fauchte ihn der Bruder an.

Heinrichs Kopf tauchte in der Lukenöffnung auf. »So, und jetzt bist du dran.«

Torsten reichte ihm seinen Krug. »Fällt das nicht auf, wenn so viel Branntwein fehlt?«

Heinrich wieherte los. »Wir sind doch nicht blöd. Der Alte

hat fünf Fässchen hier herumstehen. Wir zapfen einfach aus jedem ein bisschen ab. Das merkt der nie!«

Vor Huberts Schlafkammer im Dachgeschoss fiel Torsten ein, dass die Meisterin am Nachmittag harte Mettwurst eingekauft hatte. »Ich organisiere uns rasch einen Zipfel.«

Sprach's, und verschwand.

»Bring auch einen Brotkanten mit«, riefen ihm die Zwillinge nach.

Johanna sprang gerade von einem Schemel vor dem Regal mit den Tischbierkesseln, als Torsten in Küche trat.

Er drückte sie an sich und küsste ihre Stirn. »Jeder hat einen Krug Branntwein. Ich kenne die Burschen. Die saufen Schnaps wie Dünnbier. Es wird nicht lange dauern, dann sind sie hinüber.« Torsten schnitt ein Stück von der Wurst und vom Brot ab.

»Ich bin in einer Stunde in der Tuchkammer«, raunte sie ihm zu. »Komm über die Hinterstiege, damit die Geschwister nicht aufwachen.« Johanna huschte davon.

Es kam, wie Torsten vorausgesehen hatte, die Zwillinge leerten ihre Krüge, als wären sie von großem Durst geplagt. Dass er selber nur an dem Branntwein nippte, fiel ihnen nicht auf. Heinrich sackte als Erster schnarchend auf seinem Strohsack zusammen.

Hubert hielt sich besser. »Ei, ist das lustig!«, brabbelte er und setzte den Krug an die Lippen. »Was, schon leer?« Er erhob sich schwankend. »Ich hol mal Nachschub.«

»Da, nimm!« Torsten drückte ihm seinen Krug in die Hand. »Bei mir ist noch was drinnen.«

Hubert hockte sich neben Heinrich auf den Strohsack und trank gierig. Wenig später verdrehte er die Augen. »Bist 'n feiner Kerl!«, lallte er noch. Dann war es auch um ihn geschehen.

Torsten sammelte die Krüge ein, spülte sie unten in der Küche aus und stellte sie ins Regal zurück. Dann entzündete er einen Kerzenstummel und ging auf Zehenspitzen zur Hinterstiege.

Vorsichtig drückte er die Tür der Tuchkammer einen Spalt weit auf. »Johanna?«

»Ja«, kam es aus der Dunkelheit flüsternd zurück.

Torsten stellte die Kerze ab.

Johanna kniete in ein Tuch gehüllt auf einem Lager aus dicken Decken, das sie auf dem Fußboden bereitet hatte. Von ihrem Körper sah Torsten nur den Ausschnitt ihres Halses, den ein Silberkettchen schmückte. Als er die Tür schloss, streifte Johanna das Tuch ab und entblößte ihre Brüste. Torsten hatte keine Augen für das Amulett des Frommen Klaus, sondern beeilte sich, seinen Hosenbund aufzunesteln und das Hemd abzulegen.

»Komm!«, flüsterte sie und zog ihn zu sich.

19. KAPITEL

Rat Freyberg rekrutiert einen neuen Informanten

»Noch einen Schlag?«

Bartholomäus Freyberg nickte. »Gerne. Ich kam heute nicht dazu, auch nur einen einzigen Happen zu essen.«

Maria ging zum Herd und tauchte die Schöpfkelle in den Topf.

Als der Schmiedemeister den letzten Rest der Graupensuppe mit einem Stück Brot aus seiner Schüssel gestippt hatte, lehnte er sich wohlig zurück und griff nach dem Krug mit dem Tischbier.

»Habt ihr den flüchtigen Johannesritter gesucht?« Maria stellte die Suppenschüssel in den Spülstein und setzte sich zu ihrem Mann an den Küchentisch.

Freyberg lachte. »Fra Götz? Der ist auf seinem guten Pferd längst schon in Braunschweig oder sonst wo. Nein, ich habe mit den Wehrknechten im Tiedexer Feld exerziert.«

Maria strich sich eine Haarsträhne aus dem Gesicht. »Stimmt es, was man sich erzählt, dass der Ritter die Ordenskasse gestohlen haben soll?«

»Das zu behaupten ist mit Sicherheit übertrieben. An den beiden Kisten mit den Kontributionsgeldern hatten vier Männer schwer zu wuchten. Ein Mann kann alles Geld unmöglich alleine wegschaffen, wohl aber einen Teil davon.«

Maria schüttelte traurig den Kopf. »Was sind das für Zeiten, wenn sogar Fratres zu Dieben werden.«

»Erstaunt dich das wirklich? Bei Plattnases Dirnen waren sie doch auch.«

Maria schenkte ihrem Mann Bier nach. »Gibt es sonst noch Neuigkeiten?«

»Ja. Heute auf der Ratssitzung wurde beschlossen, in diesem Jahr früher als sonst mit dem Brau zu beginnen. Die Felder sind alle abgeerntet, und Weizen, Gerste und Hopfen gab es gut und reichlich.«

»Wann soll es losgehen?«

»In der letzten Augustwoche werden die ersten Lose abgebraut. Ich habe bereits Helfer gedungen, denn wir sind ja gleich zu Beginn an der Reihe. Ach, noch etwas. Ich behalte das Landwehrkommando noch bis zum November. Wegen eines Hansetags in Goslar muss die Große Ratsversammlung verschoben werden.«

»Mir gefällt es nicht, dass ausgerechnet Meister Warberg unseren Brau leiten soll«, sagte Maria. »Ich traue ihm einfach nicht mehr über den Weg. Beim letzten Mal, als er bei uns war, fehlte immer wieder Hefe. Ich bin mir sicher, dass das auf sein Konto geht.«

»Es ist so Sitte, dass den ersten fünf Berichtigten auch die Braumeister per Los zugewiesen werden. Mir will es auch nicht schmecken, dass ausgerechnet wir Warberg ins Haus bekommen.«

Maria ging zum Spülstein und machte sich an den Abwasch. »Riecke ist auch früh dran, hörte ich.«

»Ja.«

»Wer ist sein Braumeister?«

Freyberg zuckte mit den Achseln. »Jedenfalls nicht Warberg.«

Maria trat ans Küchenfenster und schloss es. »Abends wird es manchmal schon recht frisch.«

Bartholomäus Freyberg nickte. »Zum Glück. Allzu warmes Wetter wäre schlecht, wenn bald gebraut wird, dann sinkt die Hefe nicht schnell genug in der Pfanne ab.«

»Hefe! Dieses Mal werde ich Warberg keinen Moment aus den Augen lassen! Trifft er sich eigentlich noch immer so oft mit dem Osloer?«

»Peter und Hannes haben mir jedenfalls nichts davon berichtet. Aber so, wie ich die beiden kenne, suchen sie bestimmt bald wieder die Petersiliengasse auf. Und das erfahre ich dann umgehend. Peter oder Hannes halten nachts weiterhin ein Auge auf das Frauenhaus.«

Maria setzte sich an den Küchentisch. »Ich habe ein wenig nachgedacht, Bartholomäus.«

Freyberg schaute seine Frau erwartungsvoll an. »Ja?«

»Hannes und Peter mögen zwar tüchtige Arbeit leisten, indem sie dir sagen können, wer sich gerade mit wem und wo trifft, nur hat bislang keiner von ihnen auch nur ein einziges Gespräch belauschen können. Stimmt doch, oder?«

Der Schmied hob resigniert die Schultern. »Was soll ich denn machen? Kerner und seine Kumpane wissen halt, dass sie mir alles hintertragen, und sehen sich vor, wenn einer der Büttel in der Nähe ist.«

Maria stützte die Ellenbogen auf, legte das Kinn in die Handflächen und schaute ihren Mann verschmitzt an. »Gehen Kerner und Riecke auch zu den Huren?«

»Bisweilen.«

»Und die beiden Kramer- und Leinenwebermeister, mit denen sich Kerner im ›Stern‹ trifft?«

»Die auch.«

»Dann rede doch einfach mit Achim Plattnase.«

Freyberg legte ärgerlich die Stirn in Falten. »Maria, was soll der Blödsinn?«

»Blödsinn? Du willst doch wissen, worüber sie sprechen, oder?«

»Schon, aber was in drei Teufels Namen hat das mit dem Frauenwirt zu tun?«

Maria stand auf, ging um den Tisch herum und setzte sich auf Freybergs Schoß. »Was wäre, wenn zum Beispiel der Bischof erführe, dass sogar Fratres der Johannesritter bei Plattnases Dirnen liegen?«

»Ich glaube nicht, dass ihn das sonderlich interessiert. Die Ordensleute unterliegen, meine ich, ausschließlich ihrer eigenen Gerichtsbarkeit.«

Maria schlang die Arme um Freybergs Hals. »Gut! – Aber weiß Plattnase das auch?« Sie drückte ihm die Lippen gegen die Stirn und flüsterte: »Wenn ein Mann mit einer Frau im Bett liegt, gerät er leicht in unbedachtes Plaudern, besonders wenn er berauscht ist. Und bei Männern, die bei Dirnen liegen, wird das kaum anders sein.«

Der Schmied befreite sich sanft aus Marias Armen und langte nach dem Bierkrug. Er war leer. Freyberg kratzte sich an der Stirn. »Ich glaube, ich verstehe so langsam, worauf du hinauswillst. Gleich morgen werde ich ein paar ernste Worte mit Plattnase reden.« Er stellte den Krug ab. Seine Hände begannen ihre Schenkel zu liebkosen.

Maria erhob sich kichernd von seinem Schoß. »Soll ich dir noch etwas nachschenken?«

Bartholomäus Freyberg schüttelte den Kopf und lachte. »Damit ich dann besser plaudere?«

Achim Plattnase fluchte. Erst war ihm das Geschäft mit den Johannesrittern verdorben worden, und dann hatte die Alte einen Hexenschuss gekriegt, als sie im Regen zu seinem Vetter gegangen war. Zu allem Überfluss lag auch noch der Hausknecht danieder, weil er sich mit Wolfram Warberg halb tot gesoffen hatte.

Achim Plattnase ging in die Hocke, schnallte sich die Kiepe mit den Rüben um, die er im Garten seiner Tante geerntet hatte, und richtete sich wankend auf. ›Verdammte Plackerei‹, dachte er. ›Warum hab ich Trottel bloß keine Schubkarre genommen.‹

Während der Frauenwirt am Rande des Bleichangers entlangstolperte, bemerkte er einen Reiter, der quer über die Wiesen auf ihn zuritt. Als er näher kam, sah er, dass es der Landwehrkommandeur war.

›Nanu, was will der denn hier?‹, wunderte er sich. Aber dann fiel ihm ein, dass die Wehrknechte gestern auf dem Tiedexer Feld exerziert hatten, wahrscheinlich würden sie heute hier in der Gegend üben. Der Frauenwirt war nicht sonderlich darauf erpicht, Rat Freyberg zu begegnen. Ärger hatte es zwar nie mit ihm gegeben, aber Plattnase misstraute den Stadtherren, die sich nicht hin und wieder etwas Abwechslung mit seinen Weibern gönnten.

Achim Plattnase bog also in den heckengesäumten Weg ab, der zu den Stadtgärten vor der Wasserkunst führte. Zu seiner Überraschung folgte ihm Freyberg in den Weg und hatte ihn bald eingeholt. Der Frauenwirt drehte sich um, trat zur Seite, entlastete das Gewicht der Kiepe, indem er sich an einen Baumstamm lehnte, und grüßte den Landwehrkommandeur höflich; hoffend, dass Freyberg an ihm vorbeireiten würde.

Aber der Schmied zügelte sein Pferd und erwiderte den Gruß.

›Der will doch was!‹, durchfuhr es den Frauenwirt mit Schrecken, denn Bartholomäus Freyberg schwang sich aus dem Sattel.

»Himmel! Seit wann gehst du denn ehrlicher Arbeit nach?«

Achim Plattnase lächelte gequält. »Die alte Vettel hat's im Kreuz, Herr.«

Plattnase war weder klein noch schmächtig, aber der breitschultrige Schmiedemeister überragte ihn um Haupteslänge. »Und deine Huren verdienen wohl mehr, wenn du sie nicht zum Gemüseernten schickst, stimmt's?«

Achim Plattnase stammelte etwas Unverständliches, denn ihm wurde langsam reichlich unbehaglich zumute. Angestrengt überlegte er, was der Landwehrkommandeur bloß von ihm wollte.

Bartholomäus Freyberg warf einen Blick in die Kiepe. »Schöne Rüben. Üb nur schon mal fleißig das Gärtnern!«

Plattnase erwiderte nichts.

»Wir hatten übrigens eine Ratssitzung«, fuhr Freyberg fort. »Da wurde über alles Mögliche geredet.«

Der Frauenwirt fühlte, wie ihm der Schweiß ausbrach. »Ja, Herr?«

»Ich wollte eigentlich zur Sprache bringen«, der Schmied nahm eine Rübe aus der Kiepe und betrachtete sie wie einen kostbaren Gegenstand, »wie sehr es dem Ansehen von Einbeck schadet, wenn sich herumspricht, dass sich bei uns auch Priester mit den Huren vergnügen.«

Achim Plattnase erbleichte.

Freyberg warf die Rübe mit einem Lächeln in den Korb zurück. »Aber ich habe es nicht getan, sondern im Rat geschwiegen. Vorerst zumindest!«, fügte er drohend hinzu.

Der Frauenwirt atmete auf. ›Das ist es also! Er will auch wie die anderen geschmiert werden.‹ Er griff hastig zum Geldbeutel an seinem Leibgurt.

»Lass dein Geld stecken!«, herrschte Freyberg ihn an. »Mich interessiert etwas anderes.«

Der Frauenwirt grinste erleichtert. »Nun, Herr, da will ich gerne behilflich sein.«

Freiberg packte ihn am Kragen. »Deine Dreckhuren können mir gestohlen bleiben.«

»Ja, aber was könnte ich denn sonst …«

Der Schmied ließ ihn los. »In Hildesheim hat der Bischof die Huren und ihren Frauenwirt von den Bütteln aus der Stadt peitschen lassen. Fühl dich nicht so sicher, bloß weil du nach links und nach rechts Geld austeilst.« Er lächelte maliziös. »Es sei denn, du würdest auch dem Bischof ein Geschenk machen. Nur glaube ich, ehrlich gesagt, dass du damit nicht viel Erfolg hättest. Der Hurenwirt in Hildesheim soll es versucht haben. Wie das ausging, ist bekannt.«

»Bitte, Herr, sagt mir doch, was ich für Euch tun kann!«, stammelte Achim Plattnase.

Bartholomäus Freybergs Augen verengten sich zu Schlitzen. »Du wirst mir ab sofort berichten, worüber sich gewisse Leute mit deinen Dirnen unterhalten. Und was sie auch sonst untereinander bereden.« Freyberg nannte die Namen.

Plattnase schluckte und nickte stumm, denn er begriff, dass der Landwehrkommandant es sehr wohl in der Hand hatte, ihn zu vernichten.

»Sind wir uns einig?«, fragte Freyberg und schwang sich auf sein Pferd.

»Ja, Herr«, murmelte Plattnase unterwürfig. »Ich werde Euch natürlich gerne zu Diensten sein.«

Als Freyberg im Sattel saß, drehte er sich noch einmal um. »Ach so, wenn du Wichtiges erfährst, dann gib Kuventhal-Peter oder Krögerhannes Bescheid. Lass dich auf keinen Fall bei mir in der Schmiede sehen. Ist das klar?«

Plattnase verbeugte sich beflissen. »Sicher, Herr, verlasst Euch ganz auf mich.«

20. KAPITEL

Besuche bei Nacht

Hinter den Brauhäusern in der Tiedexer Straße lagen die Hausgärten und Wirtschaftshöfe der Anwohner. Das Haus des Bürgermeisters nahm das Eckgrundstück an der Benser Straße ein. Eine schulterhohe Steinmauer ohne Durchlass begrenzte das Grundstück nach Süden, und nach Westen, zum Tiedexer Tor hin, trennte nur ein niedriger Zaun Rieckes Hofgarten von dem seines Nachbarn.

Lothar Riecke hörte das dreimalige Klopfen und öffnete augenblicklich die Hoftür. Eilig betrat eine vermummte Gestalt die Kammer hinter der Braudiele und streifte die Kapuze ab.

Lothar Riecke spähte angespannt ins Dunkel nach draußen. »Habt Ihr auch Sorge getragen, dass Euch niemand gefolgt ist?« Er schloss die Pforte.

Ottokar Kerner schüttelte den Kopf. »Ich habe mich durch die Gärten geschlichen«.

Riecke holte eine Kerze aus der Braudiele und deutete auf einen Schemel. »Nehmt Platz.« Er setzte sich dem Schneider gegenüber auf einen Hauklotz. An der Kammerwand dahinter hingen mehrere kurz- und langstielige Äxte. »Nun, was habt Ihr für ein Anliegen, dass Ihr unbedingt noch zu später Stunde mit mir reden wollt?«

»Ich habe gute Nachricht, und sie hat mich einiges an Zungenfertigkeit gekostet. Die Kramer und Leinenweber hoffen jetzt ebenfalls auf Eure wohlwollende Unterstützung.« Kerner warf dem Bürgermeister einen Beutel zu, den er zuvor um ein Viertel seines Inhalts erleichtert hatte. »Sie bitten Euch, dieses Silber für Eure zukünftigen Bemühungen anzunehmen, und versprechen, gleich nach der besagten Ratssitzung Euch denselben Betrag noch einmal zukommen zu lassen.«

Der Bürgermeister verstaute den Beutel beiläufig in seiner

Wamstasche. »Das Vertrauen der Herren ehrt mich, und ich werde mein Möglichstes tun, um nicht nur Euch, sondern auch dem Kramer- und Leinenwebergildenoberen beim nächsten großen Treffen der Stadtherren zu einem Ratssitz zu verhelfen.« Er seufzte. »Die einzige Gefahr, die ich in allem sehe, ist Rat Freyberg. Seine Schmiedegilde und die Schuhmacherzunft sind unverändert gegen jegliche Erweiterung der Stadtherrensitze. Aber bis Dezember ist ja Zeit genug, um zumindest mit den Schuhmachern«, Riecke klopfte an sein Wams, »vertrauensvoll ins Gespräch zu kommen.«

Ottokar Kerner zuckte zusammen. »Was sagt Ihr da? Dezember? Ich dachte, die Große Ratssitzung soll Anfang Oktober abgehalten werden.«

»Ihr könnt es nicht wissen, aber auf dem heutigen Ratstreffen ist der Termin verschoben worden, weil im November ein wichtiges hansisches Treffen in Goslar stattfindet, zu dem wir reisen müssen.«

Ottokar Kerner schürzte griesgrämig die Lippen. »Das behagt mir wenig.«

»Ich bin auch nicht gerade glücklich über die Verschiebung, denn damit bleibt Freyberg zwei weitere Monate Landwehrhauptmann.«

Deprimiert machte sich Kerner auf den Heimweg, ohne wieder die Kapuze aufzusetzen.

Nachdem der Schneidermeister gegangen war und Lothar Riecke das Silber in der Geldtruhe verschlossen hatte, ließ er den Hund in den Hof. Der rannte sofort zur Gartenmauer und schlug an. Der Bürgermeister griff nach einer kurzstieligen Axt und eilte in den Hof.

Als er an der Mauer war, sah er gerade noch, wie eine hagerer Mann mit einer Federkappe in der Dunkelheit verschwand.

Johannas Schlafkammer lag unter Torstens. Sie war soeben im Begriff, ihm das verabredete Zeichen zu geben, als sie plötzlich Schritte auf dem Flur hörte. Schnell lehnte sie den Besenstiel wieder an die Wand und kroch unter die Bettdecke. Die Schritte entfernten sich zur Küchentreppe. Wenig später knarrte die Hoftür.

Johanna schaute aus dem Fenster. Sie sah ihren Vater in seinen dunklen Kapuzenmantel gehüllt über den niedrigen Zaun in den Hof des Nachbarn steigen. Er blieb nicht allzu lange fort. Nachdem er wieder durch die Hoftür ins Haus zurückgekehrt war, hantierte er noch eine Weile in der Küche herum, den Geräuschen nach trank er offenbar noch einen Schnaps, und kam dann die Treppe hoch, um sogleich in der Schlafstube zu verschwinden.

Neugierig, was den Vater wohl veranlasst haben mochte, mitten in der Nacht das Haus zu verlassen, schlich sich Johanna zum Ende des Flurs und lauschte. Immer wieder fiel der Name des Bürgermeisters, und auch die Namen anderer Ratsherren konnte sie verstehen. Aber da die Eltern mit gedämpfter Stimme sprachen, wurde sie nicht so recht schlau aus ihrer Unterhaltung. Nur dass der Vater sich gewaltig über etwas zu ärgern schien, war zu spüren.

Erst als es in der Schlafstube der Eltern still wurde und Johanna den Vater schnarchen hörte, wagte sie es, Torsten das Zeichen zu geben. Sie stieg auf die Kleidertruhe und kratzte mit dem Besenstiel leicht an der Kammerdecke. Es klang, als würde eine Maus im Gebälk krabbeln. Von oben vernahm sie ein ähnliches Kratzen. Noch einmal schlich sie sich zur elterlichen Schlafstube. Dort war weiterhin alles ruhig.

Torsten wartete schon in der Tuchkammer. »Dein Vater war noch einmal draußen«, sagte er und küsste sie.

»Du hast es auch bemerkt? Ich dachte, sie würden schon längst schlafen, als er auf einmal den Flur entlangkam.« Johanna lehnte sich mit dem Rücken gegen die Stoffballen an der Kammerwand.

»Was wollte er?« Seine Hände erkundeten ihre Hüfte.

»Keine Ahnung. Ich habe gelauscht, aber kaum etwas verstanden.«

»Eigenartig. Aber egal. Schlafen sie wenigstens jetzt richtig?«

Sie nickte und hob wortlos den Saum ihres Nachthemds.

»Torsten?«

»Ja?«

»Wann fliehen wir endlich?«

Torsten streifte sich sein Hemd über und seufzte. »Sobald es günstig ist, Liebes.«

»Aber wann endlich wird das sein? Morgen sind wir wieder beim Kramermeister eingeladen. Schon letztes Mal hat dieser pockennarbige Kerl versucht mich zu küssen.« Sie schüttelte sich.

»Hab noch ein wenig Geduld. Ich habe über vieles nachgedacht. Das Erbe der Tante ist mir sicher, aber falls es damit noch etwas dauern sollte, will ich solange nicht untätig sein. Allein mit dem Gold in meinem Gürtel könnten wir schon unermesslich reich werden.«

»Wie das?«

»Indem wir in meiner Heimat damit beginnen, einbecksches Bier zu brauen. Euer Bier ist dort wohlfeil wie bester Südwein.«

Johanna nickte. »Ich weiß. Ein Großonkel der Mutter war einmal in Bergen.«

»Ich verspreche dir, so wie ich um das Braugeheimnis weiß, brechen wir auf.«

Johanna zog verblüfft die Stirn in Falten. »Braugeheimnis? Was soll das sein? Ich helfe schon seit Jahren bei den Brauarbeiten mit. Da geschieht nichts Geheimnisvolles.«

»Aber das einbecksche Bier ist ungleich besser als alle anderen. Es muss einfach ein Geheimnis geben«, beharrte Torsten.

Johanna schüttelte den Kopf. »Wirklich, Lieber, man darrt, man mälzt, man hopft. Das ist alles. Aber ehrlich gesagt, sonderlich interessiert habe ich mich für den Brau nie.« Sie dachte einen Moment nach. »Doch, wo du so fragst, fällt mir etwas ein, und vielleicht hat es ja mit dem zu tun, was du Braugeheimnis nennst. Immer wenn das Hopfen abgeschlossen ist und man die Hefe dazugibt, darf außer dem Vater und dem Braumeister niemand in die Diele.«

Torsten war plötzlich ganz Ohr. »Was sagst du da? Ich muss unbedingt wissen, was nach dem Hopfen passiert«, flüsterte er eindringlich. »Wem es gelingt, in den Nordlanden nach einbeckscher Art zu brauen, der wird es nicht bloß zu Wohlstand, sondern zu Reichtümern wie ein Fürst bringen. Verstehst du das?«

»Ja«, sagte Johanna, denn sie war Tochter ihres Vaters genug, um das zu begreifen. »Wenn du dir so viel davon versprichst, werde ich herausfinden, was sie dort in der Diele machen.« Sie bedeckte Torstens Gesicht mit Küssen.

»Aber sag, wie kommen wir in deine Heimat? Der Weg dorthin ist bestimmt voll Gefahren.«

»Auch darüber habe ich nachgedacht, mein Schatz. Wir könnten uns unterwegs dem Hauptmann Heribert anschließen, er will nach Oslo zurück, wenn das erste neue Bier fertig ist.«

»Aber wird er es zulassen, dass wir mit ihm reisen?«

Torsten lachte. »Er mag mich sehr, fast wie ein Sohn. Wenn ich ihm meine Not offenbare und er von unserer Liebe erfährt, wird er sich zwar ein bisschen sträuben, aber dann doch nachgeben. Zumal ich ihm dann auch von der Erbschaft in Bergen erzählen will, die mich erwartet. Er ist ein kluger Mann und wird schon verstehen, dass ich deinetwegen meine Meinung geändert habe und nun doch in die Heimat zurückkehren möchte.«

Rat Freyberg erwachte davon, dass jemand etwas gegen das Fenster der Schlafstube warf. Er stand auf, erkannte Kuventhal-Peter und schlüpfte in Beinlinge und Hemd. Maria schlief tief und fest. Wenig später öffnete der Schmied dem Marktbüttel das Tor.

»Verzeiht, Meister, dass ich Euch noch so spät störe. Ich bin zufällig auf dem Heimweg hinter der Tiedexer Straße entlanggegangen. Da hörte ich, wie bei Kerner die Hoftür aufgesperrt wurde. Er hat sich durch die Gärten geschlichen und eben dem Bürgermeister einen Besuch abgestattet. Ich hoffe nur, dass mich keiner erkannt hat. Rieckes Hund hat angeschlagen.«

»Um diese Zeit haben sie sich noch getroffen?«

»Ja, deshalb dachte ich, dass Ihr es gleich erfahren müsstet.«

Freyberg dankte dem Büttel.

»Vorher war ich noch mit Hannes in der Petersiliengasse. Warberg und der Osloer sind wieder bei den Huren.«

»Hat Plattnase Euch etwas für mich ausrichten lassen?«

»Nein. Aber vielleicht macht er das noch. Hannes wollte warten, bis Habelstein und Warberg gehen.«

Vorsichtig stieg der Schmied wieder in die Schlafstube hinauf. Noch lange hörte er Marias regelmäßige Atemzüge neben sich, bevor er wieder einschlief.

Heribert von Habelstein hatte die Stadt in aller Frühe verlassen, Fra Götz' Pferd aus dem Steinbruch geholt, war dann nach Alfeld geritten, hatte den Braunen dort verkauft, zwei Krüge Südwein von einem durchziehenden Händler erworben und war noch rechtzeitig vor Toresschluss wieder zurück in Einbeck. Er ließ einen Weinkrug zu Achim Plattnase schaffen, hielt ein kurzes Nickerchen und traf sich dann mit Braumeister Warberg in der ›Sonne‹.

Die Flucht des Johannesritters gab weiterhin Anlass zu wilden Spekulationen.

Der Wirt pochte Achtung erheischend auf den Tisch. »Solange er unser Stadtsäckel nicht mitgenommen hat, soll's uns doch egal sein.« Er dämpfte die Stimme. »Es war ja auch wohl bloß ein Teil der Kontributionsgelder, die Fra Adalbert in den Johanniter-Kommenden eingesammelt hat. Glaub mir, die werden sie leicht verschmerzen. Sie sind unermesslich reich.«

Sein Gesprächspartner stimmte ihm zu. »Man sagt, sie würden auf ihren Gütern von silbernen Tellern essen und Wein aus goldenen Kelchen trinken.«

»Wie viel mag in der Truhe gewesen sein?«, schaltete sich ein weiterer Zecher ein.

»Genug zumindest, um einen der ihren in Versuchung zu bringen«, sagte der Wirt.

»Der ist jetzt bestimmt schon in Hamburg oder Bremen«, mutmaßte ein Zecher.

»Oder in Magdeburg oder Köln. Als er das letzte Mal gesehen wurde, ritt er zwar nach Norden, aber was besagt das schon.«

»Da ist was dran«, sagte ein anderer. »Wenn ich zu türmen hätte, würde ich möglichst auch erst in eine falsche Richtung reiten, um die Verfolger zu täuschen.«

»Die Johannesritter werden ihn schon erwischen«, sagte der Wirt. »Sie haben überall ihre Zuträger. Vergesst nicht, sie sind bei allen Landesfürsten, bei Königen und beim Kaiser hoch angesehen.«

Ein Ratsherr der Schuhmachergilde setzte sich zu den Zechern. »Nicht zu Unrecht, meine ich. Die Johannesritter sind zwar reich und einige von ihnen hochfahrend und eitel, aber dennoch kämpfen sie tapfer gegen die Türken.«

Alle am Tisch murmelten Zustimmung.

»Weiß der Herr Hauptmann mehr? Schließlich ist er der Neffe ihres Anführers.«

Der Wirt schüttelte den Kopf. »Ich habe ihn vorhin gefragt. Fra Adalbert ist zwar sein Oheim, aber über interne Probleme darf kein Ordensritter mit einem Außenstehenden reden, und sei er ein naher Verwandter.«

Nachdem Heribert und Wolfram Warberg ausgiebig gegessen und getrunken hatten, wobei der Osloer Stadthauptmann wieder beide Zechen beglich, machten sie sich auf den Weg in die Petersiliengasse.

Vor dem Laubengang zum Frauenhaus wollte Warberg sich von Heribert verabschieden.

»Nanu«, sagte Heribert, »habt Ihr heute keine Lust auf ein zünftiges Raudi-Maudi?«

»Doch, schon«, druckste der Braumeister herum. »Nur, leider …«

Heribert lachte. »Wenn's Euch bloß an ein paar Münzen fehlt, um Euren Gesellen tüchtig strampeln zu lassen, dann fühlt Euch einfach wieder von mir eingeladen.«

Heribert stieß die Kammertür auf. Britta und Hanne räkelten sich bereits einladend und mit nichts als den Liebesamuletten des Frommen Klaus am Körper auf dem Bett.

»Vorsichtig!«, ermahnte er die Huren, als sie sich sogleich daran machten, ihn auszuziehen. Während Britta vor ihm kniete und ihm den Hosenbund aufknotete, stieß ihre Schwester, die sein Hemd hoch streifte, plötzlich einen kleinen Schrei aus. »Du lieber Himmel! Was ist denn mit Euch passiert? Das sieht ja aus, als hätte Euch ein Pferd getreten.«

»Nur ein kleines Missgeschick bei einem Jagdausflug«, sagte Heribert.

Britta faltete Heriberts Beinlinge zusammen. »Hier unten ist alles noch heil, Schwester.«

Eine Stunde später lag er trotz schmerzender Rippen schwer atmend zwischen seinen beiden molligen Gespielinnen und schloss genüsslich die Augen.

»Aber Herr Hauptmann, wer wird denn schlappmachen«, kicherte Britta und setzte sich rittlings auf seine Hüfte. »Autsch!«, schrie Heribert. »Rück weiter nach unten, verdammt noch mal! Ja, so ist's besser!«

Hanne kroch aus dem Bett und holte den Weinkrug. »Vielleicht braucht er erst einen Schluck Wein zur Belebung. Zum Naschen müsst Ihr Euch schon ein wenig aufrichten«, befahl sie streng und schob ihm mit einer Hand ein Kissen in den Rücken. Mit der anderen setzte sie den Krug an seine Lippen.

Heribert öffnete erwartungsvoll den Mund – und verschluckte sich.

»So geht das nicht, Schwester«, sagte Britta, beugte sich vor und formte die Handflächen zu einer Schale.

Heribert schlabberte selig.

»Was doch so ein paar Tröpfchen Wunder wirken«, kicherte Hanne. »Schau nur, sein Gesell wird sofort wieder munter.«

Als der Braumeister die Kammer seiner Dirne verließ, wäre er fast mit dem Frauenwirt zusammengestoßen, der an Heriberts Tür gelauscht hatte.

Wolfram Warberg gähnte. »Auf den Herrn Hauptmann zu warten, hat heute wohl wenig Sinn.«

Der Frauenwirt deutete grinsend auf die Tür. »Ihr hört es ja selbst. Da wird noch fleißig gemenschelt. Kommt mit mir nach unten. Wir trinken einen Schnaps.«

Aus einem Schnaps wurde ein Dutzend, aber Heribert erschien noch immer nicht. Torkelnd verließ der Braumeister das Frauenhaus.

Kaum war er gegangen, schlich sich Achim Plattnase wieder nach oben. Durch eine Ritze in der Kammertür konnte er nur einen Teil der Kammer sehen. Heribert saß auf einem Schemel und schnürte seinen Geldbeutel auf. Von Britta und Hanne sah Plattnase nur die Füße. Die Dirnen hatten sie in die Luft gestreckt und hielten die Gelenke mit den Händen umklammert. Heribert begann Münzen in Richtung Bett zu schnippen.

»Ich hab eine gefangen!«, kicherte Hanne.

»Ich auch!«, gackerte Britta.

»Ich noch eine«, prustete ihre Schwester los. »Herr Hauptmann, bei unserer Geschicklichkeit geht Ihr bei diesem Spiel bald am Bettelstab.«

»Pah«, lallte Heribert. »Das bisschen Silber! Ich könnte eure Rosenboslein mit Gold voll stopfen, wenn ich wollte, und wäre danach immer noch kein armer Mann.«

Wenig später wurde es in der Kammer still. Achim Plattnase ging nach unten. Bald darauf hörte er Schritte. Hanne und Britta steckten den Kopf in seine Stube. »Er hat fast den ganzen Krug allein ausgetrunken. Jetzt ist er hinüber, wir aber auch. Schaffst du ihn noch in den ›Stern‹?«

»Er kann hier schlafen. Die Alte wird ihn morgen wecken und Frühstück machen. Aber untersteht euch, ihn zu fleddern!«

»I, bewahre, wo werden wir denn!« Britta zog das Amulett des Frommen Klaus zwischen den Brüsten hervor und küsste es. »Der Hauptmann gibt doch jedes Mal freiwillig extra.« Gähnend begaben sich die Dirnen in ihre Schlafkammer neben dem Türgelass der alten Vettel.

Der Frauenwirt ging in den Hof, verrichtete ein kleines Geschäft unter den Apfelbäumen und trat dann durch den Laubengang auf die Petersiliengasse. Hinter der Gartenmauer auf der gegenüberliegenden Straßenseite richtete sich ein fröstelnder Krögerhannes auf.

Achim Plattnase überquerte die Gasse. »Du brauchst nicht länger hier herumzulungern. Er pennt.«

»Und?«

Der Frauenwirt zuckte mit den Achseln. »Das übliche Freiergelaber und Angeberei. Aber im Gegensatz zu vielen, die ich kenne und die es behaupten, scheint er wirklich ein vermögender Mann zu sein. Er hat bei den Weibern mit seinem Gold angegeben, und es klang nicht so, als würde er aufschneiden.«

»Mit Warberg hat er sich nicht unterhalten?«

»Nur belangloses Zeug. Er hatte es viel zu eilig, zu den Huren zu kommen.«

Krögerhannes nickte und verschwand.

Achim Plattnase spie hinter ihm aus.

21. KAPITEL

Braubeginn

Je näher der Tag rückte, an dem die großen kupfernen Braupfannen aus dem Speicherhaus zu den ersten Brauberechtigten geschafft werden sollten, desto mehr fielen Heribert in der Stadt die vielen fremden Gesichter auf. Zumeist waren es Männer und Frauen aus den Dörfern der Umgebung, aber auch von weither Gereiste, die sich als Helfer bei den Brauherren verdingt hatten. Kaum ein Brauer und Bürger Einbecks verfügte über ausreichend tatkräftige Hände in seinem Haushalt, um ohne zusätzliche Hilfskräfte einen reibungslosen Brau durchführen zu können.

Die Stadt pulsierte vor Leben. Überall vernahm man das Sägen und Hämmern der Böttcher, die nicht nur Bierfässer, sondern auch diverse Bottiche und Eimer für das Brauwasser oder zum Einweichen des Getreides fertigten. Sämtliche Schmieden waren beschäftigt, das Eisenwerk auszubessern, das man benötigte, um die Pfannen abzustützen und um anderes Gerät herzustellen, das beim Brau benötigt wurde. Auch Ottokar Kerner hatte mehrere Brauhelfer gedungen.

Mit dem Mälzen war allenthalben bereits begonnen worden. Während Heribert es sich tagein, tagaus in der Petersilienstraße und in den Schenken gutgehen ließ, fand Torsten nur noch selten Gelegenheit für ein Schäferstündchen mit seiner Geliebten, zumal die Brauhelfer in den freien Kammern des Hauses untergebracht waren. Immerhin sah er Johanna von morgens bis abends, denn alle in der Schneiderei, Lehrlinge und Gesinde, Frauen wie Kinder mussten kräftig mit anpacken.

Da galt es, das Braugetreide in Wasser einzuweichen und in den Keller zu schleppen, denn das Korn sollte in einem kühlen, lichtlosen Raum keimen. Damit die feuchten Haufen nicht faulten, stach man sie dreimal am Tag um. Auch Torsten wurde mit dieser Arbeit betraut. Am Abend waren seine Arme und Beine schwer, als wären sie aus Blei. Nach einer Woche Kellerlagerung ging das Schleppen und Schaufeln weiter. Das gekeimte Getreide musste zum Trocknen auf die Speicherböden geschleppt werden. Dort lagerte es unter weiterem Umwenden, bis alle Feuchtigkeit verdunstet war. Nach Entfernung des Keims in Schüttelrosten war so aus dem Getreide das lange Zeit lagerfähige Malz geworden. Die abgesonderten Keime kamen als Schweinefutter zur Verwendung.

Man füllte dann das Malz in Säcke und schaffte diese erst unmittelbar vor Braubeginn zur Mühle.

Die drei städtischen Mahlwerke, Säge-, Obere- und Mittelmühle, lagen hinter dem Benser Tor zwischen Wall und Stadtmauer. Sie wurden von dem durch die Wasserkunst umgeleiteten Ilmearm angetrieben. Ottokar Kerner brachte seine Ladung zum Zerkleinern in die Mittelmühle. Um beim Mahlen ein Zerfallen der Körner zu Staub zu verhindern, feuchteten die Müller das Getreide vorher erneut leicht an. Das so gewonnene Feinmalz wurde in die Tiedexer Straße zurückgeschafft.

Hin und wieder traf Torsten Heribert, um ihm Bericht zu erstatten. Der war erstaunt, dass man das Getreide nicht wie in Oslo im Rauch darrte, sondern auf Schüttböden trocknete, und schärfte dem Jüngling ein, auf jede noch so geringfügige Kleinigkeit zu achten.

Torsten erzählte auch, was er von Johanna erfahren hatte.

Heribert schaute skeptisch drein, nickte aber dann. »Es mag ja sein, dass man eine geheimnisvolle Zutat nach dem Hopfenkochen verwendet, die dem einbeckschen Bier die Güte gibt, aber genauso gut ist es möglich, dass sich das Braurezept aus mehreren Eigentümlichkeiten wie der Verwendung von Schiertuch oder Luftdarren zusammensetzt. Also halte die Augen auf!«

»Warten wir ab, was Johanna herausfindet. Ist doch schon recht merkwürdig, dass beim Hefeansetzen niemand in die Diele darf, oder?« Torsten straffte sich. »Übrigens, wenn wir uns hier absetzen, werde ich sie mit nach Oslo nehmen.«

Heribert packte Torsten hart an den Schultern. »Bist du verrückt?«, polterte er los. »Ja, hast du denn völlig den Verstand verloren? Bloß weil sie mit dir pimpert, willst du sie entführen? So ein Weib ist nichts als eine unnütze Bürde, wenn wir vielleicht Hals über Kopf das Weite suchen müssen. – Schlag dir das aus dem Schädel!«

Torsten riss sich los und blieb ganz kalt. »Und wenn nur sie es ist, die uns zum Braugeheimnis verhelfen kann?«

Heribert schluckte mühsam seinen Ärger hinunter. »Ich will es überdenken«, knurrte er.

»Da gibt es wenig zu überlegen«, sagte Torsten. »Als Haustochter kann sie sich viel freier bewegen als ich. Wenn jemand Gelegenheit hat zu erfahren, was in der Braudiele vor sich geht, dann sie.«

›Du verdammter Drecksbengel!‹, dachte der Osloer Stadthauptmann. ›Eines schwöre ich dir. Bevor ich mich in die Nordlande aufmache, wirst du mit dem Mädchen Fra Götz Gesellschaft leisten!‹

Zu Beginn der letzten Augustwoche wurden die großen kupfernen Braupfannen aus dem städtischen Speicherhaus zu den Brauberechtigten transportiert und in den Dielen eingemauert; eine Pfanne fasste etwa den Inhalt von fünf Fässern Bier. Dabei kam es zu einem schweren Unfall. Ein Wagen mit einer Pfanne stürzte und verletzte zwei Braumeister schwer. Ihre acht Kollegen mussten sich die Arbeit aufteilen, und so kam es, dass Wolfram Warberg sowohl bei Rat Freyberg als auch bei Ottokar Kerner zum Einsatz gelangte.

Das geschrotete Malz wurde nun mit Wasser zu einer Maische vermengt und erhitzt. Anschließend wurde die süße Lösung, die so genannte Würze, gefiltert, indem man sie durch die Schiertücher goss. Sie diente zur Herstellung des starken Fernbiers. Die ungelösten Bestandteile der Würze stellte man beiseite, um sie erneut aufzukochen. Aus diesem zweiten Abzug konnte man dann ein akzeptables Tischbier brauen, das indes nicht für den Export bestimmt war. Es gab auch noch einen dritten Abzug für Dünnbier, das man in Einbeck *Nackelse* oder *Drungk* nannte.

Wolfram Warberg war einerseits nicht sonderlich davon erbaut, dass er zwei Braue gleichzeitig zu betreuen hatte, andererseits füllte sich sein chronisch leerer Geldbeutel dadurch wieder langsam auf. Endlich konnte er die Spielschulden zurückzahlen, die er überall in der Stadt gemacht hatte.

Heribert verzichtete großzügig auf das Geld, das er Warberg gegeben hatte. »Eure Gesellschaft hat mich stets hinlänglich für das bisschen Silber entschädigt, mit dem ich die Ehre hatte, Euch aushelfen zu dürfen. Nicht der Rede wert, lieber Meister!«

Wolfram Warberg protestierte der Form halber – und verlor noch am selben Abend im ›Stern‹ beim Würfelspiel mit den Braumeisterkollegen den größten Teil seiner Barschaft.

Heribert hatte die Spieler beobachtet und mit Genugtuung festgestellt, dass auf Warbergs Würfelpech Verlass war.

Bei seinem nächsten Treffen mit Torsten, der Jüngling hatte einen Botengang dazu benutzt, den Hauptmann schnell im ›Stern‹ aufzusuchen, sprach Heribert dessen Entführungspläne nicht mehr an und gab sich versöhnlich. Torsten deutete sein Schweigen als Einverständnis.

»Bald wird gehopft. Ich hörte, wie Kerner sagte, dass das erste Fernbier bei Freyberg in ein paar Tagen abgefüllt werden kann.«

»Dann will ich versuchen, ob ich aus Warberg noch etwas herausbekomme. Es wird nicht mehr lange dauern, bis er wieder völlig blank ist.«

Torsten kehrte zur Tiedexer Straße zurück. Seit auch Kerners Brauhelfer im Haus wohnten, war es zu gefährlich geworden, sich nächtens mit Johanna zu treffen. Bis auf flüchtige Begegnungen im Hof gab es für die beiden selten Gelegenheit, ungestört miteinander zu reden.

»Er weiß jetzt, dass du mit mir fliehst.«

Johanna strahlte. »Ach, wäre es doch schon so weit! Ich habe vorhin in der Vorratskammer hinter der Küche ein Bodenbrett lockern können. Wenn ich es vorsichtig anhebe, sehe ich, was unten in der Braudiele passiert.«

Torsten stieg in seine Kammer hoch, Johanna begab sich in die Küche zur Mutter ...

Ein älterer Brauhelfer aus dem Dorf Negenborn im Nordosten der Stadtmark trat in den Hof und setzte sich auf eine Bank neben der Tür. Wenn die Arbeit am Abend ruhte, schaute immer ein Freund vorbei, ein Vetter von Rolf Rotschuh, um mit ihm ein Schwätzchen zu halten. Er war einer von Freybergs Helfern und brachte manchmal einen kleinen Krug Branntwein mit. Heute kam er mit leeren Händen.

Kaum hatte er Platz genommen, begann er zu zetern.

»Ein Leuteschinder ist er, und seine Alte ist nicht besser!«, empörte er sich lauthals.

Der Negenborner nickte. »Das ist bekannt.«

»Heute hat er wieder mit mir rumgebrüllt. Bloß weil ich ein paar Körnchen Malz verschüttet habe, hat er mich so zur Sau gemacht, als hätte ich die ganze Schaufel fallen lassen.«

»Kenn ich alles. Hab vor einigen Jahren einmal bei ihm geschafft: Nie wieder!«

»Am liebsten würde ich ihm ins Bier pissen.«

Der Negenborner lachte. »Nur zu! Mach's aber besser nicht in der Diele, wenn alle zugucken.«

»So blöd bin ich nun auch nicht.« Freybergs Brauhelfer grinste verschlagen. »Ich wässere ihm bei Gelegenheit die Biertonnen ein bisschen, die stehen nämlich noch im Hofschuppen.«

Die beiden Männer ahnten nicht, dass man sie belauscht hatte.

Sich vergnügt die Hände reibend, entfernte sich der Schneidergildenmeister auf Zehenspitzen von der angelehnten Hoftür. Die beiden Brauhelfer hatten ihn auf eine fabelhafte Idee gebracht, wie er seinem Erzfeind gehörig schaden konnte, ohne dass der jemals erfahren würde, wer dahintersteckte.

Ottokar Kerner ging hoch in die Wohnstube und setzte sich auf die Ofenbank. Lange sinnierte er. Dann sprang er auf. »So und nicht anders wird's gemacht!«, rief er.

In diesem Moment betrat die Schneiderin die Wohnstube. Verblüfft über den Freudenausbruch ihres Mannes sagte sie: »Dich scheint ja etwas mächtig zu erheitern.«

»Ach, nichts weiter«, wiegelte Kerner ab. »Ich hab nur laut gedacht.«

Die Schneiderin ließ nicht locker. »Und worüber, wenn man fragen darf?«

»Wie ich Freyberg eins auswischen werde.« Aber mehr verriet Kerner auch seiner Frau nicht.

22. KAPITEL

Brotzeit im Weinberg

Als Heribert erwachte, stand die Sonne schon hoch. Er hatte mit Warberg und einigen goslarschen Biereinkäufern bis spät in die Nacht hinein unten in der Gaststube kräftig gebechert, und sein Kopf fühlte sich an, als hätte ihn jemand mit einem Holzprügel bearbeitet.

Die alte Hausmagd kam mit dem Waschwasser. Als sie die Schüssel absetzte, schwappte etwas über. Hastig bückte sie sich und wischte die Pfütze mit dem Rocksaum auf.

»Lass gut sein, Alte, ist ja bloß Wasser«, knurrte Heribert.

»Ich will nur nicht, dass der Stoffballen unter Eurem Bett nass wird«, entschuldigte sie sich, knickste und verließ die Kammer.

›Ich sollte vielleicht das Schiertuch und den Stempelabdruck doch besser aus der Herberge schaffen‹, dachte Heribert.

Er schaute aus dem Fenster. Es sah nach einem schönen Spätsommertag aus. ›Ein kleiner Ausritt zum Steinbruch könnte nicht schaden, und ein trockener Spalt in einer der Höhlen dort wird sich für die Sachen schon finden.‹

Heribert schlüpfte in die dünne Jacke, die er auf der Jagd getragen hatte. Sie besaß außen eine Hüfttasche. Dort hinein steckte er den Stempelabdruck und auch ein Schweißtuch, denn um die Mittagszeit brannte auch Anfang September die Sonne immer noch stark. Er ging in den Stall und verstaute das Schiertuch in der Satteltasche, dann ließ er sich vom ›Stern‹-Wirt das Schwert holen.

»Ihr habt vor, die Stadtmark zu verlassen, Herr Hauptmann? Bleibt Ihr länger fort?«

»Nein, ich will nur ein Stück an der Leine entlangreiten. Vielleicht über Garlebsen bis nach Freden, mal sehen. Vor Toresschluss bin ich jedenfalls wieder da. Das Pferd braucht Bewegung, und ich hab's auch nötig.«

»Das kann ich verstehen«, pflichtete ihm der Wirt bei. »Nichts ist besser nach einem Saufgelage als ein scharfer Ritt in frischer Luft.«

»Meister Warberg dürfte heute Morgen bestimmt auch schwer aus dem Bett gekrochen sein.«

Der Wirt grinste spöttisch. »Seine beiden Brauherren werden gewiss dafür sorgen, dass er hurtig ausnüchtert.«

Heribert ließ sich Wurst, Brot und einen Krug Dünnbier als Wegzehrung mitgeben, dann holte er das Pferd aus dem Stall und schwang sich auf dem Scharrenplan in den Sattel. Als er an Freybergs Haus vorbeikam, wurde dort ein hochbordiger Wagen mit Hopfen entladen.

Heribert überlegte. Der Steinbruch lag im Nordwesten, und der kürzeste Weg dorthin verlief durch die Kuventhaler Warte. Er machte sich also vorsichtshalber in die entgegengesetzte Richtung zum Altendorfer Tor auf. Dann würde er in der Stadtmark nach Norden abschwenken, um entweder durch den Landwehrdurchlass am Greener Weg oder durch die Hubeturm-Warte zum Steinbruch zu reiten.

Am Stadttor sammelte sich ein Reitertrupp. Es waren die Biereinkäufer aus Goslar. Heribert stieg ab und verabschiedete sich von seinen Zechgenossen.

Die Straße hinter dem Altenburger Tor führte zu dem äußeren Befestigungswall über die Bever und teilte sich dann in den Kleinen und Großen Solter-Weg. Heribert hielt sich auf dem nördlichen Abzweig, dem Kleinen Solter-Weg. Bald tauchte das städtische Leprosenhaus und eine Kapelle auf, die dem Heiligen Bartholomäus, dem Schutzpatron der Aussätzigen, geweiht war. Ein Bachlauf, den eine Holzbrücke überspannte, kreuzte die Straße. Es war die Katzbeke, die von Norden kommend der Ilme zustrebte. Heribert folgte dem Kleinen Solter-Weg weiter nach Osten, bis der Rote Turm in Sicht kam. Dieser sicherte die Ilme-Überführung zum Dorf Salzderhelden.

An der nächsten Kreuzung bog Heribert nach links in den Eselstieg ab, der den Kleinen Solter-Weg mit dem weiter oben im Norden verlaufenden Negenborner Weg verband. Langsam wurde auch das Brummen in seinem Kopf erträglicher.

Als er sich umschaute, überquerte der Händlerzug gerade die Katzbeken-Brücke.

Plötzlich kniff Heribert die Augen zusammen. Sah er richtig? Unter den goslarschen Kaufleuten befand sich auch ein hagerer Reiter mit einer Federkappe!

›Verdammt, der hat mir heute gerade noch gefehlt‹, dachte er und trieb wütend sein Pferd an. ›Irgendwie muss ich ihn abschütteln.‹

Der Weg stieg rechter Hand zu den südlichen Hubeausläufern an. Dort waren Hopfengärten. Heribert blickte sich erneut um. Kuventhal-Peter hatte sich an der Kreuzung von den Goslarern getrennt und folgte ihm in den Eselstieg.

Heribert lenkte sein Pferd einen schmalen Pfad die Böschung hinauf und war plötzlich in einem Weinberg.

Dass man in der Stadtmark Trauben anbaute, war ihm nicht unbekannt, denn er hatte einmal das zweifelhafte Vergnügen gehabt, den einbeckschen Tropfen zu kosten. Er war alles andere als wohlschmeckend gewesen, mehr Essig als Wein, und selbst mit Wasser verdünnt kaum genießbar.

Der Pfad wand sich an einer aus Sandsteinplatten lose geschichteten hohen Trockenmauer tiefer in den Weinberg hinein. Die Weinstöcke unter- und oberhalb der Mauer waren an hüfthohe Stangen gebunden. Auch direkt an der Mauer zog sich eine Doppelreihe von Rebstöcken entlang.

Hinter einer Biegung gabelte sich der Pfad. Hier gab es kein Weiterkommen mehr, allerhöchstens wenn man ein Pferd umsichtig am Zaum führte, mochte es gehen.

Dann hatte Heribert einen Einfall. Würde Freybergs Spitzel ihm weiterhin dreist folgen, wenn er wusste, dass er bemerkt worden war? Doch wohl kaum!

Heribert stieg ab, nahm Brot, Wurst und Bierkrug aus der Satteltasche, rupfte eine Traube ab und kletterte auf die wacklige Mauer. Dort ließ er sich im Schneidersitz nieder.

Als Kuventhal-Peter um die Biegung ritt, rief Heribert ihn von oben an.

Der verblüffte Marktbüttel zuckte zusammen, fasste sich aber augenblicklich. »Nanu, der Herr Hauptmann? Seid gegrüßt!«

Heribert spuckte mit verzogenem Gesicht eine Weinbeere aus. »Auch dir entbiete ich meinen Gruß! Du wunderst dich sicher, was ich hier mache. Tja, im ›Stern‹ hat mir gestern einer einen gewaltigen Bären aufgebunden und behauptet, hier würde es süße Trauben geben.«

Kuventhal-Peter wusste nicht so recht, was er sagen sollte, pflückte eine Traube ab und kostete. »Nun ja, süß ist was anderes.«

»Und, was treibt dich hierher?«, fragte Heribert scheinheilig.

Der Marktbüttel geriet ins Stottern. »Äh, oben auf dem Berg ist doch eine Spähwarte, ich soll, ich soll dort, na ja, ich soll dort mal nach dem Rechten sehen, weil – ja weil da ein paar Bohlen morsch sind. Die soll ich ersetzen.«

Heribert winkte einladend mit dem Bierkrug und sagte freundlich: »Komm rauf zu mir und trink vorher noch einen Schluck.« Er hielt die Wurst hoch. »Ein Stück davon kann ich auch entbehren.«

»Danke, aber …«

»Komm schon, zier dich nicht! Es ist gute Wurst vom ›Stern‹-Wirt. Mein Pferd steht um die Ecke, binde deins daneben. Brot gibt's auch.«

»Nein, wirklich …«

Erst unsicher, wie er sich verhalten sollte, kletterte Kuventhal-Peter dann aber doch auf die Mauerkrone und hockte sich wie Heribert mit gekreuzten Beinen hin.

Der Osloer Stadthauptmann reichte ihm den Bierkrug, brach den Brotkanten in zwei Hälften, schnitt drei Finger breit Wurst ab und legte alles zwischen sich und den Büttel. Dann langte er nach hinten und rupfte eine tief hängende Rebe ab. Die Beeren waren im Gegensatz zu denen unterhalb der Mauer prall und saftig. »Ah, die hier sind tatsächlich süß!«

Nachdem Heribert die Trauben genüsslich schmatzend verzehrt hatte, zog er das Tuch aus der Wamstasche, um sich die Lippen zu wischen.

Der Bienenwachsabdruck von Ottokar Kerners Fassstempel kollerte neben Kuventhal-Peters Wurstzipfel.

»Euch ist was aus der Tasche gefallen«, sagte der Büttel und griff nach dem Wachsklumpen.

Heribert tastete nach einem Stein.

Kuventhal-Peter hatte keine Chance, auf der schmalen Mauerkrone auszuweichen.

Heribert führte sein Pferd am Zaum aus dem Weinberg hinaus. Als er auf den Negenborner Weg gelangte, sah er einen Mann in einem grauen Kittel. Als Leibgurt diente ihm eine rote Kordel. Er kam aus Richtung des Weilers Negenborn und zog einen mit Reisig beladenen Karren. Heribert lenkte sein Pferd schnell von der Straße.

Er verließ die Landwehrgrenze am Hubeturm, ritt zum Steinbruch und traf am späten Nachmittag in der Kuventhaler-Warte ein. Dort plauderte er lange mit Rolf Rotschuh und kehrte dann bei Sonnenuntergang durch das Tiedexer Tor heim. Zufällig begegnete er Torsten vor Kerners Haus. Heribert beugte sich aus dem Sattel hinunter und raunte ihm zu, dass er das Schiertuch und den Fassstempel-Abdruck im Wald vor der Kuventhaler-Warte an einem sicheren Ort versteckt hätte. Torsten konnte ihm nur beipflichten. Über seine Begegnung mit dem Marktbüttel im Weinberg verlor er kein Wort.

Heribert ritt zum Scharrenplan weiter, sattelte das Pferd ab und trug dem Stallknecht auf, es abzureiben, zu füttern und zu tränken. Als er die Schankstube vom ›Stern‹ betrat, gurtete er das Schwert ab.

»Nun, seid Ihr Euren schweren Kopf los?«, begrüßte ihn der ›Stern‹-Wirt und nahm die Waffe in Empfang.

Heribert nickte. »Mir ist jetzt wieder so leicht zumute, dass Ihr mir gleich einen großen Krug Tischbier einschenken könnt.«

Zur gleichen Zeit rannte ein Feldhüter ins Wächterhaus des Oster Tors und schrie: »Kuventhal-Peter ist tot!«

»Wie?«

»Ja, tot. Er ist im Wyenberg von der Stützmauer gefallen und hat sich an einem Pfahl aufgespießt.«

»Was redest du da, hat sich aufgespießt?«

»Na, auf einer von den Stangen, wo die Rebstöcke angebunden sind.«

Ein Wächter hetzte zum Rathaus, ein anderer zu Rat Freyberg. Eine halbe Stunde später galoppierte eine Reiterschar, angeführt von Lothar Riecke und dem Landwehrkommandeur, durch das Tor und erreichte im letzten Zwielicht den Wyenberg.

Kuventhal-Peter hing mit dem Rücken nach oben über einem Rebstock, dessen Stützpfahl sich tief in seine Eingeweide gebohrt hatte. Zwischen den Weinstöcken am Fuße der Trockenmauer lagen dicke Geröllbrocken, sie bedeckten teilweise noch den Pfad.

Der Bürgermeister schaute hoch und deutete auf eine breite Lücke in der Mauerkrone.

Bartholomäus Freyberg fand Kuventhal-Peters Federkappe halb von einer Kalkplatte bedeckt und zog sie hervor. Innen klebte Blut.

Einer der Wehrknechte war auf die Mauer geklettert und rief: »Hier oben sind die Steine auch wirklich verdammt locker.«

Freyberg ging zu dem Toten und besah sich den Schädel genauer. Die Haare am Hinterkopf waren blutverklebt. Er winkte dem Bürgermeister. »Schaut Euch das mal an!« Dann sprang er rasch zur Seite, denn der Mann auf der Mauerkrone hatte einen Stein losgetreten. »Pass doch auf, du Trottel«, brüllte er.

Ein anderer Wehrknecht hatte unterdessen hinter der Pfadbiegung das Pferd des Marktbüttels entdeckt. »Die Satteltaschen sind voller Trauben«, sagte er.

Lothar Riecke schürzte die Lippen. »Tja, sieht mir ganz so aus, als ob er den Halt verloren hätte. Er hat da oben Trauben pflücken wollen und dabei wohl den Erdrutsch ausgelöst.«

»Im Stürzen wird er sich den Kopf eingeschlagen haben«, murmelte ein Wehrknecht und hob einen spitzen Geröllbrocken auf. »Was für ein Elend, dass er ausgerechnet auch noch auf einen Pfahl fallen musste!«

»Hebt ihn jetzt da runter«, befahl der Bürgermeister, »und wickelt ihn in seine Satteldecke!«

Die Wehrknechte fertigten aus Spießen und Seilen eine Trage und banden die Leiche darauf.

Bartholomäus Freyberg betrachtete noch einmal nachdenklich die Federkappe.

»Ihr schaut so skeptisch drein, Kommandant«, wandte sich der Bürgermeister an ihn. »Was geht Euch durch den Kopf?«

Freybergs Blick richtete sich auf die Lücke in der Mauerkrone. »Ich frage mich nur, warum er ausgerechnet da oben Trauben pflücken wollte.«

Der Bürgermeister zuckte mit den Achseln. Dann sagte er leise und mit spöttischer Stimme: »Und ich frage mich, was er eigentlich hier im Weinberg herumzukrauchen hatte. War er heute nicht zum Dienst in der Ratswaage eingeteilt?«

Aber er erhielt keine Antwort. Freyberg hatte sich schon umgedreht und half den Wehrknechten, die Trage anzuheben.

Als der Schmied in sein Haus zurückkehrte, saß Krögerhannes schon bei Maria in der Wohnstube. Er hatte die Nachricht von den Stadtwächtern erfahren und war daraufhin sofort in die Schmiede geeilt. Freyberg berichtete ihnen von Kuventhal-Peters tragischem Ende.

»Großer Gott«, murmelte der Marktbüttel. »Ich kann das alles nicht glauben! Das war doch kein Unglück. Er ist doch dem Osloer nach!«

»Wenn man nicht Acht gibt, kann man sich dabei leicht das Genick brechen, Hannes«, erwiderte Freyberg leise. »Die Mauer ist dort zwar in der Tat ziemlich hoch und nur lose geschichtet … Nein, es war bestimmt kein Unfall, Peter und Trauben sammeln! Aber es muss nicht zwangsläufig Habelstein gewesen sein, der ihn umgebracht hat.«

Maria sah ihren Mann an und nickte. »Du denkst an Riecke?«

»An Riecke oder Kerner. Peter hatte ja ihr nächtliches Treffen beobachten können.«

»Riecke war den ganzen Tag über in der Stadt«, gab Krögerhannes zu bedenken. »Und Kerner war mit dem Brau beschäftigt.«

Freyberg lachte heiser. »Du glaubst doch nicht etwa, dass die beiden sich selber die Hände schmutzig machen würden. Mit ausreichend Silber lässt sich vieles regeln. Auch einen Mörder kann man damit dingen.«

»Aber wo war Habelstein, nachdem Peter ihm in die Stadtmark gefolgt ist?«, fragte Maria. »Das müsst ihr unbedingt herausfinden.«

»Der Feldhüter, der Peters Leiche entdeckt hat, sagte, er wäre ab Mittag in den Hopfengärten nebenan gewesen. Reiter hätte er keine gesehen. Nur einen Mann, mit dem er ein paar Worte gewechselt hatte, wäre den Eselstieg mit Reisig für das Aussätzigenspital entlanggekommen.« Freyberg ballte die Fäuste. »Du hast Recht, Maria. Wo war Heribert, nachdem er die Stadt verließ? Wir müssen das unbedingt in Erfahrung bringen. Hannes!«

»Ja, Meister?«

»Hör dich überall um! Und versuche auch, den Holzsammler zu finden.«

Krögerhannes wurde plötzlich sehr unbehaglich zumute.

»Hannes!«

»Ja, Meisterin?«

»Am besten sprichst du erst mit dem Feldhüter. Vielleicht kennt er ja den Mann.«

Der Marktbüttel nickte.

Als Krögerhannes gegangen war, fiel Freybergs Blick auf einen Stapel bunter Keramikkacheln vor dem Kamin, der ihn daran erinnerte, dass er noch immer nicht dazu gekommen war, die schadhafte Verkleidung gegen die neuen Kacheln auszutauschen.

Der Bürgermeister ließ den Hund in den Hof und starrte ins Dunkel. Zumindest einer von Freybergs Spitzeln würde sich nicht mehr nächtens auf die Lauer legen. Aber war es wirklich ein Unfall, der Kuventhal-Peter ins Jenseits befördert hatte?

Lothar Riecke zwang sich, den Gedanken zu Ende zu denken. Hatte Kerner den Marktbüttel womöglich an dem Abend auch bemerkt, als er durch die Gärten nach Hause zurückschlich?

Es waren unheilvolle Gedanken, die den Bürgermeister plötzlich überfielen, denn er hatte nie ernsthaft vorgehabt, im November für Kerner oder für die Leinenweber- und Kramergilde einen Sitz im Rat zu erkämpfen. Aber was sollte danach geschehen? Das Silber nicht zurückgeben hieße vielleicht, so zu enden wie der Marktbüttel.

Lothar Riecke zermarterte sich das Gehirn, wie er Kerner und die anderen dennoch davon überzeugen konnte, alles in seiner Macht Stehende getan zu haben.

23. KAPITEL

Viel Lob für Torsten und Schelte für Johanna

Torsten war der eifrigste Brauhelfer, den Ottokar Kerner sich wünschen konnte. Für alles interessierte er sich. Wolfram Warberg, der Torsten zu schätzen begonnen hatte, weil der, im Gegensatz zu den anderen Hilfskräften, nie murrte, wenn die Arbeit auch noch so schweißtreibend war, gab ihm stets bereitwillig Auskunft, wenn er wieder einmal eine Frage hatte.

Kerners andere Lehrburschen, Heinrich und Hubert, fand der Braumeister, waren nur zum Wasserschleppen zu gebrauchen. Das Feuer unter der Braupfanne gleichmäßig in Gang zu halten, überforderte bereits ihren Verstand.

Torsten lernte, dass der Hopfen, mit dem die Malz-Würze aufgekocht wurde, wohl bemessen werden musste, da sonst das Bier zu bitter schmecken würde. Auf einen Brau, das bedeutete je nach Vermögen des Berechtigten fünfzehn bis vierundzwanzig Fass, gingen etwa zwei Malter Hopfen, was annähernd das Fassungsvermögen einer Biertonne ausmachte. Hopfen musste sorgsam gelagert werden. Feuchtigkeit ließ ihn schnell verderben. Torsten erfuhr vieles über die Art, in Einbeck Bier zu brauen.

Da er sich nicht nur eifrig, sondern auch geschickt in allem zeigte, sagte Kerner zu seiner Frau: »Im nächsten Jahr brauchen wir einen Brauhelfer weniger. Torsten arbeitet für zwei. In der Schneiderei ist er anstellig, und ich mag ihn da nicht missen, aber die Brauarbeit scheint ihm weitaus mehr zu behagen.«

Ottokar Kerner stieg in dem Moment in die Braudiele hinunter, als Heribert von Habelstein durch das weit offen stehende Tor kam.

Emsiges Treiben empfing den Osloer Stadthauptmann. Da wurde Hopfen gewogen, Wasser herbeigeschleppt, Feuerholz unter der Braupfanne nachgelegt, die noch heiße Würze durch Schiertücher geseiht und in große Holzkübel zum Abkühlen geschüttet.

Wolfram Warberg war überall zugleich und hielt die Helfer gehörig auf Trab. Er bemerkte Heribert in der Toröffnung und drückte Torsten die lange Braukelle in die Hand.

»Ich grüße Euch, Herr Hauptmann. Wie Ihr seht, herrscht hier kein Müßiggang. Lasst uns einen Moment nach draußen an die frische Luft gehen.«

Heribert und Warberg traten vor das Tor auf die Tiedexer Straße.

»Von Kuventhal-Peters Unglück habt Ihr gehört?«, fragte der Braumeister.

»Man sprach im ›Stern‹ darüber.«

Warberg schnaubte abschätzig. »Geschieht ihm recht. Trauben wollte er klauen, dieser Schnüffler. Beide Satteltaschen hatte er sich schon voll gestopft.«

»Tja, so kann's kommen. Manchen ereilt die Strafe sogleich.«

Warberg nickte schadenfroh. »Freyberg wird es wenig schmecken, dass er einen von seinen Spitzeln los ist. Aber was treibt Euch hierher?«

»Ich wollte nur einmal nach meinem Schützling schauen.«

Auch Wolfram Warberg äußerte sich lobend über Torsten. »Denkt an meine Worte, wenn Ihr in ein paar Jahren wieder in Einbeck seid. Kerner hat ihm dann bestimmt Johanna zur Frau gegeben, um ihn im Haus zu halten.«

Dazu sagte Heribert nichts. »Und wie lässt sich die Arbeit bei Freyberg ertragen, Meister?«, fragte er spöttisch.

Warberg streckte die Zunge heraus, als müsste er sich gleich erbrechen.

»Verstehe«, sagte Heribert. »Also kein frohes Schaffen.«

»Am liebsten würden er und seine Alte jedem in den Abtritt folgen, um sicherzustellen, dass kein Krümelchen Malz abhanden kommt. Natürlich muss ich als Braumeister auch darauf achten, dass niemand lange Finger macht. Aber mit ihrer Pingeligkeit vergrätzen sie mir bloß die Helfer, und das fällt letztendlich auf mich zurück. Auf einen Brauknecht hat der Schmied es besonders abgesehen und drangsaliert ihn pausenlos.«

»Ist das der Vetter von Rolf Rotschuh?«

»Ja.«

»Warum hört der nicht bei Freyberg auf und hilft woanders?«

»Das geht nicht«, klärte Warberg Heribert auf. »Nach Braubeginn darf niemand mehr den Brauherrn wechseln. Wenn Rolfs Vetter die Arbeit schmeißt, ist für ihn die Saison in Einbeck zu Ende.«

»Freyberg könnte ihn vor die Tür setzen, wo er doch so unzufrieden mit ihm ist.«

»Schon, nur der Mann ist ein guter Fassverspunder, und die sind rar.«

»Und wie läuft der Brau hier?«

Wolfram Warberg wies mit dem Daumen über den Rücken und seufzte. »Kleinlich ist Kerner auch. Aber wenigstens hängt er nicht wie eine Klette an mir. Er redet mir auch nicht ständig rein wie Freyberg.«

»Ich dachte eigentlich, Ihr Meister habt das Sagen, schließlich bürgt Ihr dem Rat für die Qualität des Fernbiers.«

»Wenn der Brauberechtigte selber dem Rat angehört, ist das manchmal nicht so einfach«, sagte Warberg griesgrämig. »Aber zu guter Letzt entscheiden doch immer wir Braumeister, denn wir besitzen die größte Erfahrung. Ohne unser Wissen kann einfach kein gutes einbecksches Bier gedeihen.« Stolz fügte er hinzu: »Nur wir wissen um die richtige Sättigung der Würze, nur wir haben die Erfahrung, bei welcher Hitze der Hopfen genug gekocht hat, und um vieles mehr, was kein Brauberechtigter beherrscht.«

Heribert nickte anerkennend. »Viele rätseln, worin das Geheimnis des einbeckschen Biers besteht.«

Wolfram Warberg lachte. »Es gibt viele Geheimnisse, Herr Hauptmann. Nur wir wissen zum Beispiel um die Methoden und Mittel, Hefe doch noch zum Absinken zu bringen, falls das Wetter nicht mitspielt. Ohne uns Braumeister gibt es kein gutes Bier! So, nun muss ich aber drinnen wieder nach dem Rechten schauen.«

Als Heribert mit Warberg in die Braudiele trat, winkte er Torsten heran. »Ich habe mit dir zu reden, aber hier ist es mir zu stickig.«

Er rief Ottokar Kerner einen Gruß zu, und sie verließen das Haus durch die Hintertür.

»Ich bin in mich gegangen, mein Junge.« Heribert war die Freundlichkeit in Person. »Wenn dir so viel an Johanna liegt, soll sie mit uns reisen.«

»Danke, ich wusste, dass ich mit Eurer Hilfe rechnen kann, Hauptmann.«

»Aber das bedarf umsichtiger Planung. Ich will nicht, dass ich mit eurer Flucht in Zusammenhang gebracht werde, denn ich komme bestimmt wieder einmal nach Einbeck zurück. Wenn wir abreisen, müsst ihr kurz vor mir die Stadt verlassen. Ich werde über Kuventhal reiten, um das Schiertuch und den Stempelabdruck aus dem Versteck zu holen. Ihr müsst an einer anderen Warte durch die Landwehrgrenze.«

»Johanna und ich haben uns auch schon beratschlagt. Sie kennt einen Durchlass zwischen dem Dorf Negenborn und dem Landwehrturm an der Leine, der die Straße nach Garlebsen sichert. Der Durchlass ist nicht ständig bewacht, weil dort keine Händlerwagen fahren können.«

»Ausgezeichnet! Wir hätten eh anfangs den Weg rechts der Leine ab Garlebsen genommen, weil auf dem immer nur wenige Leute unterwegs sind, denn er ist stellenweise morastig. Dort könnten wir uns treffen.«

»Da sehe ich keine Probleme. Die Eltern ihrer Mutter wohnen in Garlebsen. Keiner im Dorf würde sich wundern, sie dort zu sehen.«

»Warst du schon einmal in der Gegend?«

»Nein, aber Johanna kennt sich gut aus, wegen ihrer Großeltern.«

»Also wird sie auch die Brücke kennen, die hinter Garlebsen über den Fluss nach Kreiensen führt.«

»Das nehme ich doch an.«

»Ich bin schon mehrmals dort entlanggeritten. Am Ostufer der Brücke steht ein Erlenwäldchen, wo man sich gut verbergen kann. Wir könnten uns dort treffen.«

»Wir brauchen ein Pferd oder besser zwei«, gab Torsten zu bedenken.

Heribert dachte nach, dann sagte er: »Ich werde mir ein zweites Pferd zulegen als Packpferd und es gelegentlich von dir bewegen lassen. Dann schöpft niemand Verdacht, wenn du damit alleine nach Garlebsen reitest. In Seesen oder spätestens in Goslar kaufen wir dann ein drittes.«

»So könnte es gehen«, pflichtete ihm Torsten bei. »Johanna und ich werden vorsichtshalber auch getrennt zur Leinebrücke kommen.«

»Gut. Wie gedenkt sie herauszufinden, was nach dem Hopfenkochen in der Braudiele vor sich geht?«

Torsten berichtete Heribert von dem losen Fußbodenbrett über der Diele.

Sie gingen ins Haus zurück.

»Na, wie macht sich mein Schützling, Meister?«, rief Heribert dem Schneider zu.

Ottokar Kerner legte die Braukelle aus der Hand und antwortete: »Er ist recht anstellig, und ich hoffe, er bleibt es.«

»Dann will ich nicht länger im Weg stehen. Sehe ich Euch heute Abend noch im ›Stern‹?«

Der Schneider deutete auf die brodelnde Braupfanne und schüttelte den Kopf.

Wolfram Warberg, der gerade hinter der Pfanne Hopfen abwog, hatte nur das Wort ›Stern‹ verstanden. Er streute noch ein Maß Blüten hinein und kam dann schnell zu Heribert. »Wann?«, fragte er bloß.

»Wenn ich nicht unten in der Schankstube bin, halte ich in der Kammer ein Nickerchen. Holt mich dann runter.«

»Ihr habt es gut, Herr Hauptmann. Ich renne den ganzen Tag über von Freyberg zu Kerner und zurück, und Ihr könnt Euch bei Sonnenuntergang noch mal in aller Ruhe aufs Ohr hauen.« Er rückte verschwörerisch näher und flüsterte: »Gesteht, Ihr wart gestern Nacht wieder bei Plattnase!«

Heriberts Grinsen war eindeutig. »Heute wollte ich gleich wieder hin. Kommt Ihr mit?«

Als Heribert wieder durch das zweiflügelige Braudielentor auf die Tiedexer Straße trat, gab Wolfram Warberg Torsten einen verschmutzten Holzbottich und eine harte Wurzelbürste zum Ausscheuern. »Mach das aber woanders«, befahl er. »Hier ist kein Platz.«

»Ja, Meister. Ich geh in den Hof.«

Johanna wusch am Brunnen über eine tiefe Steingutschüssel gebeugt Gemüse.

Kerner, Warberg und alle Brauhelfer waren im Haus. Torsten zog die Hoftür hinter sich zu und trug den Bottich zum Brunnen. Schnell berichtete er dem Mädchen von seinem Gespräch mit Heribert.

Johanna kannte die Brücke und auch das Erlenwäldchen am Leineufer. »Dort wachsen Pfifferlinge. Falls mich einer sieht, der mich kennt, kann ich vorgeben, die Mutter hätte mich zum Pilzesammeln geschickt.«

Johanna schüttete das Waschwasser in eine Rinne, in der auch das verschmutzte Nutzwasser aus der Braudiele in den Abzuchtgraben hinter die Hofgärten geleitet wurde.

Die Schneiderin steckte den Kopf zum Küchenfenster heraus und rief ungeduldig: »Johanna, wo bleibst du denn?«

»Bin schon fertig, Mutter!« Sie griff die Gemüseschüssel, raunte ihrem Geliebten zu, dass sie morgen wieder auf dem Bleichanger wäre, und eilte zur Hoftür.

Die Schneiderin besah sich kurz das Gemüse, nahm ihrer Tochter die Schüssel ab und sagte barsch: »Setz dich! Ich habe mit dir zu reden.«

Johanna hockte sich auf einen Schemel, während die Schneidersfrau das Gemüse zu putzen begann.

Johanna schaute sie fragend an. »Was ist los, Mutter, habe ich nicht alles sorgfältig gewaschen? Weshalb bist du so böse mit mir?«

»Tu nicht so scheinheilig. Bis zum Bauchnabel konnte man sehen, als du dich über die Schüssel gebeugt hast.«

Johanna kicherte. »Der hat doch dafür keine Augen, Mutter.«

»So? Und warum hat er dann die ganze Zeit in deinen Ausschnitt gestarrt, als würde er jeden Moment hineingreifen wollen?«

»Aber Mutter, das stimmt doch nicht. Er war doch damit beschäftigt, den Bottich auszuschrubben.«

»Nicht mit den Augen, Tochter«, sagte die Schneidersfrau streng.

Johanna zog eine Schnute. »Ich kann ja in Zukunft außerhalb von meiner Kammer ein Nonnenhabit überwerfen«, schmollte sie.

Die Mutter schaute wütend von ihrer Arbeit auf und zischte: »Besser als die Männer aufzugeilen wäre das bestimmt. Neulich habe ich mitbekommen, wie die Zwillinge über dich hergezogen sind, als sie dachten, ich wäre nicht mehr da. ›Wie die immer die Glocken raushängt, möchte man sie gleich in den nächsten Heuhaufen zerren.‹ Was sie sich sonst noch ausgemalt haben, will ich dir besser nicht erzählen.«

»Aber Mutter!« Johanna lachte. »Nimm das nicht so ernst. Die reden doch schon so, wenn sie bloß einen Rockzipfel sehen.«

Die Schneidersfrau warf Johanna einen bösen Blick zu, dann setzte sie sich auf den Schemel gegenüber. Mit schneidender, keinen Widerspruch duldender Stimme sagte sie: »Jetzt hör mal gut zu, mein Kind! Du bist dem Kramersohn versprochen und wirst dich ab jetzt wie eine zukünftige Braut benehmen, züchtig und tugendsam – und nicht wie eine Dirne. Haben wir uns verstanden?«

Johanna senkte demütig den Kopf. »Ja, Mutter, ich habe nicht gewusst, dass ich die Männer so reize.«

›Wenn du wüsstest!‹, dachte sie belustigt.

»Achte also demnächst darauf, dass du die Lehrburschen und anderes Mannsvolk nicht unnötig aufgeilst, sonst setzt's Prügel!«

»Ja, Mutter«, murmelte Johanna und überlegte, wann die Mutter wohl die Küche verlassen würde, damit sie sich noch etwas von dem Trank hinter der Hausbierpfanne abfüllen konnte, denn mit einem Kind im Bauch in die Nordlande zu reisen, erschien ihr nicht so glücklich.

24. KAPITEL

Krögerhannes und Bartholomäus Freyberg ermitteln

Krögerhannes ritt nach Negenborn und unterhielt sich mit ein paar Leuten. An dem Tag, an dem Kuventhal-Peter umgekommen war, hatte niemand aus dem Dorf Brennholz nach Einbeck geschafft.

»Es wird jemand aus der Stadt gewesen sein«, wurde ihm beschieden.

Auf dem Rückweg traf Krögerhannes den Feldhüter, der Kuventhal-Peter gefunden hatte. »Sag mal, den Mann, mit dem du auf dem Eselstieg gesprochen hattest, kanntest du den?«

»Nur vom Sehen.«

»Du weißt nicht, wo er wohnt?«

»Nein, aber wenn dich das interessiert, dann frag bei den Mönchen im Leprosenhaus nach. Zu denen wollte er die Holzfuhre schaffen.«

»Wie sah er aus?«

Der Feldhüter kratzte sich am Kopf. »Wie soll ich ihn dir beschreiben? Dunkle Haare, etwa so groß wie du, nicht mehr der Jüngste, aber auch noch nicht ergraut, schätze so um die vierzig Jahre alt; tja, was noch?«

»Was hatte er denn an?«

Der Feldhüter überlegte einen Moment, dann sagte er: »Jetzt, wo du mich fragst, fällt es mir wieder ein: Er trug eine rote Kordel an Stelle eines Leibriemens.«

»Sonst hast du niemanden auf dem Eselstieg oder in der Nähe bemerkt? Keinen von den Hopfenbauern zum Beispiel?«

»Nein. Das habe ich doch alles lang und breit dem Landwehrkommandeur geschildert. Wieso fragst du?«

»Glaubst du denn auch, es war ein Unfall?«

Der Feldhüter schaute den Marktbüttel verblüfft an. »Aber das hat jeder gesagt, der den Toten gesehen hat. Ich bin selber schon mal von der Trockenmauer gerutscht und habe mir das Knie gestaucht. Dein Kumpel war ein Pechvogel. Dass er sich an der Stützstange aufgespießt hat, wird ihm wohl den Rest gegeben haben.« Der Feldhüter musterte Krögerhannes nachdenklich. »Ich meine, irgendwie aus deinem Gefrage herauszuhören, dass du nicht so recht an einen Unglücksfall glaubst, oder täusche ich mich?«

»Peter war mein Freund«, sagte der Marktbüttel. »Ich kannte ihn besser als die meisten.«

»Was willst du damit andeuten?«

»Er mochte keine Weintrauben.« Der Marktbüttel dankte dem Feldhüter und ritt weiter.

Vor der Kapelle des Heiligen Bartholomäus jätete ein alter Mönch in einem Zwiebelbeet Unkraut. Als er Krögerhannes auf das Aussätzigenhaus zu reiten sah, richtete er sich mühsam auf und stützte sich mit beiden Händen auf den Hackenstiel. »Gottes Gruß, Hannes!«

»Gottes Gruß, Bruder Balthazar.«

»Was kann ich für dich tun, mein Sohn?«

Der Marktbüttel stieg vom Pferd, nahm sein Barett ab und wischte sich mit dem Jackenärmel die Schweißtropfen von der Stirn. »Nur eine Frage. Vorgestern hat ein Mann Holz hierher geschafft. Ich suche ihn.«

»Den Reisigsammler? Was hast du denn mit dem zu schaffen?«

»Ich brauche dringend eine Auskunft von ihm«, antwortete der Büttel ausweichend. »Es ist sehr wichtig«, fügte er hinzu.

»Ist es wegen des Unfalls?«, hakte der Mönch nach. »Kuventhal-Peter hat sich im Weinberg zu Tode gestürzt, hörte ich.«

»Ja. Der Reisigsammler ist in der Nähe des Weinbergs gesehen worden. Ich muss ihn unbedingt befragen. Vielleicht hat er kurz vor dem Unfall ja noch mit Peter gesprochen. Niemand weiß nämlich so recht, was der da eigentlich gewollt hat.«

Bruder Balthazar schmunzelte. »Was will man wohl im Weinberg, wenn die Trauben reif sind?« Dann schüttelte der alte Mönch bedauernd den Kopf. »Nein, ich glaube, ich kann dir nicht viel helfen, mein Sohn. Der Reisigsammler kommt nur selten zu uns. Ich weiß weder wie er heißt, noch wo er lebt.«

»Ist er an dem Tag in Richtung Stadt weggegangen?«

Bruder Balthazar dachte einen Augenblick nach. »Ich meine, er ist mit seinem Karren in Richtung Roter Turm weitergezogen, aber ich möchte es wirklich nicht beschwören.«

Am Roten Turm konnte sich keiner der Wehrknechte an den Holzsammler erinnern, und auch die Leineturm-Warte hatte er nicht passiert. Krögerhannes ritt nach Einbeck zurück.

Bartholomäus Freyberg hörte sich derweil bei den Wächtern der fünf Stadttore um. An einen Holzsammler mit einem Karren konnte sich niemand erinnern. Beiläufig erkundigte sich Freyberg auch nach dem Osloer, Ottokar Kerner und dem Bürgermeister. Die Wehrknechte bestätigten Krögerhannes' Beobachtung, dass weder Riecke noch der Schneider am Tag von Kuventhal-Peters Tod die Stadt verlassen hatten. Von den Dreien war nur Habelstein um die Mittagsstunde herum durch das Altenburger Tor geritten. In welche Richtung er danach aufgebrochen war, wussten die Wehrknechte nicht, da sie mit den abreisenden goslarschen Kaufleuten beschäftigt gewesen waren. Aus der Stadtmark heimgekehrt war der Osloer in der Abenddämmerung durch das Tiedexer Tor.

Freyberg und Krögerhannes trafen gleichzeitig wieder in Einbeck ein.

Im Haus des Schmieds in der Altendorfer Straße ruhten die Brauarbeiten bereits. Der Landwehrkommandeur und der Marktbüttel setzten sich an den Hofbrunnen. Freyberg rief nach seiner Frau. Sie kam im Nu mit zwei Krügen Hausbier zu ihnen in den Hof hinunter. Erst nachdem die Männer sie gierig geleert hatten, fragte sie:

»Nun, habt ihr etwas in Erfahrung bringen können?«

»Wenig«, antwortete Freyberg. »Es war jedenfalls kein Reisigsammler aus der Stadt, den Torwächtern wäre er nicht entgangen. Was hast du herausgefunden, Hannes?«

Der Marktbüttel berichtete.

»Der Holzsammler ist vielleicht von außerhalb der Landwehrgrenze gekommen«, gab Maria zu bedenken.

»Er hat nur billiges Brennholz verkauft. Das schafft bestimmt keiner von weither heran«, widersprach Krögerhannes.

»Ich bin da anderer Meinung«, beharrte Maria. »Nicht von weither, da gebe ich dir Recht, aber vielleicht aus den Hube-Wäldern gleich vor der Landwehrgrenze. Als der Mann dem Feldhüter auf dem Eselstieg begegnet ist, kam er ja aus Norden.«

»Ich könnte morgen alle Wehrwarten zwischen dem Leineturm und Kuventhal abreiten«, schlug Krögerhannes vor.

»Gut«, sagte Freyberg. »Erledige das bis Mittag, denn ich kann wegen des Braus nicht weg. Ich übernehme dann am Nachmittag die anderen Warten.«

»Ja, Meister. Jetzt höre ich mich noch ein wenig in den Schenken um.«

Als der Marktbüttel gegangen war, sagte Maria: »Hannes lässt es sich nicht groß anmerken, aber der Tod seines Freundes geht ihm sehr nahe.«

»Nicht nur ihm, Maria.« Freyberg ballte die Fäuste.

Am nächsten Morgen machte sich Kuventhal-Peter früh auf den Weg. Der Reisigsammler hatte an dem besagten Tag keine der nördlichen Warten passiert. Der Marktbüttel erfuhr aber immerhin, dass Heribert von Habelstein die Stadtmark durch die Hubeturm-Warte verlassen hatte und dass er durch die Kuventhaler Sperre wieder nach Einbeck zurückgekommen war.

»Wenn er in die Hube wollte, warum ist er dann nicht gleich durch das Oster Tor auf dem Großen Hofe-Weg nach Norden geritten, sondern hat den Umweg durch das Altenburger Tor genommen?«, wunderte sich Krögerhannes.

»Er hat sich wahrscheinlich noch von seinen goslarschen Saufkumpanen am Altenburger Tor verabschieden wollen. Die Torwächter haben ja gesehen, dass er mit ihnen gesprochen hat, bevor er die Stadt verließ. Er könnte dann am Ufer der Bever entlang zum Großen Hofe-Weg gelangt sein.« Freyberg schwang sich aufs Pferd. »Wechsel dich mit Maria bei der Beaufsichtigung in der Diele ab, bis ich zurückkomme. Gestern hat wieder ein Klumpen Hefe gefehlt.«

Krögerhannes versprach, die Augen offen zu halten.

Bartholomäus Freyberg kehrte erst spät, aber mit der Gewissheit heim, dass die Reisighändler irgendwo in der Stadtmark leben mussten, denn auch in den Warten, die Krögerhannes am Vormittag nicht besucht hatte, wusste man nichts von einem Holzsammler mit einem Zugkarren.

25. KAPITEL

Schneidermeister Kerner offenbart sich Braumeister Warberg

Die Zeit war gekommen, da in den Braudielen das Einrühren der Hefe in die gehopfte Würze unmittelbar bevorstand. Lange würde es nicht mehr dauern, bis die ersten Fässer Fernbier abgefüllt werden konnten.

Wolfram Warberg hatte bei Freyberg die Hefekulturen geprüft, sie befanden sich jetzt im richtigen Reifestadium, und machte sich auf den Weg zu seinem anderen Brauherrn. Noch im Hinausgehen hörte er, wie der Schmied wieder mit Rolf Rotschuhs Vetter zeterte.

In der Tiedexer Straße mussten noch die einen oder anderen Vorbereitungen für den kommenden Tag getroffen werden. Ein Kühlbottich war leck geworden, und das Feuerholz für den Zweitabzug des Malzes erschien dem Braumeister nicht ausreichend. Nachdem er entsprechende Anordnungen gegeben hatte, ging er zum Schneider, der im Hofschuppen die neuen Fässer begutachtete. Der Böttcher hatte sie in der Frühe abgeliefert.

»Nun, Meister Warberg«, begrüßte der Schneider seinen Braumeister, »wie weit ist alles gediehen?«

»Morgen oder übermorgen können wir die Hefen dazugeben.«

Kerner klopfte gegen ein Fass. »Gute Arbeit«, murmelte er, »aber sündhaft teuer.«

Warberg dachte sich seinen Teil. Er war dabeigewesen, wie der Schneidermeister mit dem Böttcher gefeilscht hatte. Ottokar Kerner war ein umgänglicher Mensch, solange es nicht um sein Geld ging. Mit aller Finesse hatte er den Preis gedrückt. Von sündhaft teuren Fässern konnte wahrhaftig nicht die Rede sein.

Unvermittelt sagte der Schneider: »Meister Warberg, ich brauche Eure Hilfe.« Er ging zur Schuppentür, spähte nach rechts und links, zog die Tür zu, kam mit verschwörerischer Miene zu Warberg zurück und sagte im Flüsterton: »Ich benötige Euren Rat, Meister. Man bestiehlt mich.«

Der Braumeister legte die Stirn in Falten und sagte erregt: »Ich kontrolliere die Helfer jeden Tag. Mir ist noch nicht aufgefallen, dass etwas fehlt.«

Ottokar Kerner legte Warberg beruhigend eine Hand auf die Schulter. »Das ist keine Anschuldigung, die sich gegen Euch richtet. Ich habe, seit Ihr den Brau leitet, keinerlei Verlust an irgendetwas erlitten. Es geht um ein anderes Problem, und dafür wollte ich Euren Rat.«

Dem Braumeister fiel ein Stein vom Herzen. Er hatte schon befürchtet, Kerner hätte die Hefe nachgewogen. Bäckermeister Kahr zahlte wie immer recht anständig, ohne viele Fragen nach dem Woher der Ware zu stellen. »Natürlich könnt Ihr auf meine Hilfe bauen. Was bekümmert Euch denn?«

»Lasst es mich erklären. Unter der Braudiele ist ein Vorratskeller für das Hausbier und den Branntwein. Ich habe nie sonderlich darauf geachtet, wie viel ich immer abgezapft hatte. Vor ein paar Tagen fiel mir auf, dass ein Branntweinfässchen fast völlig leer war, obwohl ich mich nicht erinnern kann, daraus auch nur einen Schluck entnommen zu haben.«

»Wer hat denn Zugang zu dem Keller?«

»Wenn ich und meine Frau außer Haus sind, praktisch jeder: der Geselle und sein Weib und die Lehrburschen.«

»Tja, Gelegenheit macht Diebe«, meinte der Braumeister. »Was für einen Rat erhofft Ihr von mir?«

Der Schneider flüsterte: »Ich will diesem Diebespack eine Lektion erteilen, die sie lehren soll, nie wieder meinen Branntwein zu stehlen.«

»Und was kann ich da für Euch tun?«

»Ihr seid doch ein Meister der Braukunst. Kann man Bier, oder wie in meinem Fall Branntwein, nicht mit einer Ingredienz versetzen, die das Getränk im Geschmack nicht verdirbt, den Dieb aber seine Untat bitter bereuen lässt?«

»Großer Gott, Ihr wollt doch nicht etwa Gift in den Schnaps mischen?«

Ottokar Kerner schüttelte entrüstet den Kopf. »Nein, natürlich nicht.« Er lächelte maliziös. »Aber die Hosen sollte der Dieb sich schon vollscheißen, und der Schädel darf ihm auch gehörig brummen.«

Wolfram Warberg lachte. »Gar keine so schlechte Idee! Ein solches Mittelchen wäre fürwahr auch von Nutzen, um Langfingern während des Braus auf die Schliche zu kommen.«

»Ich würde damit den Rest des Branntweins präparieren und vielleicht auch ein kleines Fässchen Bier«, erklärte Kerner. »Das würde mir die Sache wert sein, den Dieb zu entlarven.«

»Lasst mich nachdenken ... Ich meine, ich hörte von einem geschmacklosen Pulver, das heftiges Erbrechen verursacht. Soll ich mich mal erkundigen?«

»Dafür wäre ich Euch wirklich dankbar. Aber ...!« Ottokar Kerner legte den Zeigefinger auf die Lippen.

Der Braumeister nickte. »Keine Sorge, von mir erfährt niemand im Haus ein Sterbenswörtchen.«

Kerner schloss die Schuppentür und ging mit dem Braumeister über den Hof.

Der Negenborner saß auf der Bank neben der Hoftür. »Ich halte noch ein kleines Schwätzchen mit meinem Freund und sperr dann zu, Meister.«

Warberg und Kerner betraten das Haus.

»Wisst Ihr, warum Freyberg mit Rolf Rotschuhs Vetter so umspringt?«, fragte der Schneider.

»Er ist ein guter Brauhelfer, aber wenn er einen über den Durst getrunken hat, ist er am nächsten Tag fahrig. Freyberg hat ihn dann jedes Mal bei irgendeiner Nachlässigkeit erwischt.«

»Warum schmeißt er ihn nicht einfach raus?«

»Weil er keinen gleichwertigen Ersatz für ihn bekommen würde. Rotschuhs Vetter ist einer der besten Fassverspunder, die ich kenne. Und solche Leute sind in der Brauzeit dünn gesät. Da nimmt der Herr Landwehrkommandeur lieber den täglichen Ärger mit ihm in Kauf.«

Der Braumeister trat auf die Tiedexer Straße. »Kommt Ihr mit in den ›Stern‹?«

»Heute nicht.« Ottokar Kerner verriegelte das Braudielentor hinter Warberg, ging leise zur Hoftür zurück und wartete.

Bald hörte er die Schritte von Rotschuhs Vetter.

Der setzte sich zu dem Negenborner auf die Bank und zog augenblicklich über Freyberg her. »Irgendwann piss ich dem Scheißer doch noch mal ins Bier oder zahl ihm sonst wie die Gemeinheiten heim; worauf du dich verlassen kannst!«, zeterte er.

Der Schneidermeister vernahm es gerne, denn er, Ottokar Kerner, würde ihm dabei behilflich sein. Aber dazu brauchte er erst das gewisse Pülverchen von Warberg.

Wenn nach Sonnenuntergang überall die Brauarbeiten beendet waren, hatte man in den einbeckschen Schenken alle Hände voll zu tun. Die abendlichen Zecher hatten durch die zahlreichen auswärtigen Brauhelfer gehörig Verstärkung erhalten. Auch im ›Stern‹ herrschte dichtes Gedränge.

Rolf Rotschuh unterhielt sich mit Heribert auf einer Bank im Treppenwinkel zum Obergeschoss. Wolfram Warberg drängelte sich zu ihnen durch.

Der Wehrknecht rückte näher an Heribert heran, um dem Braumeister auf der Bank Platz zu machen. »Ich hätte Wirt und nicht Soldat werden sollen«, lamentierte er.

»Ich meine, du hast das bessere Leben gewählt«, sagte Warberg amüsiert. »Schau nur, wie er und die Schankknechte herumspringen müssen! Wenn ihr Wehrknechte auf der Warte einmal ins Schwitzen geraten solltet, dann doch nur, weil ihr euch beim Herumsitzen von der Sonne bescheinen lasst.«

»He, Braumeister!«, protestierte Rolf Rotschuh. »Du stellst dir unseren Dienst in Kuventhal ein bisschen zu einfach vor. Patrouillier du doch mal jeden Tag stundenlang bei Wind und Wetter an der Landwehrgrenze!«

Warberg prustete los. »Du Armer! Herumbummeln in frischer Luft, nenne ich das. Und Geld gibt's dafür obendrein.«

»Von morgens bis abends die Helfer auf Trab zu halten und hin und wieder vom Brau zu kosten, erscheint mir dagegen kein so schweres Schicksal, Meister!«, erwiderte Rolf Rotschuh spitz.

»Hört auf, euch zu streiten!«, beschwichtigte Heribert. »Da kommt schon das Bier.«

»Nichts für ungut, Rotschuh. Wie wäre es mit einem Spielchen?«, lenkte der Braumeister versöhnlich ein.

»Für's Bier reicht mein bisschen Sold gerade so, aber zum Würfeln nicht«, knurrte der Wehrknecht.

»Komm, Rotschuh!« Der Braumeister lachte. »Sei nicht so nachtragend. Das Bier geht heute auf mich.«

Der Landwehrknecht schmollte noch einen Moment, dann sagte er besänftigt: »Nun, ja. Bei Freyberg zu arbeiten ist bestimmt kein Vergnügen. Da schlepp ich mich doch lieber bei jedem Sauwetter durch die Stadtmark.«

Alle tranken.

Der ›Stern‹-Wirt hatte sie beobachtet und kam zu ihnen. »Und? Mundet's?«

Der Braumeister setzte seinen Krug ab und wischte sich mit dem Handrücken die Lippen. »Doch. Dein Hausbier ist gut.«

»Das freut mich, Meister. Aber wann ist endlich das neue Fernbier fertig? Nicht dass mir mein eigenes über ist, aber so langsam gelüstet es mich nach frischem, kräftigem Starkbier.«

»In ein paar Tagen ist es so weit«, verkündete Warberg.

»Ist es nicht zu warm, um schon mit den Hefen zu beginnen?«, fragte Heribert. »Man sagte mir, bei warmem Wetter sinkt sie schlecht ab. Stimmt das?«

»In den Häusern ist es jetzt kalt genug«, wurde ihm geantwortet. »Und wenn es nicht zügig genug vonstatten geht, wissen wir Braumeister schon, wie man nachhilft.«

›So langsam wird es Zeit, die Abreise vorzubereiten, ohne dass jemand Verdacht schöpft‹, dachte Heribert. ›Am besten ...‹

Laut sagte er: »In Hildesheim soll es einen tüchtigen Sattelmacher geben. Ich habe heute für die Heimreise ein zweites Pferd gekauft, für das ich gutes Tragegeschirr anfertigen lassen will. Meint Ihr, der Schneider kann Torsten für ein, zwei Tage entbehren? Die Reise ist angenehmer, wenn ich das Pferd nicht die ganze Strecke über am Zaum führen muss.«

Der Braumeister nickte. »Ist die Hefe erst einmal hinzugefügt, muss der Brau ruhen. Ich denke, Meister Kerner wird Euch Euren Wunsch nicht abschlagen.«

Immer mehr Leute kamen in die Schenke. Der Braumeister trank sein Bier aus und erhob sich.

»Ihr geht schon?«, fragte Heribert erstaunt.

»Ich habe noch eine Kleinigkeit zu erledigen«, sagte Warberg. »Und morgen früh wird bei Freyberg die Hefe eingerührt.« Er lachte. »Da sollte ich ausnahmsweise mal gut ausgeschlafen sein.«

Als der Braumeister das Frauenhaus betrat, schlurfte sogleich die alte Vettel heran. »Komm in zwei Stunden wieder, Braumeister. Die Weiber sind alle beschäftigt.«

»Zu den Dirnen wollte ich nicht, Alte. Ich brauche eins von deinen Pülverchen.«

»Ei, du hast dich doch nicht etwa erdreistet und eine brave Bürgerstochter bestiegen, anstatt dich bei uns zu vergnügen?«, krächzte sie. »Und ich soll …«

»Red keinen Unsinn. Ich hab niemandem ein Kind gemacht«, schnitt ihr der Braumeister lachend das Wort ab. »Ich will was anderes.«

Die Alte sah ihn neugierig an. »Nun, fiebrig oder krank erscheinst du mir nicht gerade. Also was fehlt dir?«

»Du verstehst dich doch auf die Kräuterkunst.«

»Das tue ich tatsächlich. Ob Kopfschmerz, Husten oder lahme Glieder, ich weiß um ein Mittel gegen alles.«

»Kannst du mir auch ein Brechmittel geben?«

»Sicher. Wofür benötigst du es?«

Warberg hatte diese Frage erwartet und sich schon eine Antwort zurechtgelegt. »Mein Bruder in Hildesheim ist Metzger. Seine Gesellen bestehlen ihn andauernd. Er will etwas haben, das er unter die Wurst mischen kann. Ernstlich zu Schaden kommen soll aber niemand.«

»Würzt er die Wurst kräftig?«

»Ja.«

»Dann wüsste ich etwas. Allerdings müsste ich die Kräuter und Wurzeln dafür aus dem Gartenschuppen holen und zerreiben. Komm in zwei Tagen wieder.«

»Es hat keine Eile damit, Alte.«

»Warte, ich schau mal nach, ob ich irgendwo noch etwas von dem Brechpulver habe.« Die Vettel schlurfte in ihre Kammer und kam mit einem kleinen, gelben Leinensäckchen, einem Geldbeutel nicht unähnlich, zurück. »Schade, es ist nur ein winziger Rest übrig. Für deinen Bruder wird das zu wenig sein. Aber nimm das Pülverchen ruhig mit und probier es an einem Hund aus. Misch es dann unters Futter. Am besten nimmst du Fleischabfälle, die schon stinken, denn das Zeug schmeckt ein wenig bitter, fast wie Hopfen.«

Warberg öffnete den Beutel. »Da ist ja wirklich nur ein Hauch von einem Stäubchen drin!«

»Für einen Hund reicht's allemal. Nachdem er kräftig gekotzt und sich gehörig ausgeschissen hat, ist er gleich wieder putzmunter.«

Der Hund von Wolfram Warbergs Nachbar gelangte noch am selben Abend in den unverhofften Genuss eines Wurstzipfels. Was danach geschah, war kein schöner Anblick, aber alles kam genauso, wie die alte Vettel es vorausgesagt hatte.

26. KAPITEL

Der Reisigsammler

Als der Braumeister sich schlafen legte, waren Heribert und Rolf Rotschuh noch immer im ›Stern‹. Plötzlich wurde die Tür aufgestoßen und Krögerhannes trat ein. Er wirkte leicht angetrunken. Jemand rief ihn an und er hockte sich zu ein paar Stadtwächtern an einen Tisch neben dem Eingang. Unter ihnen befand sich auch der Hellebardist, der von Freyberg vor einigen Wochen auf dem Storchenturm wegen des fehlenden Helms zusammengestaucht worden war.

»Schaut mal, wer da eben gekommen ist«, sagte Rolf Rotschuh.

Heribert, der die Tür von seinem Platz im Treppenwinkel nicht im Blick hatte, beugte sich vor. »Der Kerl ist mir den ganzen Tag über den Weg gelaufen.«

»Er hat die Runde durch die Wirtshäuser gemacht. Ich war vorhin in der Schenke am Benser Tor. Da war er auch.« Der Wehrknecht rümpfte die Nase. »Tja, seit sein Kumpel zu Tode gekommen ist, muss er für zwei herumschnüffeln.«

»Der Bürgermeister sagte mir, dass Freyberg Zweifel daran geäußert hätte, dass es ein Unfall war.«

»Ich kenne so manchen in Einbeck, der Kuventhal-Peter die Pest an den Hals gewünscht hat«, sagte Rolf Rotschuh dunkel.

»Also könnte Freyberg sogar Recht mit seiner Vermutung haben?«

Rolf Rotschuh zuckte mit den Achseln. »Er hat Krögerhannes gestern nach Kuventhal geschickt. Ob uns an besagtem Tag ein Holzsammler mit einem Zugkarren aufgefallen wäre. Der Mann hätte an Stelle eines Gürtels eine rote Kordel um den Leib geschlungen.«

Heribert wurde plötzlich ganz Ohr. »Warum das?«

»Dem Feldhüter, der Kuventhal-Peter gefunden hat, war auf dem Eselstieg ein Reisigsammler begegnet, der sich danach offenbar in Luft aufgelöst hat.«

»Was du nicht sagst! Verdächtigt Freyberg ihn etwa, beim Ableben seines Spitzels nachgeholfen zu haben?«

Der Wehrknecht nickte. »Anscheinend. Vorhin in der Benser Schenke hat Krögerhannes auch alle Leute nach dem Holzsammler mit der roten Kordel gefragt.«

Heribert strich sich nachdenklich über den Bart. »Und?«

»Holzsammler gäbe es eine Menge in Einbeck, aber niemand von ihnen hätte einen Zugkarren, wurde ihm gesagt.«

›Wenn Krögerhannes den Mann findet‹, dachte Heribert alarmiert, ›wird der sich bestimmt an mich erinnern können!‹

Rolf Rotschuh betrachtete Krögerhannes' Rücken. »Wahrscheinlich stellt er den Stadtwächtern jetzt die gleiche Frage.«

Zwei Wehrknechte ein paar Tische weiter gaben Rolf Rotschuh Zeichen. »Sie wollen ein Spielchen mit mir machen. Habt Ihr auch Lust?«

Heribert grinste. »Ich bin noch verabredet.«

Rolf Rotschuh seufzte. »Nächste Woche gibt's erst Sold. Dann schaue ich auch mal wieder bei Plattnase vorbei.« Er erhob sich und ging zu seinen Kameraden.

Heribert winkte dem Wirt, ihm noch ein Bier zu bringen, und setzte sich auf Rolf Rotschuhs Platz, um Krögerhannes besser im Auge behalten zu können. Er unterhielt sich noch eine Weile angeregt und wild gestikulierend, dann stand er auf und verließ stark schwankend den ›Stern‹. Als die Tür sich hinter ihm schloss, ging der Hellebardist an Rolf Rotschuhs Tisch und tuschelte mit dem Wehrknecht, dabei schaute er mehrmals in Heriberts Ecke. Heribert hörte Rolf Rotschuh laut auflachen. Der Hellebardist kehrte zu seinen Kameraden zurück, und Rolf Rotschuh kam grinsend zu Heribert.

»Krögerhannes hat versucht, die Stadtwächter über Euch auszuhorchen. Wann und wo Ihr am Tag des Unfalls gewesen seid und so weiter.«

Heribert erschrak, zwang sich aber zu einem spöttischen Lächeln. »Ach, sieh mal einer an! Natürlich habe ich mich als Reisigsammler verkleidet und im Weinberg auf Kuventhal-Peter gelauert.«

Rolf Rotschuh bog sich vor Lachen. »Aber nicht alleine, Herr Hauptmann. Zusammen mit dem Bürgermeister!«

Heribert schaute den Wehrknecht überrascht an. »Das wird ja immer spannender.«

Rolf Rotschuh wischte sich die Tränen aus den Augen. »Hannes war so voll, dass er wahrscheinlich morgen gar nicht mehr weiß, was er den Stadtwächtern alles erzählt hat.«

»Das glaube ich gerne, so wie der rausgetorkelt ist.«

»Er meinte, Ihr und der Bürgermeister hättet Euch gegen seinen geliebten Herrn verschworen. Einer von Euch hätte deshalb Kuventhal-Peter aufgespießt.«

»Interessant, hat er auch gesagt, aus welchem Grund?«

»Nein, er hat bloß vage von Intrigen gegen Freyberg gemurmelt, in die Ihr, der Bürgermeister und die halbe Stadt verstrickt sein sollen.«

»Verstehe. Und weil Kuventhal-Peter uns auf die Schliche gekommen ist, haben wir ihn ins Jenseits befördert.«

»So in etwa.«

Heribert hieb erbost mit der Faust auf den Tisch. »Lothar Riecke und Freyberg sind sich spinnefeind. Dass Freyberg ihm liebend gerne etwas anhängen möchte, wundert mich nicht. Aber aus einem offensichtlichen Unfall einen Mord zu machen und auch mich zu beschuldigen, ist ein starkes Stück! Gleich morgen früh knöpfe ich mir Freyberg vor!«

»Spart Euch die Mühe. Krögerhannes wird alles abstreiten, was er eben im Suff von sich gegeben hat. Aber den Bürgermeister wird es schon interessieren, was Freybergs Schnüffler für üble Gerüchte verbreitet.«

»Du kannst dich darauf verlassen, dass er alles schnellstens von mir erfährt.«

Rolf Rotschuh verzog abfällig das Gesicht. »Am Ende war

Krögerhannes so besoffen, dass er wieder von dem Holzsammler anfing. ›Erwische ich den Kerl‹, hat er getönt, ›knüpf ich ihn eigenhändig an seiner speckigen Kordel auf!‹«

»Na, dann ist er demnächst gut beschäftigt. Mich und den Bürgermeister muss er ja auch noch zur Strecke bringen.«

»Zumindest wer der Reisigsammler war, hätte er heute Abend erfahren können.«

Heribert sah den Wehrknecht fragend an.

»Er hätte bloß an unseren Tisch kommen müssen. Einer meiner Kameraden wohnt in Andershausen. Der Reisigsammler ist sein Oheim.«

Heribert wurde heiß und kalt. ›Verdammt, dann wird es bestimmt nicht lange dauern, bis dieser Schnüffler das auch erfährt!‹ Er räusperte sich. »Der mit der roten Kordel?«

»Ja. Er holt nur selten Holz aus dem Stadtwald. Meistens kümmert er sich um die Gänse und Enten im Igelpfuhl.«

»Ist das der Tümpel links vom Andershausener Weg, bevor der Abzweig nach Kuventhal kommt?«

»Genau.«

Die Wehrknechte riefen nach ihrem Kameraden. Rolf Rotschuh nahm das unterbrochene Würfelspiel wieder auf.

Heribert bestellte noch ein Bier und beschloss, seinen Besuch bei Achim Plattnase auf einen anderen Abend zu verschieben, denn er plante, gleich nach Öffnung der Stadttore zum Igelpfuhl zu reiten.

In Einbeck und der Stadtmark riss die Unfallserie nicht mehr ab: Der alte Bäcker Kron wurde von einem Esel getreten und sollte ein steifes Bein behalten; der Hund von Warbergs Nachbarn biss die Dienstmagd, als sie ihm einen Leckerbissen, einen Wurstzipfel, zustecken wollte; der pockennarbige Sohn des Kramergildenmeisters quetschte sich die Hand in der Schuppentür; Bruder Balthazar vom Leprosenhaus stolperte über einen Hackenstiel und brach sich die Hand.

Am schlimmsten aber war der Unfall, der sich am Igelpfuhl

ereignete, denn er forderte ein Todesopfer. Wie allerdings ein erwachsener Mann in dem flachen Tümpel ertrinken konnte, blieb den Männern, die den Reisigsammler an seiner roten Leibgurtkordel inmitten von aufgeregt schnatternden Enten und Gänsen aus dem Wasser zogen, ein Rätsel, das nur der Osloer Stadthauptmann hätte lösen können.

27. KAPITEL

Das Braugeheimnis

Während Heribert seine ausgewaschenen Beinlinge zum Trocknen über eine Schnur ans Kammerfenster hängte, eilte der Landwehrkommandeur, begleitet vom Andershausener Dorfältesten und einem verkaterten Krögerhannes, zum Igelpfuhl. Während der Fromme Klaus hin und wieder von der Schnitzarbeit aufsah, um die Raben zu loben, die, seit es kälter geworden war, sich wieder emsiger dem Gehenkten widmeten, klopfte Wolfram Warberg an die Tür des Frauenhauses.

»Nun, warst du mit meinem Pülverchen zufrieden?«, krächzte Plattnases Tante.

Warberg nickte und folgte der alten Vettel ins Haus. In ihrer Kammer stand ein Steinmörser. Er war halb mit einem hellbraunen Pulver gefüllt. Der Braumeister reichte der Alten das gelbe Leinensäckchen.

Vettel Margarete streckte ihm die Handfläche entgegen. »Macht erst einen Taler, Braumeister!«

Wolfram Warberg gab ihr das geforderte Geld – von Kerner hatte er anderthalb Taler bekommen – und sah zu, wie sie das Brechpulver vorsichtig in das Säckchen schüttete und dann mit einem Band verschnürte.

»Denk daran, deinem Bruder einzuschärfen, dass eine Messerspitze reicht, um einen großen Kessel mit Wurstmett zu verderben!«, ermahnte sie ihn.

Warberg nickte, knüpfte das Säckchen an seinen Gürtel und begab sich in die Altendorfer Straße zur Schmiede.

Bartholomäus Freyberg war nicht in der Braudiele. Von seiner Frau erfuhr der Braumeister, dass ein Andershausener im Igelpfuhl ertrunken war. Maria war sehr aufgebracht, als sie von dem grausigen Fund im Ententeich berichtete, denn der Tote war kein anderer als der Reisigsammler, nach dem ihr Mann und Krögerhannes in den letzten Tagen vergeblich gefahndet hatten.

Wolfram Warberg hörte nur mit halbem Ohr zu, denn der letzte Schritt des Brauvorgangs, das Abwiegen und Einrühren der Hefe, erforderte seine ganze Konzentration. Als er gegen Nachmittag bei Freyberg fertig war, begab er sich zu Ottokar Kerner.

Der Schneidermeister erwartete ihn bereits ungeduldig auf der Straße vor seinem Haus. »Habt Ihr das Mittel besorgen können?«

Warberg zeigte auf das Beutelchen an seinem Gürtel.

In Kerners Braudiele hielten sich nur Torsten und der Geselle auf. Der Schneider schickte beide weg. Torsten erhielt den Auftrag, im Schuppen die neuen Fässer auszuwaschen, und der Geselle sollte den Zwillingen und einigen Helfern im Hof zur Hand gehen, einen mannshohen Stapel von langen, dicken Buchenästen in verfeuerfähige Stücke zu zerhacken.

Wolfram Warberg beugte sich über den Hefetrog und schnupperte. »Ein wenig sollte die Hefe noch reifen.«

Johanna putzte am Brunnen Gemüse. Torsten konnte ihr nur zuraunen, dass Warberg und ihr Vater jetzt alleine in der Braudiele seien.

Die Schneiderstochter verschwand augenblicklich durch die Hoftür im Haus, schlich sich die Treppe zur Küche hoch, sah, dass die Mutter nicht da war, und schlüpfte in die Vorratskammer. Dort hob sie behutsam das lose Fußbodenbrett an.

Kerner schloss die Tür zur Hofkammer und stellte sich zu Warberg an den Hefetrog. Neben dem Trog stand an einem Pfeiler ein leeres, offenes Bierfass.

Durch die Lücke im Kammerboden konnte Johanna den Braumeister neben dem leeren Bierfass sehen, ihren Vater verdeckte der Pfeiler.

»Füllt die Hälfte ab, Meister.« In Warbergs Handfläche lag ein fingerlanges, gelbes Beutelchen. Der Braumeister beugte sich erneut über die Hefe, kostete ein erbsgroßes Klümpchen und nickte zufrieden. »Gut! Spätestens übermorgen können wir mit dem Einrühren beginnen.«

Jetzt war auch der Vater für Johanna durch den Spalt sichtbar. Er schüttete ein helles Pulver aus Warbergs Beutelchen in eine kleine Steingutdose, machte mit dem Fingernagel ein Kreuzzeichen auf die Oberfläche des Pulvers und legte den Deckel auf. »Das erscheint mir wenig.«

Warberg zeigte auf das leere Fass. »Eine Messerspitze dafür reicht völlig aus.«

Plötzlich vernahm Johanna Geräusche in der Küche und daraufhin Schritte, die sich der Vorratskammertür näherten. Schnell legte sie das Bodenbrett zurück und griff nach dem Zwiebelkorb.

Als die Mutter die Tür öffnete, fuhr sie zusammen. »Kind! Jetzt hast du mich aber erschreckt! Ich dachte, du seist im Hof!«

Johanna schwenkte den Korb. »Ich hatte die Zwiebeln vergessen, Mutter.«

Die Schneidersfrau schaute in den Korb. »Nur noch zwei? Sind das alle?«

»Ja.«

»Dann hol morgen früh welche aus dem Garten und bringe auch die restlichen Lauchstangen und Saubohnen mit.«

»Ja, Mutter.« Johanna ging in den Hof zurück.

Torsten reinigte noch immer die neuen Fässer im Schuppen. Johanna hockte sich auf einen Stein unter ein offenes Schuppenfenster. Der Geselle und die Brauhelfer waren weiterhin mit Holzhacken beschäftigt.

Torsten hatte ungeduldig auf Johanna gewartet und steckte den Kopf heraus.

»Vorsicht!«, flüsterte sie, ohne vom Gemüseputzen aufzusehen. »Die Mutter könnte dich sehen.«

Torsten trat einen Schritt vom Fenster weg. »Und? Hast du was erfahren?«

»Ja«, flüsterte Johanna erregt. »Der Braumeister hat dem Vater von einem Pulver gegeben, das mit der Hefe an den Brau gegeben wird. Eine Messerspitze davon würde für ein ganzes Fass reichen.«

Torsten hätte vor Freude aufschreien können. Es gab es also doch, das Braugeheimnis! »Wo ist das Pulver jetzt?«

»Meister Warberg trägt es in einem gelben Beutelchen am Gürtel, und Vater hat seins in einer Dose verschlossen.«

In Torstens Kopf drehte es sich. ›Ich muss unbedingt sofort Heribert benachrichtigen!‹, dachte er.

»Johanna!«, ertönte plötzlich die Stimme der Schneidersfrau. »Wo bleibst du denn?«

»Bin fertig, Mutter!«, antwortete Johanna, nahm das Gemüse und packte es in den Zwiebelkorb. Ohne aufzusehen sagte sie leise: »Wenn alle schlafen, komme ich in die Küche runter, sobald du mir das Zeichen gibst.«

»Gut! Versuch etwas von dem Pulver zu bekommen«, flüsterte Torsten. »Ich gehe heute noch zum Hauptmann und frage ihn, wann er abreisen will.«

Johanna nickte unmerklich und eilte zum Haus.

Gegen Ende des Tages, nachdem bis auf Torsten alle Helfer die Diele verlassen hatten, kontrollierten Kerner und Warberg, ob auch die Feuer unter den Kesseln und der Braupfanne erloschen waren.

Torsten sah seine Gelegenheit gekommen. »Meister«, log er. »Darf ich rasch zum Herrn Hauptmann, er hat vorhin nach mir geschickt. Wahrscheinlich will er mit mir bereden, wann ich ihn nach Hildesheim begleiten soll.«

»Nach Hildesheim? Ach so, ich erinnere mich, wir hatten darüber gesprochen. Wegen des Packsattels, nicht wahr?«

»Ja, Meister.«

»Geh nur, hier wirst du nicht mehr gebraucht.« Mit diesen Worten entließ Kerner seinen Lehrburschen. Er hatte sowieso geplant, ihn gleich unter einem Vorwand wegzuschicken. Bei dem, was er vorhatte, konnte er wahrhaftig keine zufälligen Lauscher gebrauchen.

»Richte dem Hauptmann aus, ich käme später auch noch in

den ›Stern‹«, rief der Braumeister dem Jüngling hinterher und setzte seinen Kontrollgang durch die Braudiele fort.

»Wird erledigt!«, erwiderte Torsten und eilte davon.

Ottokar Kerner verließ die Diele, ging durch die dahinterliegende Kammer, stellte die Dose mit dem Brechpulver auf das Kammerfensterbrett und öffnete die Hoftür.

Der Negenborner Brauhelfer hatte es sich auf der Bank bequem gemacht und wartete wie jeden Abend auf Rolf Rotschuhs Vetter.

»Wo ist Torsten?«, fragte der Schneider ihn scheinheilig.

Der Negenborner wusste es natürlich nicht.

Kerner tat so, als würde er nachdenken, und sagte dann: »Richtig! Er ist ja mit den Zwillingen zur Schenke am Benser Tor gegangen. Geh und richte ihm aus, dass der Herr Hauptmann ihn unbedingt sprechen will.«

»Aber mein Freund kommt doch gleich«, protestierte der Negenborner.

»Ich sag ihm Bescheid, dass du bald wieder da bist und er hier auf dich warten soll.«

Grummelnd machte sich der Brauhelfer auf den Weg.

Kaum war er verschwunden, tauchte der Kopf von Rotschuhs Vetter hinter der Hofmauer auf.

Kerner schlüpfte schnell in die Kammer, ließ aber die Tür halb offen stehen. Durch das Kammerfenster sah er, wie Freybergs Brauhelfer sich auf die Bankmitte setzte. »He, Meister Warberg«, rief der Schneider. »Ich habe noch eine Frage.«

Der Braumeister trat in die Kammer. »Ja?«

»Das Brechmittel hier«, Kerner trat ans Kammerfenster und klapperte lautstark mit dem Dosendeckel, »ist das wirklich so wirksam, wie Ihr es mir vorhin beschrieben habt? Kann eine Messerspitze davon tatsächlich ein großes Fass Bier verderben?«

Rolf Rotschuhs Vetter spitzte draußen die Ohren und rutschte näher zur Türöffnung.

Warberg lachte. »Ihr hättet den Hund kotzen sehen mögen,

dem ich nur ein paar winzige Krümelchen ins Fressen getan habe.« Er deutete auf die Dose. »Lasst das Zeug nicht so frei herumstehen.«

»Keine Sorge. Wenn ich das Dielentor hinter Euch zugesperrt habe, schließe ich es sicher weg.«

Der Schneider und Warberg verließen die Kammer und unterhielten sich in der Braudiele noch eine Weile über dieses und jenes. Zweimal vermeinte Kerner das leise Knarren der Hoftür zu hören.

Als Ottokar Kerner den schweren Torriegel eingelegt und die Diele durchschritten hatte, trat er wieder in die Kammer. Die Hoftür stand nur noch einen Spaltbreit offen.

Er ging zum Fensterbrett und hob den Deckel von der Dose. ›Na, bitte!‹, dachte er und schnaubte befriedigt, denn das Kreuzzeichen, das er ins Pulver gezeichnet hatte, war verschwunden. Verschwunden war auch Rotschuhs Vetter.

Der Schneider nahm die Dose und verbarg sie in der Tuchkammer zwischen den Stoffballen. Seine Tochter, die ihm auf Zehenspitzen gefolgt war, bemerkte er nicht.

Heribert unterhielt sich gerade mit Warberg und Rolf Rotschuh über den ertrunkenen Reisigsammler, als Torsten im ›Stern‹ erschien und ihm ein Zeichen gab, dass er oben in der Schlafstube warten würde. Mit der Ausrede, den Abort aufzusuchen, verließ Heribert den Schankraum und stieg über die rückwärtige Treppe zu seiner Kammer hoch.

Aufgeregt berichtete Torsten von Johannas Beobachtung in der Braudiele.

»Es gibt also doch so etwas wie ein Braugeheimnis«, murmelte Heribert beeindruckt. »Meinst du, sie könnte das Pulver gegen ein anderes austauschen?«

»Wenn sie es findet, warum nicht? Aber Eile ist geboten. Übermorgen wird das Pulver zusammen mit der Hefe eingerührt. So wenigstens habe ich Johanna verstanden.«

Heribert nickte. »Pass auf, Torsten, red heute noch mit ihr!

Vielleicht gelingt es ihr, auch noch Kerners Pulver zu bekommen.«

»Was meint Ihr mit ›auch‹?«

»Ich habe das gelbe Leinensäckchen an Warbergs Gürtel bemerkt. Nachher gehe ich noch mit Warberg ins Frauenhaus. Dort werde ich ihn besoffen machen und bei einer günstigen Gelegenheit das Beutelchen entwenden.«

Torsten schaute Heribert skeptisch an. »Und wenn er was merkt?«

Heribert kräuselte verächtlich die Lippen. »Er ist schon jetzt reichlich angegangen. Bei Achim Plattnase traktiere ich ihn noch mit schwerem Südwein, bis er umfällt. Lass das mal nur meine Sorge sein!«

»Und ansonsten bleibt alles wie besprochen?«

»Nein, natürlich nicht. Wir müssen unseren Fluchtplan abändern. Wenn ich Warberg das Braugeheimnis entwende, kann ich mich natürlich nie wieder in Einbeck blicken lassen.«

Torsten nickte.

»Es ist jetzt also einerlei, ob wir gemeinsam in Kuventhal aus der Stadtmark reiten und man später die Entführung mit meinem Verschwinden in Zusammenhang bringt«, fuhr Heribert fort. »Richte deshalb Kerner noch heute Abend von mir aus, dass ich dich bei Sonnenaufgang abholen würde. Da wir über Nacht in Hildesheim zu bleiben vorgeben, wird es nicht weiter auffallen, wenn wir unsere Reisesäcke dabeihaben. Nimm trotzdem bloß das Allernotwendigste mit. Denk dran, Johanna hat vorerst kein eigenes Pferd.«

»Aber wenn Warberg morgen früh merkt, dass das Leinensäckchen fehlt?«

»Dann sind wir hoffentlich schon längst über alle Berge.«

Plötzlich stutzte Torsten. »Aber wenn wir gemeinsam in Kuventhal die Stadtmark verlassen, was ist dann mit Johanna? Die Wehrknechte würden sie da bestimmt nicht durchlassen.«

»Für Johanna bleibt alles wie besprochen«, beruhigte ihn Heribert. »Wir holen erst das Schiertuch und den Stempelabdruck aus dem Versteck und reiten danach zum Erlenwäldchen hinter der Leine-Brücke. Wenn sie flink zu Fuß ist und auch früh genug aufbrechen kann, müsste sie etwa zur gleichen Zeit wie wir dort eintreffen.«

»Aber wir haben Pferde!«

»Trotzdem. Hinter der Kuventhaler-Warte müssen wir zum Versteck noch ein gutes Stück Weg nach Nordwesten reiten. Und dann geht es quer durch reichlich unwegsames Gelände nach Osten durch die Hube-Wälder, denn allzu dicht an die Landwehrgrenze möchte ich mich nicht wagen.«

»Und auf welchem Weg reisen wir nach Norden?«

»Auf keinen Fall über Hildesheim. Am besten, wir wenden uns ab Kreiensen erst eine Weile nach Osten, etwa bis Seesen, und reiten dann weiter nach Goslar. Dort finden sich bestimmt wendische Kaufleute, denen wir uns bis Rostock oder Wismar anschließen können. Über Hamburg oder Bremen sollten wir nicht zurückkehren.«

»Ihr rechnet damit, dass man uns verfolgt?«

»Das kann man nie wissen. Klüger ist es jedenfalls, nicht direkt nach Norden zu reisen.«

28. KAPITEL

Nächtliche Fluchtvorbereitungen diverser Art

»Meister, seid Ihr noch wach?« Torsten hatte Licht gesehen und klopfte an die Stubentür.

»Ja. Was gibt es?«

»Hauptmann Heribert will morgen in aller Frühe nach Hildesheim reiten. Er lässt fragen, ob Ihr etwas dagegen hättet, falls ich ihn begleiten würde.«

»Ich weiß schon Bescheid. Übermorgen, wenn geheft wird, seid ihr ja wieder da.«

Torsten stieg in seine Schlafkammer hoch und begann sein Reisebündel zu packen. Nach und nach kamen auch die Brauhelfer aus den diversen Schenken in die Tiedexer Straße zurück. Als Letzte hörte er die Zwillinge in die Nachbarkammer torkeln.

Torsten legte sich auf seinen Strohsack und wartete, bis sich im Haus nichts mehr regte. Dann wagte er, das Zeichen zu geben.

Johanna hörte das Kratzen an der Kammerdecke und schlich sich in die Küche hinunter.

Torsten kam über die hintere Stiege. »Johanna, der Hauptmann reist schon morgen«, flüsterte er.

»Endlich ist es so weit! Aber wollte er nicht erst das Brauende abwarten?«

»Das scheint nicht mehr notwendig zu sein, ich erklär dir später alles genau. Kannst du am Vormittag das Haus verlassen, ohne dass es auffällt?«

»Ja. Ich soll im Garten Gemüse ernten.«

»Wir reiten früh von Kuventhal aus der Stadtmark und treffen dich dann so gegen neun, zehn Uhr im Erlenwäldchen. Schaffst du es bis dahin, dort zu sein?«

Johanna nickte. »Vater hat das Pulver in die Tuchkammer gebracht. Bevor ich aufbreche, hole ich noch die Dose.«

»Nein, mach das nicht. Dein Vater könnte den Verlust bemerken. Besser ist es, das Pulver durch ein ähnliches zu ersetzen. Wie sah es denn aus?«

»Wie dunkles Mehl.«

»Dann füll die Dose einfach damit.«

»Das lässt sich machen, falls ich sie überhaupt finde.«

Torsten umarmte sie. »Wenn nicht, fliehen wir trotzdem, Liebste. Komm bitte auf jeden Fall!«

»Ich verspreche es dir.«

»Heute noch zu den Huren? Hauptmann, ich glaube, ich bin zu müde!«, sagte der Braumeister und gähnte. »Außerdem muss ich morgen zeitig raus.«

»Habt Euch nicht so, Meister. Das muss ich auch.« Heribert winkte dem Wirt, noch zwei große Bier zu bringen. Mit vertraulich gedämpfter Stimme fügte er hinzu. »Ich und Torsten reiten doch nach Hildesheim, und da gibt es kein Hurenhaus mehr, also wollte ich heute noch mal bei Achim Plattnase vorbeischauen.«

Wolfram Warberg lallte übelgelaunt: »Geld habe ich im Moment auch nicht gerade übrig.«

Heribert machte eine wegwerfende Bewegung. »An Geld soll ein netter Abend nicht scheitern, Meister. Das wisst Ihr doch! Auf mich, Euren Freund, könnt Ihr jederzeit bauen. Außerdem habe ich bei Plattnase einen Krug besten Südweins deponiert.«

Leicht schwankend gelangte der Braumeister mit Heribert um Mitternacht in die Petersiliengasse. Außer zwei Nachtwächtern war ihnen niemand auf den Straßen begegnet. Im Hurenhaus herrschte trotz später Stunde immer noch Hochbetrieb, denn die vielen auswärtigen Brauhelfer füllten nicht nur die Geldbeutel der Schankwirte.

Achim Plattnase bat Heribert und Warberg in seine Stube und holte den Wein, Vettel Margarete brachte Wurst und Schinken.

»Ich bitte die Herren um etwas Geduld. Stärkt Euch ein wenig, bis Ihr an der Reihe seid.«

Warberg ließ sich das nicht zweimal sagen. Er sprach dem schweren Wein zu, als wäre es Wasser. Heribert sorgte aufmerksam dafür, dass der Becher des Braumeisters nie leer wurde, hielt sich aber selber mit dem Trinken zurück. Bald hatte Warberg einen gehörigen Rausch.

Der Frauenwirt schaute ins Zimmer. »Britta und Hanne fragen schon nach Euch, Hauptmann.«

»Sie sollen sich noch ein wenig gedulden. Mein Freund und ich sind gerade beim schönsten Pokulieren. Wenn der Wein alle ist, komme ich.«

Achim Plattnase musterte Warberg kritisch.

»Die Hure, die du ihm zugedacht hast, kannst du ruhig einem anderen geben«, raunte Heribert ihm zu. »Untersteh dich aber und lass jetzt noch jemand zu Britta und Hanne!« Er drückte Plattnase zwei Silberstücke in die Hand. »Gib ihnen das und richte aus, lange würde ich sie bestimmt nicht mehr warten lassen.«

Der Frauenwirt sah, dass der Braumeister schon mehr auf der Ofenbank lag, als dass er saß, und griente. »Ist doch immer das Gleiche mit ihm. Wetten, dass er gleich wieder einpennt?«

Als Achim Plattnase gegangen war, schwenkte Warberg seinen Becher und lallte: »Du bist ein wahrer Freund, Hauptmann, lass uns anstoßen!«

Heribert tat ihm den Gefallen mit Freuden.

Nachdem Warberg den Becher in einem Zug hinuntergestürzt hatte, fielen ihm die Augen zu, und er rutschte langsam von der Bank. Heribert zog ihn hoch und rüttelte ihn. »Was ist denn los, Meister? Ihr habt ja noch nicht ausgetrunken.«

Der Braumeister öffnete die Augen einen Spaltbreit, straffte den Oberkörper, tastete unbeholfen nach seinem Becher und nuschelte: »So? Her damit!«

Bald darauf war lautes Schnarchen vernehmbar.

Behände löste Heribert das gelbe Leinensäckchen von Warbergs Gürtel, steckte es in seine Wamstasche und rief den Frauenwirt. »Hilf mir, ihn hinzulegen. Du hattest Recht. Kaum hat er einen in der Krone, schläft er ein.«

»Komm, Braumeister, hau dich eine Weile aufs Ohr«, sagte Plattnase.

Warberg erhob sich wankend, protestierte aber nicht, als Heribert und der Frauenwirt ihn in eine benachbarte Kammer brachten.

»Das letzte Mal hat er bis mittags gepennt«, sagte Achim Plattnase besorgt. »Muss er nicht morgen früh bei Freyberg sein?«

»Erst am Nachmittag«, log Heribert. »Ich weiß das genau, weil wir im ›Stern‹ darüber geredet haben.«

»Dann ist es ja gut, denn mit Freyberg ist nicht gut Kirschen essen.«

»Wohl wahr«, pflichtete ihm Heribert bei. »Deshalb vergiss nicht, den Meister spätestens gegen Mittag zu wecken.«

Nachdem Heribert in Brittas und Hannes Kammer verschwunden war, schlich Plattnase ihm hinterher.

Wenn nicht ab und zu eine der Frauen gekichert hätte, hätte ein Lauscher wahrscheinlich vermutet, dass hinter der Tür ein wilder Ringkampf stattfand. Der Frauenwirt hörte sich das muntere Treiben ein paar Minuten an, ging dann in sein Zimmer, aß einen Happen und genehmigte sich ein Schläfchen, denn Heriberts Besuche bei Britta und Hanne endeten oft erst in den frühen Morgenstunden.

Irgendwann wachte er auf, weil seine Tante ins Zimmer schlurfte. »Da will noch einer was.«

Achim Plattnase rieb sich die Augen. »Wer ist noch frei?«

»Bis auf Britta und Hanne alle.«

»Dann lass ihn zu Gerhild.« Der Frauenwirt räkelte sich. »Wie spät ist es denn?«

»Gerade hat es halb geschlagen.«

»Drei?«

»Nein, halb vier.« Die Alte verließ die Stube.

Achim Plattnase aß den Rest von dem Schinken, den Heribert und der Braumeister übrig gelassen hatten. Dann erinnerte er sich wieder an den Auftrag des Landwehrkommandeurs.

Viel geredet wurde in der Kammer der Schwestern nicht gerade, dafür waren die Geräusche, die der Osloer und seine beiden Gespielinnen verursachten, so eindeutig wie bereits vor Stunden. Der Frauenwirt wollte schon wieder gehen, als er auf einmal Britta lamentieren hörte: »Was, Ihr verlasst uns, Herr Hauptmann?«

»Leider, meine Schätzchen. Ich muss in aller Früh bis nach Goslar reiten.«

»Ach, wenn Ihr in Goslar seid, dann kauft uns bitte etwas Silberschmuck. Den verstehen sie dort kunstvoll zu fertigen«, bettelte Hanne.

»Einen Ring mit einem Herz«, flötete Britta, »hätte ich gerne.«

»Und ich einen Armreif«, bat ihre Schwester.

»Ich will daran denken«, Heribert lachte, »aber jetzt ist es wirklich Zeit für mich. Im Sattel schläft's sich nämlich schlecht.«

Plattnase vernahm ein hastiges Schlurfen unten im Flur und gab seinen Lauschposten auf.

»Was ist los, Alte?«

»Gerhild kam eben zu mir. Der Freier hat sie geprellt.«

»Scheiße! Wie konnte das passieren?«

»Er hat gesagt, er will nur mal pissen, und ist in den Garten gegangen. Ich war gerade im Keller, da hat er die Gelegenheit genutzt und sich verdrückt.«

»Wer war das Schwein?«

»Einer von Rieckes Brauhelfern.«

Wutentbrannt rannte der Frauenwirt in seine Stube, griff einen derben Eichenknüppel und stürzte aus dem Haus. Die alte Vettel folgte ihm so schnell sie konnte.

Als Heribert die Treppe hinabstieg, hörte er die Alte im Garten keifen: »Schnapp ihn dir!«

Plötzlich erschien Wolfram Warberg schwankend in seiner Kammertür. »Was soll der Krach!«, sagte er mit schwerer, aber verständlicher Stimme.

›Verdammt!‹, dachte Heribert. ›Der ist ja doch schon wach!‹

Behutsam auf ihn einredend, drängte er den Braumeister in die Kammer zurück.

Heribert schloss die Tür von Warbergs Kammer und ging zu der alten Vettel in den Garten. »Ist was passiert?«

»Ein Freier ist geflitzt. Während ich im Keller war. Achim ist ihm nach«, knurrte sie.

Plattnase tauchte im gleichen Augenblick grinsend im Laubengang auf und warf seiner Tante ein Geldstück zu. »Ich musste den Kerl gar nicht groß überreden.« Er tätschelte den Eichenknüppel. »Nur ein wenig damit rumwedeln, schon hat er gezahlt.«

Heribert öffnete seinen Geldbeutel und gab dem Frauenwirt eine große Silbermünze. »Hier, nimm, damit ich deinen Prügel nicht zu schmecken kriege!«, scherzte er.

»Herr Hauptmann!«, entrüstete sich der Frauenwirt. »Ihr seid doch ein Ehrenmann!«

»Ein müder«, sagte Heribert. »Und in ein paar Stunden habe ich einen anstrengenden Ritt vor mir.«

»Wohin geht denn die Reise«, wollte die alte Vettel wissen. »Ihr kehrt doch nicht etwa schon in die Nordlande zurück?«

»Nein, ich bin bloß für einen Tag in Hildesheim.«

Achim Plattnase stutzte. »Hildesheim?«

»Ja. Mein Packpferd braucht einen neuen Tragsattel«, erklärte Heribert. »In Hildesheim gibt es gute Ledermacher.«

›Komisch, hat er vorhin nicht erzählt, er würde nach Goslar reiten?‹, dachte der Frauenwirt, fragte aber nicht weiter nach.

»Einen Schluck von unserem frischen Hausbier solltet Ihr zum Abschied aber noch trinken«, krächzte die Alte.

»Nur einen kleinen Krug, Herr Hauptmann«, bettelte der Frauenwirt und hakte Heribert freundschaftlich unter.

Sie folgten der Vettel ins Haus.

Als sie zu Warbergs Kammer kamen, stockte Heribert der Atem.

Die Alte stieß die Tür auf und betrachtete den Braumeister. Er lag auf dem Bauch. Sie kicherte heiser und schloss die Tür wieder. »Na, der braucht keinen Schlummertrunk mehr!«

Heribert holte tief Luft.

»Wir dürfen nicht vergessen, ihn am Mittag zu wecken«, sagte der Frauenwirt zu seiner Tante, »sonst gibt es Ärger mit Freyberg.«

»Das möge uns erspart bleiben«, zischte die alte Vettel. »Keine Sorge, ich mach ihn Punkt Glockenschlag zwölf wach.«

29. KAPITEL

Aufbruch im Morgengrauen

Heribert war schon vor Sonnenaufgang reisefertig. Er borgte sich vom ›Stern‹-Wirt einen leichten Sattel für das Packpferd, verstaute seine Kleider in den Packtaschen und holte sein Schwert ab. Anders als bei den Ausritten in die Stadtmark trug er sowohl Brustharnisch und Helm als auch Eisen verstärkte lederne Arm- und Beinschienen und Handschuhe. Als er aus dem Scharrenplan um die Rathausecke ritt, zeigte sich im Osten ein erster Schimmer Morgenröte.

Kaum war Heribert in der Tiedexer Straße aus dem Sattel gestiegen, erschienen Ottokar Kerner und Torsten im weit offen stehenden Braudielentor. Torsten befestigte den Reisesack hinter dem Sattel seines Pferdes, der Schneider gab Heribert ein taschentuchgroßes Stück Seide mit der Bitte, einem Hildesheimer Färbermeister aufzutragen, zwanzig Ellen von diesem Stoff anlässlich Johannas bevorstehender Hochzeit himmelblau einzufärben.

Während Kerner mit Heribert redete, hatte Johanna die Steingutdose in der Tuchkammer zwischen zwei Stoffballen entdeckt, schnell das Pulver gegen Mehl ausgetauscht, das »Braugeheimnis« auf ein doppelt gelegtes Leinentuch geschüttet, zu einem Beutelchen verknotet und in ihre Kitteltasche gesteckt. Sie suchte sogleich die Mutter und fand sie in der Küche beim Teigkneten.

»Ich geh jetzt in den Garten.«

»Vergiss die Zwiebeln nicht«, wurde sie ermahnt, »und bring so viele Kohlköpfe mit, wie in den Gemüsekorb passen!«

»Ich nehme lieber die Tragekiepe, Mutter. Da geht mehr rein.«

»Sei gegen Mittag zurück, wir besuchen dann den Kramergildenmeister. Und vergiss auch Lauchstangen und Möhren nicht. Ich brauche sie für die Suppe.«

»Ja, Mutter. Ade!«

»Ade!«, sagte die Schneidersfrau. »Ach, was ich dir noch sagen wollte: Wenn du am Nachmittag deinen Bräutigam triffst, sei bitte nicht so maulfaul wie letztes Mal.«

»Ja, Mutter.« Johanna ging in die Hofkammer, schulterte die Kiepe und hoffte inständig, dass die Mutter ihr nicht nachschauen würde, denn die Kiepe war nicht leer.

Wenig später verließ die Schneiderstochter Einbeck durch das Oster Tor. Sie ahnte, dass es ein Abschied für immer sein würde, aber traurig war sie deswegen nicht. Die Lobeshymnen auf den Kramerssohn, mit denen die Eltern ihr tagein, tagaus von morgens bis abends in den Ohren gelegen hatten, würde sie bestimmt nicht vermissen. Wie hatte die Mutter dieses pockennarbige Ekel schöngeredet! Mit Engelszungen hatte der Vater diesen Trottel gepriesen! Aber das war jetzt, Gott sei Dank, vorbei.

Ohne sich noch einmal umzusehen, schritt Johanna kräftig aus.

Als Heribert und Torsten im Sattel saßen, kehrte der Schneider ins Haus zurück.

»Habt Ihr Warberg das Säckchen entwenden können?«, fragte der Jüngling aufgeregt.

Heribert strich mit der Reitgerte über einen kleinen gelben Leinenbeutel an seinem Schwertgehänge. »Und was ist mit Johanna?«

»Ich weiß es nicht. Wir hatten keine Gelegenheit, eben zu reden.«

Die Wachknechte vom Tiedexer Tor wünschten beiden Reitern eine gute Reise und, nicht uneigennützig, baldige gesunde Heimkehr, denn alle von ihnen waren des Öfteren in den Genuss von Heriberts Freigebigkeit gekommen.

Auf der Straße zur Kuventhaler Warte wechselten Heribert und Torsten kaum ein Wort. Die kurze Nacht saß dem Osloer Stadthauptmann in den Gliedern, zumal er auch nicht gerade wenig gebechert hatte. Rechter Hand lag das nebelverhüllte Bachbett des ›Krummen Wassers‹.

›Oben in der Hube‹, überlegte Heribert, ›schick ich ihn einfach unter einem Vorwand zum Erlenwäldchen voraus und schaue, dass ich schleunigst Land gewinne. Warbergs Braugeheimnis habe ich!‹, dachte er triumphierend. ›Und es wäre verdammt riskant, auch noch zur Leine zu reiten, um ihr das Pulver abzunehmen. Falls es ihr überhaupt gelungen ist, es zu entwenden.‹

Torsten war müde, denn nach dem Treffen mit Johanna war an Schlaf nicht mehr zu denken gewesen. ›Hoffentlich ist sie rechtzeitig am Treffpunkt!‹, sorgte er sich und hoffte inständig, dass sie das Pulver dabeihaben würde.

Der Frühnebel im ›Krummen-Wasser‹-Tal lichtete sich langsam. Von der Brücke an, die hinüber zum Dorf Kuventhal führte, wurde auch der Turm der Landwehrwarte sichtbar. Bald darauf zügelten sie die Pferde vor dem Schlagbaum.

Rolf Rotschuh eilte herbei und hob spitzbübisch kichernd den Balken. »Na, Herr Hauptmann, dann viel Vergnügen in Hildesheim! Hütet Euch bloß davor, einem Weib dort schöne Augen zu machen, sonst lässt Euch der Bischof gleich aus der Stadt peitschen.«

»Deine Fürsorge rührt mich, Rotschuh, aber sei beruhigt, ich habe heute Nacht in der Petersiliengasse auf Vorrat gehurt, denn dass es in Hildesheim kein Frauenhaus mehr gibt, weiß ich wohl.«

Heribert musste sich keine Ausrede ausdenken, um seinen Begleiter loszuwerden. Als sie die Kuventhaler Warte hinter sich gelassen hatten, sagte der Jüngling plötzlich: »Haltet an, mein Sattel rutscht.«

Heribert stieg ab. »Zeig mal her.«

»Der hintere Gurt sitzt nicht stramm.«

Er zog ihn an. »Besser?«

»Nicht viel.«

»Ärgerlich. Ein Loch scheint so ausgeweitet zu sein, dass die

Schnalle immer wieder nachgibt. Warte!« Heribert holte das Seidentuch, das ihm Kerner gegeben hatte, faltete es zu einem Päckchen und schob es unter die Schnalle. »So müsste es einigermaßen gehen.«

»Weiß nicht«, sagte Torsten. »Der Sattel sitzt zwar etwas fester, aber doch nicht ganz richtig.«

Heribert machte ein besorgtes Gesicht. »Zum Versteck geht es durch ziemlich schwieriges Gelände.«

»Mit dem Sattel? Unmöglich!«

Heribert nickte. »Das denke ich auch.«

»Was sollen wir machen?«

»Ich könnte allein das Zeug aus dem Versteck holen. Traust du dir zu, zum Erlenwäldchen vorauszureiten? Wenn du dich immer dicht an der Landwehrgrenze hältst, ist das Unterholz meist licht. Nur an den Warten musst du etwas tiefer in den Wald.«

»Mir bleibt ja kaum was anderes übrig«, schimpfte Torsten. »Und was ist, wenn der Gurt völlig reißt?«

»Unsinn. Wenn du nicht galoppierst und in ebenem Gelände bleibst, passiert da nichts. In Seesen gibt es bestimmt einen Sattler, der ihn flicken kann.«

Torsten wollte Heribert noch fragen, wie er sich die Flucht bis Seesen vorstellte, wenn das Pferd sogar zwei Reiter würde tragen müssen, aber da war der schon davongesprengt.

Maria stand mit in die Hüften gestemmten Armen vor dem Haus, als Krögerhannes um die Ecke bog. »Hannes, hast du den Braumeister gesehen?«

»Nein. Ist er noch nicht da?«

Maria schüttelte den Kopf. »War er gestern wieder im ›Stern‹?«

»Das nehme ich an. Er ist ja fast jeden Abend dort.«

Bartholomäus Freyberg kam aus dem Dielentor. »Und, ist Warberg endlich gekommen?«

»Nein«, Maria verzog die Mundwinkel. »Es wäre nicht das erste Mal, dass er verschläft, wenn er gebechert hat.«

»Ausgerechnet heute, wo geheft wird!«, schimpfte Freyberg.

»Hannes, schau mal bei ihm zu Hause vorbei und mach ihm Feuer unter dem Arsch!«

»Ja, Meister.« Der Marktbüttel eilte davon.

»Wo warst du?«, fragte Maria ihren Mann.

»Ich hab die Landwehrreiter nach Andershausen und Umgebung geschickt. Irgendjemand hat vielleicht doch mitbekommen, was da am Igelpfuhl vor sich ging. Ich bin unterdessen fest davon überzeugt, dass der Reisigsammler den Mörder gesehen hat«, sagte der Schmied mit Nachdruck. »Deshalb ist er auch getötet worden.«

»Du klingst so sicher, als gäbe es neue Erkenntnisse.«

»Gibt es auch, aber außer mir weiß es noch keiner. Nachdem die Landwehrreiter weg waren, habe ich den Arzt der Mönche vom St.-Alexandri-Stift aufgesucht. Ich hatte ihn gestern noch gebeten, die Leiche in Andershausen zu beschauen.«

Maria sah ihren Mann fragend an.

»Der Reisigsammler ist nicht ertrunken. Jemand hat ihm das Genick gebrochen und ihn danach in den Tümpel geworfen. Der Arzt hat es mir erklärt. Wenn jemand ertrinkt, ist die Lunge voll Wasser, wirft man einen Toten hinein, nicht.«

»Mein Gott!«, flüsterte Maria. »Welcher Teufel treibt da sein Unwesen!«

»Hoffen wir, dass die Landwehrreiter etwas herausfinden. Eines wird mir immer klarer. Wer den Reisigsammler umgebracht hat, hat auch Peter auf dem Gewissen.«

Kurze Zeit später tauchte Krögerhannes wieder auf. »Bei sich zu Hause war er nicht. Ich habe mich in der Rathauswache erkundigt. Zwei Nachtwächter haben ihn mit dem Osloer gegen Mitternacht in der Petersiliengasse gesehen.«

»So? Komm, Hannes! Ich glaube, wir sollten Plattnase einen Besuch abstatten.«

Heribert war zum Steinbruch stets von der Hubeturm-Warte aus aufgebrochen und verirrte sich mehrmals, bis er schließlich auf die Waldwiese stieß, auf der Fra Götz sein Pferd während der

Saujagd angepflockt hatte. Er ritt weiter zu den Höhlen am Tümpel, holte als Erstes das Schiertuch und den Stempelabdruck aus dem Versteck und verstaute die Sachen in einer Satteltasche. Dann band er das Pferd an die Ulme und bahnte sich mit dem Schwert den Weg durch die Dornenbüsche zum Bach. Bald stand er am Ufer des Bachlaufs. Die Stelle, unter der das Johannitergold verborgen war, fand er auf Anhieb. Den Lederbeutel in der Linken haltend, hieb er sich mit der Rechten wieder eine Schneise durch die Sträucher. Als er die Waffe in die Scheide zurückstecken wollte, bemerkte er plötzlich den hellen Staub auf seinen Beinlingen. Fluchend ließ er Gold und Schwert fallen und griff hastig nach dem Leinensäckchen am Schwertgehänge. Zu spät. Vom einbeckschen »Braugeheimnis« war nur noch das Pulver übrig, das an seinen Beinlingen haftete. Wutentbrannt riss Heribert das Säckchen ab. Die Dornen hatten es an mehreren Stellen aufgeschlitzt.

Heriberts Plan, sich sogleich ohne Torsten und Johanna abzusetzen, geriet ins Wanken. Mit kalten Augen betrachtete er die Erdspalte, in die er Fra Götz gestoßen hatte.

›Ganz auf das Braugeheimnis verzichten? Nein!‹, dachte er. ›Torsten wird mit dem lockeren Sattel nur langsam vorwärts kommen. Mit etwas Glück bin ich vor ihm an der Leine. Vielleicht hat sie das Pulver ja doch.‹

Heribert steckte den Lederbeutel in die andere Satteltasche und gab seinem Pferd die Sporen.

Die alte Vettel saß am Fenster ihrer Kammer, als sie sah, dass der Landwehrkommandeur und Krögerhannes durch den Laubengang in den Garten stürmten. »Achim!«, krächzte sie aufgeregt. »Komm schnell, Freyberg ist da!«

Noch bevor Achim Plattnase an der Haustür war, hatte der Schmied sie aufgestoßen, dicht gefolgt von dem Marktbüttel.

»Guten Morgen, Herr Rat«, stotterte der verschlafene Frauenwirt, während er unbeholfen sein Hemd zuknöpfte. »Was verschafft mir die Ehre Eures Besuchs?«

»Wo ist Warberg?«, herrschte der Schmied ihn an.

»Meister Warberg?« Der Frauenwirt schaute ratlos zu seiner Tante. »Tja, der ...«

Vettel Margarete drängte sich an Krögerhannes vorbei. »Ei, der Herr Braumeister, der schläft noch.«

»Weck ihn sofort, Alte!«, fauchte Freyberg sie an. Er trat zur Seite und ließ sie vorbei.

Die alte Vettel stieß eine Kammertür neben dem Schmied auf und krächzte: »Meister, wacht auf!«

Freyberg schob sie weg und trat in die Kammer. »He, Braumeister, hoch mit dir!«

Wolfram Warberg lag angekleidet bäuchlings auf einem Strohsack, seine Arme und Beine baumelten seitlich herunter.

Krögerhannes stellte sich neben den Schmied und schüttelte missbilligend den Kopf. »Er ist noch immer besoffen, Meister.«

Bartholomäus Freyberg versetzte Warbergs Fuß einen leichten Tritt. »He, wach endlich auf!«

Der Braumeister regte sich nicht. Freyberg trat näher und rüttelte an Warbergs Arm. Er war schlaff.

Freyberg beugte sich über den Braumeister, packte ihn an der Schulter und drehte ihn auf den Rücken. Er blickte in zwei starre Augen.

»Hannes!«, sagte er mit heiserer Stimme. »Schau dir das mal an!«

Krögerhannes trat neben den Schmied. »Großer Gott!«, flüsterte er.

Achim Plattnase war Freyberg und Krögerhannes in die Kammer gefolgt. Als er die blauen Stellen am Hals des Braumeisters sah, begriff auch er.

Die alte Vettel auf dem Flur hatte nichts mitbekommen. »Rüttelt ihn nur kräftig, Herr Rat! Wenn Meister Warberg viel bechert, hat man seine Mühe, ihn wach zu kriegen.«

»Halt's Maul, Alte!«, schrie der Frauenwirt.

Freyberg richtete sich auf, sprang auf Plattnase zu und stieß ihn mit aller Kraft gegen die Kammerwand, dass es im Gebälk krachte.

»Ich, ich verstehe nicht …«, stammelte der Frauenwirt.

Freyberg versetzte ihm eine Maulschelle, die ihn in eine Kammerecke fegte, und zog seinen Dolch. Als Plattnase sich hochrappelte, fühlte er kalten Stahl an seiner Kehle.

»Das kostet dich den Kopf!«, zischte Freyberg.

»Ich war's nicht, Herr!«, jammerte der Frauenwirt. »Wirklich!«

Die Dolchspitze drückte sich tiefer in die Kehle. Mit angstgeweiteten Augen flüsterte er: »Als der Hauptmann und ich ihn in die Kammer getragen haben, hat er noch gelebt.«

»Wo ist Habelstein? Ist er noch hier?«

»Nein«, keuchte der Frauenwirt.

»Der Osloer wollte heute früh mit Kerners Lehrburschen nach Hildesheim reisen«, sagte Krögerhannes.

Achim Plattnase schüttelte vorsichtig den Kopf. »Nein, nicht nach Hildesheim, nach Goslar«, widersprach er keuchend. »Ich habe natürlich wieder gelauscht, wie Ihr mir befohlen habt, als er mit den Dirnen geplaudert hat. Er will nach Goslar reiten.«

Freybergs Augen verengten sich zu Schlitzen. »Wann ist er hier weggegangen?«

»Um die vierte Morgenstunde, Herr Rat«, keuchte der Frauenwirt. »Ich war's wirklich nicht!«

»Hannes?«

»Ja?«

»Woher weißt du, dass er nach Hildesheim reiten will?«

»Er hat im ›Stern‹ und auch in der ›Sonne‹ in den letzten Tagen oft mit allen möglichen Leuten über die Reise gesprochen.«

Bartholomäus Freyberg befahl Krögerhannes, die Alte zu ergreifen. Nachdem der Marktbüttel sie und ihren Neffen gefesselt hatte, drückte der Schmied wieder den Dolch an Plattnases Hals. »Wer war die Dirne, mit der er über Goslar geredet hat?«

»Britta und Hanne, Herr.«

»Zwei Huren?«

»Ja«, stammelte der Frauenwirt.

»Wo sind die jetzt?«

»Oben, zweite Kammer links«, hauchte Plattnase.

»Pass gut auf sie auf!«, rief der Schmied Krögerhannes zu.

Die Hurenschwestern, recht unsanft von Freyberg aus den Träumen gerissen, bestätigten zitternd die Worte des Frauenwirts.

Freyberg eilte in die Kammer zurück, gab dem Marktbüttel den Dolch und trug ihm auf, Plattnase und die alte Vettel zu bewachen, bis Stadtknechte sie abholen würden.

»Komm danach sofort zur Schmiede!«

Freyberg eilte zum nahe gelegenen Altenburger Tor, befahl zwei Wächtern, die Gefangenen aus dem Frauenhaus in den Kerker zu sperren, rannte zu seinem Haus und lief durch das Schmiedehoftor zum Pferdestall.

Maria, die gerade einen Eimer aus der Braudiele zum Brunnen tragen wollte, rannte ihrem Mann in den Stall hinterher.

»Was ist passiert?«

»Warberg ist im Frauenhaus ermordet worden.« Freyberg legte seinem Rappen den Sattel auf.

»Was redest du da? Ermordet? Von wem? Von Plattnase?«

»Nein, Habelstein hat ihn erwürgt, bevor er geflohen ist.« Der Schmied zurrte die Sattelgurte fest.

»Ich begreife überhaupt nichts mehr; geflohen?«

»Davon gehe ich aus.«

»Aber warum sollte der Osloer ausgerechnet Warberg umgebracht haben?«

»Ich weiß es auch nicht, Maria. Vielleicht hat Warberg sich gesträubt, mit Habelstein zu reisen, weil der ihm zu wenig für einen Verrat bieten wollte.« Freyberg führte das Pferd aus dem Stall. »Selbst wer auch nur des Versuchs überführt wird, einen unserer Stadtbraumeister abzuwerben, hat nicht mit Milde zu rechnen. Habelstein wusste das.«

Maria ballte die Fäuste. »Dann war er es auch, der Peter und den Reisigsammler getötet hat! Ich spüre das.«

Krögerhannes kam in den Hof gerannt.

»Frag im ›Stern‹ nach, ob Habelstein schon die Stadt verlassen hat, und bei Kerner, ob der Junge mit ihm geritten ist!«, rief der Schmied.

Während Freyberg Brustharnisch, Arm- und Beinschutz anlegte, erzählte er seiner Frau, was er von Plattnase und den beiden Huren erfahren hatte. »… wenn er also nach Goslar will, muss er hinter Garlebsen über die Leine. Da er ja vorgibt, nach Hildesheim zu reisen, muss er die Stadtmark am Hubeturm oder in Kuventhal verlassen und kann sich erst dann nach Osten wenden. Quer durch die Hube gibt es keine Wege. Ich könnte mit etwas Glück noch vor ihm an der Brücke sein.« Freyberg gurtete das Schwert um und ergriff seine Streitaxt.

»Die Landwehrreiter sind alle in Andershausen«, sagte Maria besorgt. »Willst du dich alleine an die Verfolgung machen?«

Der Schmied fuhr mit der Hand über die scharfe Axtschneide und nickte grimmig.

Krögerhannes kam keuchend in den Hof. »Der Osloer ist bei Sonnenaufgang mit Kerners Lehrburschen durch das Tiedexer Tor fortgeritten.«

»Dann lauf jetzt zum Bürgermeister und berichte ihm. Er soll den Landwehrreitern in Andershausen befehlen, alle Leinebrücken hinter Garlebsen, auch die weit im Norden, zu sperren.« Bartholomäus Freyberg schwang sich auf seinen Rappen.

30. KAPITEL

Die Streitaxt

Torsten kam trotz des losen Sattelgurts recht zügig voran. Nur an den bewachten Landwehrdurchlässen trieb er das Pferd etwas tiefer in den Wald hinein. Als er endlich die östlichen Hube-Ausläufer erreichte, die sich sanft zur Leine absenkten, folgte er den bewaldeten Hügelhängen nach Nordosten. Auf der Handelsstraße, die vom Leineturm zum Dorf Garlebsen und weiter zur Flussbrücke führte, war kaum jemand unterwegs. Sorgsam sich im Schutz des Waldrandes fortbewegend, ritt er weiter. Garlebsen lag nun im Süden von ihm. Bald sah er die Leinebrücke und das Erlenwäldchen am anderen Ufer. Unten auf der Handelsstraße bewegte sich ein langer Warenzug durch Garlebsen in Richtung Einbeck. Torsten wartete, bis die letzten Kaufleute Garlebsen erreicht hatten, und ritt dann den Hang hinunter. In der Feldmark nahe dem Dorf sah er zwei Frauen, die offenbar Rüben hackten, sonst war diesseits und jenseits des Flusses niemand zu sehen. Ein breiter Waldstreifen reichte vom Hang bis dicht an die Straße. Torsten trieb sein Pferd an, sprengte über die Brücke und verschwand sofort im Erlenwäldchen.

Freyberg hatte Einbeck durch das Altendorfer Tor verlassen und war dann auf dem Kleinen Hofe-Weg zum Leineturm galoppiert. Er trug den Turmwächtern auf, ihm alle berittenen Wehrknechte, die sich gegebenenfalls einfinden sollten, zur Brücke hinterher zu schicken.

Vor Garlebsen kamen ihm Händler entgegen. Die Kaufleute waren früh in Gandersheim aufgebrochen, waren über Kreiensen zur Leine gezogen und hatten die Flussbrücke hinter Garlebsen überquert. In den letzten beiden Stunden wäre ihnen kein einziger Reiter begegnet.

Freyberg gab dem Pferd die Sporen. Die Straße machte einen

leichten Bogen. Ein breiter Waldstreifen erstreckte sich von den Hube-Hängen bis fast an den Fluss. Dann tauchte die Brücke auf.

Heribert war quer durch die Hube nach Osten geritten und stellte, als er ins Leinetal auf die Brücke und das Erlenwäldchen am jenseitigen Ufer hinabschaute, fest, dass er sich nur geringfügig in der Richtung geirrt hatte. Im Süden hinter einem dicht bewaldeten Hube-Ausläufer, der sich bis an die Brückenstraße erstreckte, musste das Dorf Garlebsen liegen. Heribert lenkte sein Pferd in den Waldstreifen, der bis unmittelbar vor der Straße genug Deckung bieten würde.

Johanna war so schnell gelaufen, wie sie konnte, hatte, ohne jemanden zu sehen, hinter dem Dorf Negenborn die Stadtmark verlassen und war zügig durch die Wälder zur Leine weitergeeilt. Sie wartete, bis ein langer Händlerzug den Fluss überquert hatte und in Richtung Garlebsen verschwunden war, dann lief sie schnell über die Brücke ins Erlenwäldchen. Dort verbarg sie ihre Tragekiepe in einer Mulde zwischen Farnkräutern, hockte sich daneben, streckte die Beine aus und lehnte sich ermattet gegen einen Baumstamm. Vor Erschöpfung fielen ihr die Augen zu. Ein großer Käfer, der über ihre Knie krabbelte, ließ sie schließlich hochschrecken. Sie stand auf und ging vorsichtig zum Waldrand. Die Bäume versperrten ihr noch die Sicht, als sie hörte, dass jemand auf die Holzbrücke ritt. Geduckt von Stamm zu Stamm huschend, wagte sie sich bis in unmittelbare Nähe der Straße, aber wer immer über die Brücke gekommen sein mochte, war verschwunden!

Plötzlich wurde sie leise von hinten angerufen. Sie wandte erschrocken den Kopf, und Torsten schloss sie in die Arme.

In diesem Moment ritt Heribert aus dem Waldstreifen auf die Brücke zu.

Torsten bemerkte ihn vor Johanna. »Der Hauptmann kommt auch schon!«

Johanna drehte sich um. Ein zweiter Reiter tauchte hinter

Heribert auf. »Freyberg«, flüsterte sie und klammerte sich an Torsten. »Er scheint ihn zu verfolgen.«

Heribert sah den Landwehrkommandeur erst, als er den Schutz der Bäume verlassen hatte. Blitzschnell überlegte er. Das Pferd war müde, und das Gewicht der Satteltaschen nicht unerheblich. Dem Schmied davonzureiten hatte wenig Sinn. Heribert wendete kurz entschlossen, zog das Schwert und sprengte mit einem Schrei auf Freyberg zu.

Der Schmied zügelte seinen Rappen, packte dann mit beiden Händen die Streitaxt und wartete, bis Heribert heran war. Heribert führte das Schwert mit rechts und zielte auf Freybergs Kopf. Der Schmied fing den Schlag mit dem Axtstiel ab.

Heriberts Schwert drang tief ins Holz – und steckte fest!

Freyberg behielt den Axtstiel in seiner Linken und zog das Schwert. Als es halb aus der Scheide war, gelang es Heribert, die Axt niederzudrücken und Freybergs Schwertarm zu blockieren. Die Pferde standen dicht an dicht. Freyberg ließ den Schwertgriff los und tastete nach dem Dolch an seiner rechten Hüfte. Diese Bewegung nutzte Heribert, um das Schwert aus dem Axtstiel zu reißen. Der Schwung des Zurückziehens warf ihn fast aus dem Sattel. Während er um sein Gleichgewicht kämpfte, holte Freyberg beidhändig aus.

Torsten und Johanna hatten den Zweikampf vom Rand des Erlenwäldchens aus beobachtet. Als Freybergs Axt Heriberts Helm spaltete und er aus dem Sattel rutschte, krallte sich Johanna in Torstens Oberarm.

Freyberg stieg ab, beugte sich über Heribert und stieß ihn mit dem Axtstiel an. Der Osloer Stadthauptmann regte sich nicht. Freyberg richtete sich wieder auf. Er ging zu Heriberts Pferd und öffnete die Satteltaschen.

Von Garlebsen galoppierte ein Trupp Berittener heran.

»Sie dürfen uns hier nicht finden!« Torsten zog Johanna tiefer ins Erlenwäldchen.

EPILOG

In Oslo und Einbeck

Sigmund Beiersen bedauerte zutiefst den Verlust seines Freundes Heribert, aber dank Torstens Frau Johanna war er schließlich ja doch noch in den Besitz des einbeckschen Braugeheimnisses gekommen.

Was der reiche Kaufherr anpackte, tat er gründlich. Er baute einen Warenspeicher zu einem Brauhaus um, kaufte eine kupferne Braupfanne und die zur Bierherstellung notwendigen Geräte, ließ von einem geschickten Weber Schiertuch herstellen und gab bekannt, dass er beabsichtige, zum Weihnachtsfest die Honoratioren der Osloer Kaufmannschaft mit Einbecker Bier zu bewirten. Er selbst, Sigmund Beiersen, würde vor den Augen aller das erste Fass anzapfen. Auch an König Johann sollten drei Tonnen geschickt werden.

Eine Woche vor dem Fest war es so weit. Die Hefe besaß endlich den richtigen Reifegrad.

»Eine Messerspitze auf ein Fass!«, mahnte Johanna.

Mit großer Genugtuung begutachtete Bartholomäus Freyberg sein Werk. Er hatte nicht nur die schadhaften Stellen der Kaminverkleidung ausgebessert, sondern auch den Sims und die Seitenteile neu aufgemauert und gekachelt. Besonders stolz war er auf eine Vorrichtung, die er in tagelanger Arbeit gefertigt hatte. Wenn man eine Nadel in die Ritze zwischen die zweite und dritte Kachel auf dem Sims steckte, betätigte sie eine Feder, und beide Kacheln stellten sich auf. Sie gaben den Blick in eine Vertiefung frei, groß genug, um einen Lederbeutel mit fünfhundert Golddukaten aufzunehmen.

Noch Generationen später sollten die Einbecker Bürger über den Ursprung des freybergschen Reichtums rätseln.

»Das Einbecker Bier war eben keine Massenware, wie das der Seestädte, sondern ein Luxusgetränk. Wie konnte es auch anders sein bei einem Produkt, das auf Pferdewagen die Stadt verließ. Schon wenige Dutzend Kilometer eines solchen Transports auf der Straße verteuerten das Bier nämlich ungemein. (…) Neben dem hohen Preis und der Seltenheit machte sicher auch die besondere Qualität das Einbecker Bier zum Statussymbol.« (*Die Hanse und ihr Bier*, Christine von Blanckenburg, Böhlau Verlag, Köln/Weimar/Wien 2001)

Michael Siefener

Die Söhne Satans

Roman

265 Seiten

Gebunden mit

Schutzumschlag

Ein Hansekrimi

Bremen im Jahr 1468: Peter Blank, Sohn des reichen und mächtigen Kaufmanns Hermann Blank, ist gerade von seinen Studien an der Universität Bologna zurückgekehrt. Schon am ersten Tag muss er zu seinem Entsetzen erfahren, dass sein bester Freund, Hans Vrancke, der als Handelsgehilfe in Diensten seines Vaters stand, auf der Rückreise von London unter mysteriösen Umständen ermordet wurde. Heimlich macht sich Peter auf die Suche nach den Mördern: Anscheinend sollte Hans einen geheimnisvollen Gegenstand nach Bremen bringen, der nun verschwunden ist.
Seine Nachforschungen führen ihn von London über Brügge zurück nach Bremen. Als er erkennt, welche unheiligen Mächte er mit seinen Fragen entfesselt, ist es fast schon zu spät …